스타와의
기막힌
Deal

스타와의
기막힌 *Deal*

초판 1쇄 찍은 날 | 2018년 2월 22일
초판 1쇄 펴낸 날 | 2018년 2월 28일

지은이 | 문희
펴낸이 | 예경원

편집 | 주승아

펴낸곳 | 예원북스
등록번호 | 제396-2012-000132호
등록일자 | 2012. 7. 25
YRN | 제1-0210호

주소 | 경기도 고양시 일산동구 호수로 646-24 위너스21-Ⅱ 206A호 (우) 10401
전화 | 031-819-9431 팩스 | 031-817-9432
http://cafe.naver.com/yewonromance
E-mail | yewonbooks@naver.com

ISBN 979-11-6098-846-8 03810

스타와의 기막힌 Deal

문희 장편 소설

YEWONBOOKS
ROMANCE
STORY

C · O · N · T · E · N · T · S

프롤로그 ································· 7

1. 우연한 만남 ···················· 27

2. 기막힌 deal ···················· 58

3. 두 개의 별 ······················ 104

4. 내 속의 욕망 ···················· 142

5. 브레이크 ························· 181

6. 꼬여가는 실타래 ·············· 205

7. 스타와의 기막힌 deal ······ 223

8. 공공의 적 ······················· 256

9. 위기의 순간 ···················· 287

10. 계약의 힘 ······················ 312

에필로그 ···························· 343

외전 ································· 362

프롤로그

"면회 시간입니다."

중환자실의 문이 열리자 소독을 하는 중간 방이 나왔다. 손을 소독하고 머리에 수술용 모자와 몸에는 가운을 걸치고 나서야 중환자실에 들어갈 수 있었다. 가족들에게도 하루에 몇 번밖에 허용이 되지 않는 공간이 이곳이었다.

삐삐삑.

문을 열자 기계음만이 조용한 공간을 가득 채우고 있었다. 주아는 힐끗 언니의 얼굴을 바라보았다. 하나뿐인 아들이 어린이 병동의 중환자실에 누워있으니 언니의 얼굴은 무표정 그 자체였다.

비단 언니뿐 아니라 가족 전체에서 표정이 사라졌다. 조카 진우가 입원한 지 벌써 2달이 흘렀다. 두 번의 수술이 있었고 가족들은 말을 잊어갔다. 하지만 그런 가족들에게 일주일 전부터 웃음꽃이 잠시나마 피기 시작했다.

그건 다 주아가 한 거짓말 때문이었다.

눈덩이처럼 불어난 거짓말이 눈사태가 되어 주아를 덮쳐버렸다. 선의로 시작된 거짓말이라지만 이제는 걷잡을 수 없는 현실이 되어버렸다. 입안에서 거짓말이 나오기 전으로 시간을 되돌릴 수만 있다면 주아는 영혼이라도 팔고 싶은 심정이었다.

"주아야?"

멍하게 있는 그녀를 언니가 툭 치며 불렀다. 조카를 볼 때는 웃으라는 말이었다. 우리나라의 최고 병원인 한국병원 어린이 병동 중환자실에는 수십 개의 침대들이 죽 놓여 있었고 각종 기계가 아이들을 둘러싸고 있었다. 호흡기를 단 아이들도 상당히 있었고 온몸을 붕대로 감은 아이와 쇠를 몸에 고정시켜 놓은 아이들도 있었다.

두 달이란 시간이 지나 익숙해질 줄 알았는데 볼 때마다 마음이 아팠다. 진우가 누워있는 침대가 가까워지자 주아는 가슴이 답답해짐을 느꼈다. 이렇게 많은 장비와 의사들이 있는데 왜 이 어린 아이 하나를 못 고치는 걸까 라는 생각이 들었기 때문이었다.

자신의 거짓말에 고통을 잊고 웃던 조카의 얼굴이 떠오르자 이제는 의사들에게 원망의 마음이 생기기도 했다. 한 손에 그녀가 준 사인볼을 들고 그들을 보고 있는 조카와 눈이 마주쳤다.

"이모, 진짜야? 이모가 강호준 선수랑 결혼해?"

아이는 흥분을 해서 그녀를 보며 소리쳤다.

"어?"

"그래, 이모가 그랬잖아. 진우야, 엄마가 생각하기엔 진우는 좀 자는 게 좋을 것 같아."

기쁨이 가득한 눈으로 주아를 바라보는 조카와 그런 조카의 옆에서 이불을 덮어 주고 있는 언니를 보며 주아는 말을 잇지 못했다. 온통 하얀색으로 가득한 병실 안에 조카는 여러 병의 링거를 맞고 알 수 없는 전선을 온몸에 걸치고 창백한 얼굴로 그녀를 보고 있었다.

암 투병으로 인해 머리까지 민 조카는 힘든 치료로 인해 몸을 일으킬 힘조차 없었다. 하지만 지금 조카는 근래에 볼 수 없었던 예전의 해맑은 눈으로 주아를 보며 기뻐하고 있었다. 암에 걸리기 전에 조카 진우는 초등학교 야구부의 에이스 투수였다.

그런 조카의 우상인 우리나라 최고의 투수 강호준이 자신의 이모부가 된다는 생각에 아이는 잠시나마 고통을 잊고 있는 것 같았다.

"엄마가 강호준 선수, 아니 이모부가 나를 만나러 온다고 이모가 그랬다는데 언제 와?"

"그게……"

"진우야, 이모가 온다고 했으면 오는 거니까. 어서 자자. 응?"

올 리가 없었다. 슈퍼스타인 그가 개인적으로 인연이 없는 주아를 위해 이곳에 올 리가 없었다. 눈덩이처럼 커져 버린 거짓말은 이제 석 달밖에 살지 못하는 조카를 위해 그녀가 한 말이었다. 처음부터 결혼을 한다고 말한 건 아니었다.

한 달 전, 힘든 치료로 인해 온몸에 식은땀이 가득한 진우의 손에 어렵게 구한 강호준의 사인볼을 쥐어 줬고 그냥 좋아하고 말 줄 알았는데 조카는 상당히 집요하게 어디서 구했냐고 그녀에게 물었었다. 그냥 구했다고 했으면 좋으련만 무슨 생각에서 그랬는지 주아는 강호준이 직접 줬다고 했다. 둘이 아주 가까운 사이란 말과 함께 말이다. 그 후로 주아를 볼 때마다 강호준을 다시 한 번 보고 싶다고 졸랐다.

1년 전 강호준에게 특별 레슨을 받은 일이 있기 때문에 진우는 호준을 본 적이 있었다.

급기야 일주일 전에 갑자기 쇼크 상태가 온 조카에게 주아는 강호준과 결혼을 할 거라고 말하고 정신을 차린다면 그를 꼭 데리고 오겠다고 또 한 번 거짓말을 한 것이었다. 너무 급한 마음에 한 말인데 거짓말처럼 조카는 그 말을 기억하고 있었다.

"진우야, 호준 씨가 너무 바빠서……."

그때였다. 병실의 문이 열리더니 누군가 들어왔다. 간호사겠지라고 별 신경을 쓰지 않고 고개를 돌렸는데 강호준이 병실 안으로 들어오고 있었다. 주아는 너무 놀라서 하마터면 그 자리에 주저앉을 뻔했다.

블랙 명품 슈트를 입은 호준은 마치 지옥에서 올라온 검은 열기를 뿜어내고 있는 마왕 같았다. 마운드 위의 블랙데블이란 별명답게 그의 카리스마가 온통 하얀 병실을 검게 물들이고 있었다.

"진, 진우야, 이모부 왔다."

너무 기뻐서 언니가 말까지 더듬으며 진우에게 말했다.

이건 분명히 꿈이었다. 어제 음악방송 촬영과 정규앨범 홍보 때문에 예능까지 촬영을 하고 새벽에 집에 들어와서 잠을 못 잤더니 이제 서서도 꿈을 꾸고 있는 것 같았다. 너무 리얼한 꿈에 주아는 멍한 얼굴로 자신의 다리를 꼬집었다. 며칠 동안 여러 가지로 스트레스를 받다 보니 이제 이상한 꿈까지 꾸고 있는 듯했다.

"아!"

허벅지에 고통이 그대로 전해지는 걸 보니 꿈은 아닌 것 같았다.

"우리 자기도 있었네."

갑자기 강호준이 그녀에게 한쪽 눈을 질끈 감으며 주아의 가는 허리를 끌어안았다. 그가 잘 알지도 못하는 그녀에게 과하게 친근함을 표시하고 있었다.

"안, 안녕하세요?"

진우는 얼굴까지 빨개지면서 어쩔 줄을 몰라 하고 있었다. 손에 호준의 사인볼을 꼭 쥐고 있는 진우를 보니 주아는 마음이 아팠다. 저렇게 좋을까? 아이돌을 바라보는 팬의 눈으로, 아니 그보다 더한 존재를 보는 눈으로 진우는 그렇게 호준을 하염없이 바라보고 있었다.

"진우 안녕? 1년 전만 해도 꼬맹이더니 많이 컸구나?"

"기, 기억하세요?"

진우는 말을 더듬거렸지만 호준이 자신을 기억한다는 말에 기뻐하고 있었다.

"그럼, 효신초등학교 에이스를 잊을 리가 없지. 나도 거기 출신인데."

"엄마, 강호준 선수가 날 기억한데……."

진우는 기쁜 마음을 숨기지 않았다. 하지만 주아는 지금 어린 조카보다 자신의 허리를 여전히 감싸고 있는 호준에게 온 정신이 팔려 있었다. 왜 이 남자가 이러는지 알 수가 없었다. 사실 어제 매니저를 통해서 그에게 진우를 만나러 와 줄 수 있냐는 부탁을 했었다. 사례는 충분히 하겠다는 말과 함께 말이다. 연봉 순위 1위인 그에게 얼마를 줘야 할지 몰랐지만, 진우를 위해서라면 주아는 뭐든지 할 수 있었다.

결국 매니저는 답을 듣지 못했다고 했다. 아니 얼굴에 거절의 의미가 가득했다고 했다. 그런데 오늘 강호준이 이렇게 올 줄은 상상도 하지 못했었다.

"아참, 이거."

야구에 대해 잘 알지 못하는 주아도 아는 물건이 진우의 손에 쥐어졌다. 작년 코리안 시리즈 7차전의 9회 말까지 그의 손에 들려 있던 글러브였다. 그걸 끼고 그는 노히트노런에 가까운 경기를 펼치며 코리안 시리즈의 우승을 이끌었고 결국 MVP의 영광까지 안았었다.

그의 트레이드마크인 블랙야구글러브에 사인까지 넣어서 지금 진우에게 준 것이었다.

"이거 진짜 저 주시는 거예요?"

"그럼."

호준에게도 의미 있는 글러브일 텐데 라는 생각이 든 주아는 의아한 눈으로 그를 올려다보았다. 그리고 주아는 깜짝 놀랐다. 호준의 칠흑같이 검은 눈동자가 그녀를 응시하고 있었기 때문이었다. 도저히 알 수 없는 그의 행동에 주아는 점점 불안을 느끼고 있었다.

"강 선수, 여기 불편하죠? 중환자실이라서 의자도 없고……."

언니는 어쩔 줄을 모르며 그의 눈치를 살피고 있었다.

"아닙니다. 잠시 후에 인터뷰가 있어서요."

"하긴 우리나라에서 가장 인기가 많은 분이시니……."

호준이 언니를 보며 CF에서 본 적이 있는 아주 치명적인 미소를 보내고 있었다. 도대체 그가 무슨 생각으로 이러는지 주아는 짐작이 가지 않았다. 하지만 단순한 친절로 이런 행동을 할 호준이 아니란 건 알 수 있었다. 그러면 그녀가 지불하겠다는 돈 때문인가? 차라리 그런 거라면 마음이 편할 것 같았다.

"얼른 자리에서 일어나야지. 그러면 내가 투구 폼도 잡아 줄게."

그의 외모만큼이나 다크한 음성이 중환자실을 울리고 있었다. 의사와 간호사들도 갑작스런 그의 출현에 넋을 잃고 멍하게 그를 보고 있었다. 어디 가서 주아도 밀리는 사람이 아닌데 오늘은 완벽하게 호준에게 밀렸다.

"네, 열심히 치료받아서 꼭 나을게요."

진우가 처음으로 병을 이기겠다고 말하자 언니는 울음을 터트리고 말았다. 호준은 진우의 머리를 쓰다듬어 주었다.

"미래의 에이스, 힘내."

강호준이 이렇게 인간미가 넘치는 남자란 걸 처음으로 깨달은 순간, 그가 주아의 손을 잡았다.

"저희는 먼저 가봐야 할 것 같습니다."

그가 이렇게 인사를 하고는 그녀의 손을 거의 끌다시피 해서 병실을 나왔다. 진우의 병실에서 어느 정도 떨어진 후에 주아가 거의 모기만한 목소리로 그에게 말했다.

"강호준 선수, 정말 감사했어요."

"감사?"

사람들이 잘 다니지 않는 비상구 입구에 서서 그가 차가운 얼굴로 주아를 내려다보았다. 갑작스러운 그의 변화에 주아는 당황하지 않을 수 없었다. 1분 전 그의 모습과는 너무나 다른 행동을 보이는 호준은 주변으로 사람들이 지나가자 그녀의 손을 잡고는 비상계단으로 끌고 갔다. 그의 손힘이 얼마나 센지 주아의 손이 피가 통하지 않아서 창백한 백색이 되어 있었다.

탁!

그의 손이 주아의 머리 위에서 벽과 부딪혀 강한 소리를 내고 있었다. 주아의 눈은 최대한 아무렇지 않은 척 그를 쏘아보고 있었다. 170cm의 주아도 호준을 올려다볼 정도로 호준은 확실하게 장신의 거구였다.

"도대체 왜 이러는 거죠?"

주아는 스스로 칭찬을 해주고 싶을 정도로 제법 차갑게 응수했다.

"이제 무대 위의 얼음공주가 나타나셨군. 아니면 무대 위의 걸레라고 해야 하나?"

짝!

저도 모르게 손이 올라가고 말았다. 손바닥에 닿은 그의 얼굴은 붉게 물들어 있었고 그의 표정은 이제 돌이킬 수 없을 정도로 험악해져 있었다.

"왜? 마지막 자존심이야?"

오랜 연예계 생활을 하면서 주아는 있지도 않은 스캔들에 휘말린 적이 많았다. 물론 다 아니라고 말할 수는 없지만 억울하고 분한 적이 많았는데 자신을 잘 알지도 못하는 호준의 입에서 그런 소리가 나오자 도저히 참을 수가 없었다.

"당신이 나에 대해 뭘 알아?"

흥분한 나머지 가슴이 들썩거리는 주아는 울지 않기 위해 필사적으로 입술을 깨물며 참고 또 참았다. 그리고 언제나처럼 그녀는 강한 척하며 호준을 노려보았다. 생채기가 난 자존심을 뒤로하고 말이다.

"너무나 잘 알고 있지. 듣기 싫을 정도로 많은 선수들의 입에 오르내리는 이름이니까."

주아가 호준을 째려보았다.

"아 참, 김선욱이 그러던데. 밤일을 아주 끝내주게 잘한다고 말이야."

주아의 손이 다시 한 번 그의 얼굴을 향했지만 이번엔 호준의 커다란 손에 잡혔다. 김선욱은 주아의 소속사 사장이었다. 돈이 되는 일이라면 뭐든 시키는 사람이다. 가끔 유명인들과 술자리를 주선하기도 했다. 하지만 주아가 완강히 거절을 해서 2차까지 가는 일은 없었다.

"이렇게 에너지가 넘쳐서 주체할 수 없나 보지? 그런 에너지는 그렇게 발산하는 게 아니지."

호준의 얼굴이 위험스럽게 주아의 얼굴 앞으로 다가왔다. 그의 숨결이 느껴질 정도로 가까이 내려온 얼굴은 주아의 얼굴 앞에서 멈추었다. 주아는 그의 어두운 시선을 피하지 않고 그대로 쳐다보고 있었다. 둘은 마치 눈싸움을 하듯이 서로를 강하게 응시했다.

이렇게 가까이 그의 얼굴을 본 적은 처음이었다. 운동선수답게 검게 그을린 그의 피부는 말의 피부를 연상시킬 정도로 짙은 구릿빛에 탄력이 넘쳤다. 거기에 숱 많은 한쪽 눈썹은 불만이 가득한 듯 올라가 있었고 칠흑같이 어두운 그의 검은 눈동자는 숨이 막히게 그녀를 응시하고 있었다.

"다 감상했어? 물론 마음에 들겠지?"

"도대체 뭐가 그렇게 불만이죠? 우린 알지도 못하는 사이인데? 내가 소문이 무성하든 에너지가 너무 넘치든 강 선수가 상관할 일이 아니죠."

주아는 그의 빨려 들어갈 것 같이 매력적인 눈을 똑바로 쳐다보며 말했다. 왜 호준의 눈빛을 상대 타자들이 싫어하는지 알 것 같았다. 강하다는 표현으론 부족한 아주 날카롭고 무서운 눈빛이었다. 말을 하는 내내 마치 잡아먹힐 것 같은 공포를 불러일으켰지만, 그것만 존재한다면 매력을 느끼지 못할 것이다. 그 안엔 여자들을 묘하게 홀리는 힘도 있었다.

주아는 그런 마음을 들키고 싶지 않아 턱을 한 번 더 치켜들었다.

"나도 그러고 싶지 않은데 말이야."

그가 자신의 손목에 찬 시계를 힐끗 보았다. 그리고 주아를 한심하다는 듯 쳐다봤다.

"누가 벌인 일 때문에 1시간 후에 기자회견을 해야 하거든."

도통 못 알아먹을 말만 하는 그였다. 얄미웠다. 호준이 말한 김선욱 말고도 그녀를 악의적으로 모함해서 소문을 마구 퍼트리는 사람들이 많았다. 선수들이 로커에서 혹은 불펜에서 무슨 말을 하는지 그녀는 알 수 없었지만 확실한 건 그녀가 그들의 심심풀이 땅콩이 된 건 분명했다.

저 콧대를 꺾어 버리고 싶었다. 진우를 위해 와준 건 너무나 고마운 일이었지만 지금은 그 고마움이 조금도 남아 있지 않았다.

그는 주아의 콤플렉스를 건드렸다. 아무리 그녀가 무시할 대상이어도 선을 넘지 말았어야 했다.

"당신도 내가 어떤지 궁금해요?"

주아가 호준의 가슴에 자신의 양손을 가져다 댔다.

"키스를 얼마나 잘할지? 아니면 섹스를 얼마나 에너지 넘치게 할지? 하긴, 난 말이죠. 밑에서 하는 건 싫어해요."

"……."

호준의 눈빛이 흔들렸고 주아의 손바닥 아래에선 그의 심장이 튀어나올 듯이 뛰고 있었다. 천하의 강호준이 지금 주아의 도발에 당황한 게 분명했다. 그 틈을 놓칠 리가 없는 주아였다. 연예계에게 잔뼈가 굵은 그녀다. 여자 솔로가 살아남기 힘들다는 가요계에 가창력과 퍼포먼스를 둘 다 잘하는 가수로 그녀는 12년을 버텼다. 그동안 수많은 일들이 있었고 주아는 그걸 극복하는 방법을 잘 알았다.

그리고 남자들을 어떻게 다뤄야 하는지도 잘 알게 되었다.

주아가 호준의 슈트를 양손으로 잡아끌어 그의 입술에 자신의 입술을 가져다 대는 데 성공했다.

"이건 키스가 아니죠."

주아가 호준의 입술에 자신의 입술을 대고 말을 하며, 그가 정신을 차릴 틈도 없이 이번엔 입술을 벌려 강하게 자신의 혀를 밀어 넣었다. 그리고 주아는 깨달았다. 자신이 크나큰 실수를 했다는 사실을 말이다.

자신 있었다. 남자 하나쯤 그대로 고꾸라뜨릴 수 있을 만큼 자신이 남다르게 섹시하다는 걸 스스로 알고 있었다. 그래서 언제나 그녀는 소문의 중심이 되었고 남자들의 흑심의 대상이 되었었다.

하지만 지금은 뭔가 달랐다. 그의 입술을 잡아먹을 듯이 자신 있게 삼키고 그 안으로 과감하게 혀를 밀어 넣었다. 그의 고른 치열을 훑어 내리며 주인만큼이나 탄탄하고 탄력 있는 혀를 과감하게 빨아 당기기도 했다.

그런데 참 신기하게도 호준의 반응보다 주아 스스로 반응이 더 빠르게 오는 것 같았다. 그의 혀를 빨아 당길수록 주아는 아랫배 깊은 곳에서 짜릿함이 느껴지고 있었다. 마치 키스 경험을 처음 하는 것처럼 강한 전율이 온몸에 퍼지고 있었다.

정신을 차려야 했다. 오늘 여러 면에서 강호준에게 당하고 있는 느낌이 들었다. 왜 갑자기 이렇게 순순히 자신의 부탁을 들어준 것인지 그리고 왜 화를 내는지 도무지 알 수가 없는 상황이었다.

그리고 왜 이렇게 자신이 호준의 키스에 흥분하고 있는지도 말이다.

"읍!"

여태 그녀의 공격을 그대로 받고만 있던 호준이 갑자기 주아의 허리를 자신 쪽으로 강하게 끌어당기더니 기습 공격을 시작했다. 혀를 뽑아 버릴 듯이 빨아들이는 그의 키스에 주아는 머릿속이 하얗게 변했다.

아무것도 생각할 겨를이 없었다. 자극적인 그의 혀에 현혹이 되어 그녀도 같이 반응하고 있었다. 서로의 혀가 격렬하게 얽히고 있었다. 이곳이 언제든지 사람들이 드나들 수 있는 비상계단임을 망각한 상황이었다. 그의 손이 그녀의 허리를 따라 올라와 풍만한 가슴에서 멈추고 엄지손가락으로 그녀의 가슴 끝을 쓸고 있었지만 지금 주아는 오로지 그의 혀에만 집중을 하고 있었다.

"으으음."

그녀의 입에서 신음이 흘러 나왔지만 상관없었다. 더 깊이 그가 키스해 주길 바랄 뿐이었다.

파팟!

익숙한 빛이었다. 왜 플래시가…….

찰칵 찰칵 찰칵!

갑자기 플래시가 터지더니 그들보다 한층 위에서 누군가 사진을 찍기 시작했다. 너무 당황한 주아와는 다르게 호준은 그녀를 온몸으로 가렸다. 그의 넓은 가슴에 주아가 가려졌다.

두근두근

자신의 심장 소리가 이렇게 크게 들린 적이 없는 주아는 눈을 살짝 들어 호준의 얼굴을 올려다보았다. 다른 곳을 보고 있을 줄 알았는데 호준의 차가운 눈이 그녀를 내려다보고 있었다.

"원하는 게 이런 거였어?"

"······."

더없이 차가운 그의 말에 주아는 그저 멍하게 그를 바라볼 뿐이었다. 그가 뭔가 오해를 하고 있는 것 같았다. 마치 기자를 그녀가 부른 것처럼 말하는 호준이었다.

"오늘은 주아 씨가 원하는 걸 다 들어주지. 하지만 그 다음은 분명히 내가 원하는 걸 해줘야 할 거야."

그가 갑자기 그녀를 비상구에 세워 두고는 사라져 버렸다. 그녀가 뭘 원하고 그가 또 뭘 원한다는 건지 알 수가 없었다.

"이해 가게 말하라고······."

주아는 작은 소리로 이렇게 말했다. 또다시 징글징글한 스캔들에 휘말릴 것 같았다. 이제 조용히 지내고 싶었는데 1년도 지나기 전에 또다시 스캔들이 터지면 주아는 진짜 견디기 힘이 들 것 같았다.

그 자리에 주저앉은 주아는 한참을 흐느껴 울었다.

병원을 나온 호준은 자신의 애마인 블랙 람보르기니에 몸을 실었다. 사람들의 감탄 어린 시선이 그의 뒤를 좇고 있었다. 하지만 호준은 자신의 입술을 거칠게 쓸어내리며 방금 전의 뜨거운 키스의 기억을 지우려 애를 썼다.

"젠장!"

이곳에 오는 게 아니었다. 그냥 평소 스캔들이 터질 때처럼 사실무근이라고 하고 기사를 낸 기레기들을 고소하면 그뿐이었다. 그런데 왜 그렇게 이곳에 왔을까? 아무리 생각해도 왜 그랬는지 알 수 없었다.

주아는 아직 그들의 스캔들이 터진다는 사실을 모르고 있는 것 같았다. 그렇지 않다면 그녀의 연기는 완전히 아카데미 여우주연상 감이었다. 하긴 그녀는 연기도 잘했다. 그래서 액면 그대로 믿을 순 없었다.

어제 그녀의 매니저가 야구장에 다녀간 이후로 얼마 지나지 않아서 친한 기자가 그에게 전화를 해서 둘 사이를 물었다. 처음엔 그게 무슨 말이냐고 물었지만 그의 말에 따르면 오늘 기사가 뜰 거라고 했다.

주아와 그의 스캔들 말이다. 처음엔 끝까지 막을 생각이었고 그 생각은 오전까지 변함이 없었다. 그래서 그녀의 매니저에게 전화를 걸어서 오전의 일정을 물었고 그녀가 병원에 간다는 걸 알게 되었다. 그래서 호준은 그 시간에 맞춰 병원을 찾게 되었다.

조카를 공략한다면 주아도 이 터무니없는 기사를 같이 막아줄 거란 생각이 들었기 때문이었다.

윙~

아버지의 전화였다. 그의 일거수일투족을 감시하는 분이었다. 오로지 야구에만 관심이 있었다. 그의 몸 상태를 물은 적은 한 번도 없었다. 오늘 연습은 얼마나 했는지 악력 운동은 했는지 수건으로 하는 이미지 트레이닝은 몇 번이나 했는지 오로지 야구 얘기뿐인 아버지였다.

"여보세요?"

[어디냐?]

"운전 중입니다."

[내가 운전을 하지 말라고 그렇게 말을 했는데 또 운전이냐? 운동선수가 몸이 얼마나 중요한지 몰라?]

"……."

또 시작이었다. 이럴 땐 입을 닫는 게 나았다.

[기자 회견 한다며?]

소식이 아주 빨랐다. 하긴 그에 관한 모든 걸 아버진 꿰뚫고 있었다. 그의 매니저와 개인 코치가 아버지에게 시달리고 있었다. 말을 제대로 하지 않으면 정말 달달 볶였다.

[난 주아가 별론데 네 엄마는 그 아가씨가 마음에 드는 모양이더구나.]

"어머니가요?"

[그래, 웃기게 다른 땐 멍하게 누워있는데 그 아가씨 노래가 나오면 웃어. 아주 좋아 죽는다.]

호준의 어머니는 재작년 교통사고로 지금은 침대 신세였다. 어머니가 예전처럼 건강하셨다면 아버지는 그의 곁에 매일 계셨을 것이다. 이건 유소년부터 야구를 한 사람들이라면 공통적인 일이었다.

아버지들은 아들들이 하는 야구에 빠져서 생업을 거의 포기하고 운동장에서 아이들의 운동 모습을 체크하는 경우가 많이 있었다. 호준의 아버지는 그중에서도 특히 더했다. 초등학교 때 야구부 학부모회장을 하면서부터 중학교, 고등학교까지 모두 회장을 역임하실 정도로 아주 극성이셨다.

그런 아버지가 지금은 어머니 병수발을 하시니 여간 좀이 쑤시는 게 아닐 것이다. 그렇지만 그의 경기가 있는 날에는 어김없이 간병인을 두고 그의 경기장을 찾으실 정도로 여전히 극성 부모였다.

아버지가 징그럽게 싫을수록 호준은 어머니에 대한 사랑이 짙어만 갔다. 그런 어머니가 주아를 좋아한다니 왠지 다행이라는 생각이 들었다.

[내 말 듣고 있어?]

"네?"

[언제 주아 데리고 병원에 와. 엄마가 좋아할 거야. 왜 대답이 없어?]

"알았어요."

[싱겁긴. 주아는 운전 잘해? 다음에 올 땐 주아한테 운전하라고 해. 아니지, 주아도 슈퍼스탄데 몸 관리 잘해야지. 다음엔 유신이한테 운전하라고 해.]

아버지가 오히려 주아를 어머니보다 더 좋아하는 느낌이었다. 통화를 끝내고 얼마 지나지 않아 오늘 기자회견을 열 프레스센터에 도착했다. 그가 도착하자 수많은 언론사 기자들이 벌써 자리를 꽉 채우고 있었다.

"호준아."

그의 매니저인 유신이 그를 걱정스러운 표정으로 보고 있었다.

"괜찮아."

"진짜야? 네가 기자회견을 한다니까 내 심장이 터질 것 같다."

평소에 기자회견을 안 하기로 유명한 그였다. 승리한 경기의 MVP가 되어 스포츠 기자들 앞에서 인터뷰해야 할 때를 제외하고 그는 이렇게 개인적인 일로 언론에 노출이 되는 걸 극히 꺼려했다.

"화내지 말고 욕하지 말고."

"내가 애야?"

"차라리 애면 때리기라도 하지."

"뭐?"

"아니다. 제발 성질 좀 죽이라고."

"……."

그가 기자회견장 안으로 들어가자 여기저기서 플래시가 터지고 있었다. 호준은 테이블에 앉기 전에 기자들을 향해 정중하게 허리를 굽혔다. 그리고 테이블에 앉아서 차근차근 자신의 입장을 말하기 시작했다.

"안녕하십니까? 갑작스러운 기자회견이라서 제가 보도문을 만들지 못했습니다. 그러니 기자분들이 말주변이 없는 저를 대신해서 예쁘게 써 주시길 바랍니다."

"서주아 씨와 사귀는 게 맞나요?"

"네."

장내가 술렁이기 시작했다.

"언제부터 사귀게 되셨습니까?"

"갑자기요."

그의 말을 장난스럽게 받아들인 기자들이 웃기 시작했다.

"결혼까지 생각하십니까?"

"네."

그가 대답을 함과 동시에 그는 쓰러지는 유신을 보았다. 이제는 수습 불가의 상황이 되어버렸다. 그는 그 후로 기자회견이 계속되는 동안 차분하게 서주아도 모르는 미래에 대해 이야기하기 시작했다.

호준은 자신의 인생에서 최대의 실수를 하고 있음을 느끼면서도 이렇게 하지 않으면 안 될 것 같은 생각이 들었다. 어머니의 얼굴에 미소가 지어지는 게 생각이 났고 그리고 아직도 인정하고 싶지 않지만 그의 입술에 남아 있는 주아의 당돌한 입맞춤의 여운이 그에게 이토록 큰일을 저지르게 만들고 있었다.

하지만 이상하게 그는 후회하는 마음이 들지 않았다. 이상할 정도로…….

1. 우연한 만남

1년 전.

파밧!

찰칵찰칵찰칵!

놀란 주아가 자신의 가방으로 얼굴을 가리며 고급 아파트 지하 주차장을 빠져 나오고 있었다.

"서주아 씨, 왜 최현철 의원님의 아파트에서 나오는 거죠?"

"……."

"두 분은 언제부터 만나는 사이였나요?"

"……."

눈앞이 캄캄하다는 게 어떤 것인지 주아는 태어나서 처음으로 느끼고 있었다. 정보가 새어 나갈 수 있는 상황이 아니었다. 이곳에 그녀가 온다는 사실은 최 의원과 그녀만 아는 사실이었다. 그렇다면 기자들에게 미행을 당한 것일까? 그럴 리가 없었다. 올 땐 분명히 그녀는 그녀의 벤이 아닌 지인의 차로 비밀스럽게 이동했다. 뭔가 이상했다. 함정에 빠진 것이다.

"한마디만 해 주세요. 최현철 의원님의 아이가 오늘 태어난 거 아시나요? 부인께 사과의 말이라도 해 주시죠?"

집요하게 묻는 기자는, 마치 검찰청 앞에서 정치인들에게 끊임없는 질문을 하는 것처럼 끝까지 그녀의 뒤를 따르며 묻고 또 물었다. 차가 주차되어 있는 곳을 잘못 찾아 주아는 다시 왔던 길을 돌아갔다.

"주아 씨……."

탁!

겨우 차에 오른 주아는 서둘러 주차장을 빠져나왔다. 오늘 현철이 그녀를 불렀다. 둘은 서로의 관계를 정리하기 위해 마지막으로 만난 것이었다. 이곳은 현철이 정기 국회 때 머무는 아파트였다.

현철의 본가는 부산이었다. 그리고 지금은 부인이 늦둥이를 출산했다. 한마디로 그녀는 지금 불륜녀가 된 순간이었다. 차를 몰고 가면서 주아는 눈가에 눈물이 맺혔다. 아무것도 모르는 사람들은 그녀를 남의 가정을 파괴시키는 못된 여자로 알겠지만 사실은 그게 아니었다.

진실을 말한다면 사람들은 믿어 줄까? 하지만 절대로 사람들은 그녀를 이해해 주지 않을 것이다. 그냥 불륜녀의 변명 정도로만 알 것이다.

눈물을 한 손으로 쓸어내리며 주아는 운전에 집중했다.

"그래, 이걸로 끝낼 수 있다고 했어."

최현철 그 악마 같은 인간이 그녀에게 그렇게 말했다. 다시는 생각하고 싶지 않은 일들이 그녀의 머릿속을 스치고 지나갔다. 도저히 울음을 참을 수가 없었다. 불륜녀라는 낙인보다 그녀는 최현철에게서 벗어나는 게 너무나 중요했다.

김선욱의 핸드폰 속에는 주아의 영상이 있었다. 자그마치 2년 동안 그녀를 괴롭힌 선욱이었다. 선욱은 그녀의 소속사인 빛나라 엔터테인먼트의 사장이었다.

집요하게 그녀를 쫓아다니는 현철의 애정 공세에 주아는 몇 번 그와 밥을 먹은 적이 있었다. 직업상 사람들과 친하게 지내야 하는 그녀로서는 일상과 같은 일이었다. 현철을 남자로 보지 않은 주아였다. 그래서 현철이 사귀자고 했을 때 웃으며 정중하게 거절했다.

그는 유부남이었고 자식도 있었다. 하지만 최현철은 주아를 놓아주지 않았다. 그녀의 약점을 잡고 있는 소속사 사장인 선욱에게 거금을 주고는 그녀에게 끊임없이 애정 공세를 펼치고 있었다. 그녀가 원하지 않은 스폰서였다.

어릴 때부터 그녀와 함께 일하던 주은호 사장이 동업자인 김선욱에게 밀려 회사를 떠나자 김선욱은 본색을 드러냈다. 자신의 소속사에 있는 여자 연예인들을 이용해서 정치인, 기업인들을 대상으로 거의 매춘에 가까운 일을 시키며 자신의 배를 채우고 있었다.

하지만 주아가 말을 듣지 않자 그녀의 영상으로 협박하기 시작했다.

선욱은 동료들에게 그녀와 깊은 관계라며 자신의 첩이니 건드리지 말라는 말까지 해서 그녀를 힘들게 만들었다. 갑자기 속이 울렁거리기 시작한 주아는 골목에 차를 세우고는 전봇대에서 구토를 하기 시작했다.

그날의 일이 생각나면 주아는 자신도 모르게 속에 있는 것들이 올라왔다.

"웩!"

마치 술에 잔뜩 취하고 난 다음의 상황 같았다. 하지만 지금 그녀는 아무것도 먹지 않아서인지 위액만 넘어오고 있었다. 다시 차에 탄 주아는 운전대에 머리를 박고 크게 울기 시작했다.

"왜, 나한테 이러는 거야!"

어느 날 말을 듣지 않는 주아를 선욱이 불렀고 다시는 정치인들의 술 접대 자리에 그녀를 부르지 않겠다고 약속을 했다. 주아는 선욱의 말을 믿었다. 그날 마신 맥주에 약이 들어 있다는 것도 모르고 말이다. 눈을 떠보니 그녀는 선욱과 한 침대에 누워있었다. 그는 주아가 신고를 하지 못하게 그녀의 알몸을 촬영했고 약에 취해 잠이 들어 있는 그녀의 몸에 몹쓸 짓을 하는 영상까지 찍어 두었다.

주아는 인기 고공 행진 중이었고 그녀의 가수 생활에 막대한 영향을 주는 선욱에게서 벗어날 수가 없었다. 선욱은 기획사의 사장일 뿐 아니라 천재 프로듀서였다. 그녀를 누구보다 돋보이게 할 줄 아는 사람이었다. 그게 그녀를 늪에 빠지게 했다.

집에 도착한 주아의 얼굴이 백짓장처럼 하얗게 변해 있었다.

"주아야, 괜찮아?"

"응."

친언니이자 하나뿐인 혈육인 윤수가 주아의 안색을 살피며 물었다. 집안의 가장은 주아였다. 어린 시절 부모님이 돌아가시고 그녀보다 5살이 많은 언니와 둘이 살았다. 예쁘게 생긴 언니가 고등학교를 졸업하기 전부터 단역배우로 활동을 했고 그녀도 16

살부터 연예계에 입문을 했다. 한마디로 언니 따라 갔다가 연예인이 된 것이었다.

언니는 철이 없었다. 철이 없는 건 지금도 마찬가지였다. 20살에 진우를 낳았으니 말 다 한 것이었다. 언니가 야구 선수인 형부를 만나기 전까지 그녀는 불펜 포수가 뭔지 몰랐다. 형부 때문에 야구 선수들은 돈을 못 버는구나 정도로만 생각을 했고 집에 잘 들어오지 못하고 운동만 하는 줄 알았다.

전지훈련 때는 해외에 몇 달씩 가 있고 시즌 중에는 거의 구장에서 살았다. 그래서 언니의 결혼은 5년을 가지 못했고 조카만 둘이 생겼다.

그때부터 지금까지 주아는 언니의 가족까지 책임을 지게 되었다. 하지만 한 번도 자신의 상황을 원망한 적은 없었다. 요즘 들어 그 마음이 바뀌긴 했지만 말이다. 확실한 건 하늘은 그녀의 편이 아니란 것이었다.

귀여운 조카들과 함께 살 좋은 집도 마련했고 이제 좀 자리를 잡을 만했다. 그동안 스타의 자리에 있었지만 수익 배분에서 언제나 뒤로 밀렸다. 회사가 어려우니 그녀에게 지분을 사라는 것이었다. 그래서 현금으로 돈을 받지 못하고 회사의 주식으로 받는 게 대부분이었지만 올해부터는 그나마 정산을 제대로 받고 있었다.

하지만 그것도 이제 끝이 난 것 같았다. 국회의원과의 스캔들이 내일이면 대서특필이 될 것 같았다. 징글징글한 스토킹은 끝이 나겠지만 그녀의 가수 인생도 끝이 날 수 있었다.

윙~

김선욱의 전화였다. 어차피 받아봐야 좋을 게 없었다.

윙~

"누군데 전화를 안 받아?"

언니 윤수의 말에도 주아는 전화를 받지 않았다.

"아니야, 아무것도. 진우는?"

"누가 제 아비 자식 아니랄까 봐 지금 공터에서 이미지 트레이닝 중이다."

투수인 진우는 이번에 유소년 국가 대표에 뽑혔다. 5학년임에도 주전 자리를 찰 만큼 진우는 체격조건도 좋았고 실력도 좋았다.

"대만에 간다고?"

"응."

언니도 이번에 같이 갈 모양이었다.

"이모, 나도 갈 거야."

언제 들었는지 방에서 진서가 나왔다. 진우보다 2살 어린 진서는 오빠와는 다르게 공부를 잘했다. 언니를 꼭 빼닮은 외모로 예쁘게 생긴 이목구비와 긴 생머리로 학교에서 남자아이들에게 인기가 많았다.

"그래, 진서도 가."

"진짜? 역시 이모가 짱이야!"

진서가 바닥에서 방방 뛰며 좋아했다. 이런 진서를 보니 주아도 기분이 좋았다.

"밥 먹었어?"

"어."

밥이 목구멍으로 넘어갈 상황이 아니었다. 그래서 언니에게 거짓말을 한 주아였다.

"진우나 데리러 가. 지금 10시가 넘었는데 너무 오래 연습한다."

그녀의 말에 언니가 진우를 데리러 간다고 말했다. 그때 현관에서 진우가 들어오는 소리가 들렸다.

"진우……."

집안에 있던 세 여자가 모두 놀라 경직된 자세를 하고 있었다. 김 사장이 얼굴이 붉으락푸르락해서 집안으로 들어오고 있었다. 그녀가 들어오면서 문을 제대로 닫았는데 이상했다. 김 사장은 신발도 벗지 않고 그녀에게로 곧장 걸어오고 있었다.

눈은 화가 나서 거의 초점을 잃은 눈이었다. 이런 김 사장의 눈빛을 한 번도 본 적이 없는 주아는 갑자기 온몸에 소름이 돋기 시작했다.

쫘!

순식간의 일이었다. 얼굴이 옆으로 돌아갈 정도의 충격이 가해졌지만, 너무 놀라 아픔을 느낄 사이가 없었다. 다만 왼쪽 뺨이 불에 덴 듯 열기가 느껴지고 있었다. 하지만 정신을 차릴 사이도 없이 이번엔 오른쪽 뺨에 더한 충격이 가해졌고 주아는 거실 바닥에 마치 비련의 주인공처럼 쓰러졌다.

전혀 의도한 상황은 아니었지만 마치 영화 속 비련의 주인공처럼 그녀는 그렇게 바닥에 쓰러져 있었다.

"아악! 뭐 하는 짓이에요?"

넋을 놓은 주아 대신에 언니 윤수가 조카 진서를 안고 격하게 소리를 질렀다. 하지만 김 사장은 윤수의 말 따위는 안중에도 없었다.

"이 미친년아, 네가 무슨 짓을 한 줄이나 알고 있어?"

선욱은 목에 핏대를 세우고 말했다. 뭔가 일을 저지를 분위기였다.

"언니, 진서 데리고 나가."

주아가 언니와 진서를 이 위험한 상황에서 내보내려 했다.

퍽!

"내 말 안 들어?"

주먹이 머리를 강타했다.

"언니."

언니는 뒷걸음치며 슬슬 빠져나갔다.

"신고하면 네 동생 연예계 생활은 끝나는 줄 알아. 알았어? 네 동생이 얼마나 걸레인지 내가 다 불어 버릴 테니까."

"언니."

주아의 눈에 울고 있는 진서가 보였다. 지금은 조카에게 이런 모습을 보이고 싶지 않았다.

"내가 최 의원한테 잘하라고 했지? 그런데 헤어져? 거기다가 기자에게 들키기까지 해? 정신이 오락가락하나 봐?"

"악!"

김 사장이 주아의 머리채를 잡아 그의 얼굴을 보게 했다.

"스타라고 착각하는 건 여기까지. 오늘날의 주아가 있기까지 노력한 건 나야. 알아? 내가 널 계속해서 가수로 일할 수 있게 만들어 주고 있는 거니까. 건방 떨지 마."

김 사장이 분노조절 장애가 있는 건 소속사 모두가 아는 일이었다. 보통은 매니저들에게 그 화가 갔기 때문에 상대적으로 연예인들은 조금 나았다. 하지만 오늘처럼 완전히 눈이 돌아가면 연예인이고 뭐고 간에 직접적으로 화를 내며 일을 처리했기 때문에 김 사장은 모두에게 두려운 존재였다.

"내일 이번 스캔들 보도가 나갈 거야. 넌 어제 최 의원의 집에 간 게 아니라 그 아파트에 살고 있는 지인에게 다녀온 거야. 알았어?"

"……"

"대답 안 해?"

"알았어요."

입안에서 피 맛이 느껴지고 있었다. 김 사장이 다시 주아의 머리채를 잡고 그를 보게 했다.

"경고하는데 소녀 가장이면 가장답게 굴어. 너 하나 매장시키는 건 식은 죽 먹기보다 쉬우니까."

이보다 더 치욕적인 적은 없었다. 주아는 눈물을 필사적으로 참았다. 김 사장 앞에서 더 이상 초라해지고 싶지 않은 마음에서였다.

"다음부터는 문까지 따게 만들지 마. 당분간 집밖에 나올 생각도 하지 말고."

김 사장이 나가고 바로 언니와 조카들이 들어왔다.

"이모!"

진우가 놀라서 그녀를 보았다. 5학년인 진우는 또래 아이들보다 많이 컸다. 그냥 보기엔 고등학생 같은 덩치였다.

"괜찮으니까 가서 씻어."

"어떤 놈이 이런 거야!"

요즘 사춘기인 진우도 분노를 조절하기 힘든 상태였다.

"언니, 진우 데리고 들어가."

"어."

윤수가 진우를 끌고 아이의 방으로 들어갔다. 조카들 보기 민망한 주아가 몸을 일으키는데 얼굴 앞으로 물수건이 보였다.

"이모, 이거. 그리고 너무 속상해하지 마. 엄마가 그러는데 이모 잘못이 아니래. 이모는 다 뿌리치고 나올 수 있는데 우리 가족 때문에 참는 거라고 했어. 난 이모가 그 회사 나왔으면 좋겠어. 이모는 어디 가도 인기 짱인 가수니까."

울컥하는 마음에 주아가 진서를 안았다. 10살 먹은 작은 아이인데 어른처럼 철이 들어버렸다. 아빠 없이 자랐지만, 여느 아이처럼 키우고 싶었는데 그녀의 조카들은 어느새 철이 들어버렸다.

"진서야, 진서는 그냥 공부만 하면 돼."

"어떻게 그래?"

작은 몸이 가늘게 떨리고 있었다. 말은 안 했지만 아까 주아가 맞는 걸 보고는 많이 놀란 모양이었다.

"진서야, 괜찮아."

주아의 눈에서도 참았던 눈물이 흐르고 있었다.

다음 날 날이 밝기 시작하면서부터 인터넷 검색어 1위는 모두 주아 차지였다. 천하의 불륜녀로 등극하면서 그녀의 과거 스캔들까지 터져 나오는 힘든 상황이었다. 주아는 세상과 완전히 단절하며 한 달가량을 집 밖으로 한 발자국도 나가지 않았다.

소속사에서는 반박 기사를 내고 사태 수습에 열을 올리고 있었고 최 의원은 최 의원 나름대로 기자를 고소하고 나섰다. 주아는 그들이 무엇을 하건 상관하고 싶은 마음이 없었다.

"주아야, 다음 주에 우리 대만 가는데 괜찮겠어?"

윤수가 주아의 눈치를 살피며 물었다. 아무리 철이 없는 언니라도 지금 상황이 안 좋은 걸 알고는 그녀의 눈치를 보고 있었다.

"응, 아이들하고 잘 다녀와. 언니도 머리 좀 식히고."

"우리 집에서 머리 식힐 사람은 주아 너야."

주아는 쓴웃음을 지었다. 사실 머리가 터져 버릴 것처럼 복잡했다.

"오늘 진우 훈련 있는데 같이 가서 볼래?"

"……."

"진우 학교에서 이번 유소년 대표팀 훈련이 있는데 오늘 강호준이 와서 특별 레슨 해 준다고 하더라고."

"그래?"

"응, 진우가 제일 좋아하는 선수잖아. 잘생기기도 했고."

야구에 대해 그렇게 잘 알지 못하는 주아였지만 그래도 강호준이 누군지는 알았다.

"블랙데블?"

"응."

진우의 방 한가득 붙어 있는 강호준의 포스터 덕이긴 했지만 말이다. 진우의 소원은 강호준의 사인볼 하나 갖는 것이었다.

"너도 얼른 준비해. 같이 가자."

얼떨결에 그녀는 언니를 따라 진우의 학교로 향했다. 진우는 국가 대표 유니폼을 입고 있었다.

"이제 더 열심히 해서 청소년 국대도 돼야지?"

그녀의 말에 진우가 씩 웃었다. 자신이 있다는 소리였다. 언니의 말에 따르면 국가 대표 유니폼은 초등학생이나 어른이나 다 디자인이 같다고 했다. 국대 유니폼을 입은 진우를 보니 가슴이 뭉클했다.

아이들이 운동장을 돌며 뛰기 시작했다. 4월이라 그렇게 추운 날씨는 아니었지만 주아는 혹시나 남들이 그녀를 알아볼까 선글라스에 마스크까지 하고 운동장 옆에 있는 벤치에 앉아서 아이들이 운동하는 걸 보았다.

역시 운동장에는 그녀 말고도 구경꾼들이 많았다.

"다 여기 연습하는 애들 부모님들이야. 다 다른 학교라서 아이들 태우고 왔나 봐."

"그래. 다들 극성이군."

"애가 힘든 운동을 하는데 그냥 보고만 있는 부모가 어디에 있니?"

"하긴."

그때였다. 아주 건장한 남자가 그들을 향해 걸어왔다.

"진우 어머님."

"감독님."

완전히 군대 상사가 온 것처럼 언니는 어쩔 줄을 모르며 감독에게 인사를 했다. 그녀를 아는 체해 준 게 무슨 큰 은혜가 되는 것처럼 말이다.

"진우 잘하고 있습니다."

"다 감독님 덕분이죠."

가까이서 보니 배가 남산만큼이나 나와 있었다. 운동하는 사람이 아니라 덩치 좋은 동네 아저씨 같은 느낌이었다.

"이쪽은 진우 이모예요."

언니가 억지로 주아를 끌어당겨서 주아는 고개를 끄덕였다.

"선글라스 벗어야지."

은근히 그녀가 누구인지 알려 주고 싶은 모양이었다. 스캔들 때문에 집에서도 안 나오는 동생을 데리고 와서 얼굴을 공개하라니 참 철이 없어도 너무 없었다.

언니는 주아를 자랑하고 싶어 안달이었다. 평소에 자랑을 하고 다니진 않았지만 그녀가 옆에 있으면 꼭 아는 사람들에게 인사를 시키는 언니였다. 따라오는 게 아니었는데 라는 생각이 들었다.

"안녕하세요. 서주아예요."

그녀가 선글라스를 벗고 감독에게 인사를 하자 감독은 그녀가 누군지 알아본 게 확실했다.

"주, 주아?"

당황해서 그녀의 이름만을 말한 감독이었다. 진우 녀석이 학교에서 이모가 누군지 말을 안 한 모양이었다. 제 엄마보다 더 나은 놈이었다.

"에이스 진우 친이모예요. 우리 진우 잘 부탁드려요."

"네, 네. 그럼요."

감독을 향해 주아가 특유의 치명적인 미소를 날렸다. 조카 진우를 위해 못할 게 없었다. 오늘은 국가 대표 아이들이 모인 만큼 아이들끼리의 신경전과 부모들의 신경전이 대단해 보였다. 아이들은 운동장에서 각자의 기량을 자랑하고 있었고 부모님들은 이번 국대 감독에게 잘 보이기 위해 노력하고 있었다.

"우리 감독님은 대표팀 코치로 가시고, 용답 초등학교 감독님이 감독으로 가셔."

그녀는 감독들이 앉아 있는 곳을 보았다. 다들 포스가 있어 보였다. 자리로 돌아간 진우의 감독은 그녀 쪽을 가리키며 뭐라고 말을 하고 있었다. 주아가 저기 있다고 말하는 모양이었다.

"언니, 여기 화장실은?"

자리를 피하고 싶은 마음에 주아가 화장실을 묻고는 자리를 피했다. 중무장을 하고 와도 눈부신 미모를 가릴 수 없다는 걸 주아는 알지 못했다. 주아가 일어나서 본관의 화장실로 가는 사이에 모두의 시선이 그녀를 향하고 있었다.

건물 뒤로 간 그녀는 주차장에 세워진 언니의 차로 향했다. 잠시 피하고 싶은 생각이 들었기 때문이었다. 올 때 그녀가 운전을 했기 때문에 차키도 그녀의 주머니에 있었다.

학교 주차장에 있기엔 아주 어울리지 않는 검은색 페라리가 서 있었다.

"페라리라……."

아주 안 어울리는 조합이었다. 연예인들이나 탈법한 차였다. 하긴 그녀의 차도 흰색 랜드로버였다. 주아는 남성적인 느낌의 차가 좋았다. 너무 잘빠진 스포츠카 말고 거친 차종이 좋았다.

이런 쓸데없는 생각을 하며 넋을 놓고 걷고 있는데 페라리에서 커다란 남자가 내렸다. 너무 거대해서 주아는 깜짝 놀랐다. 농구 선수라고 해도 될 만큼 큰 키에 덩치도 좋았다. 야구 점퍼에 야구복을 입은 걸 보니 야구 선수였다. 그렇다면…….

순간적으로 주아는 그가 누군지 알았다.

"강호준……."

주위를 압도하는 모습의 호준이었다. 지금 주차장에는 그녀와 그 둘뿐이었지만 그가 마운드에서 어떻게 상대방 선수를 제압할지 느낌이 왔다.

"블랙데블……."

팬들이 그에게 붙여준 별명이었지만 그 어떤 말보다 그를 잘 표현하는 말이었다. 그는 주아의 존재를 무시하고 차 안에서 부피가 상당한 가방을 꺼내 들고는 그녀를 지나쳐 아이들이 뛰고 있는 운동장을 향하고 있었다.

그녀를 스쳐 지나가는 호준은 170cm인 주아를 아주 아담하게 만드는 키였다. 190cm는 넘어 보였다. 속으로 우와 하는 감탄사가 나오고 있었다.

주아는 차로 가려다가 몸을 돌려 운동장으로 향했다. 그의 모습을 보고 싶었기 때문이었다. 저런 거구가 어떻게 움직이는지 알고 싶었다.

"시원해?"

"어."

"빨리 앉아. 진우의 우상이 왔다."

언니도 흥분한 모양이었다. 하긴 주변을 보니 학부모들도 벤치에서 일어나 강호준의 사진을 찍기 바빴다. 주아는 진우의 흥분한 모습을 보고는 웃음이 절로 나왔다. 자신을 바라보는 팬들의 시선과 같다고 느껴졌기 때문이었다.

진우가 운동장에서 방방 뛰고 있었다. 좋긴 좋은 모양이었다. 호준은 20명 정도의 아이들을 모아 놓고 무언가 열심히 말을 했다. 그녀의 위치에서 뭐라고 하는지 들리진 않았지만 열중 쉬어 자세의 아이들은 마치 군인들처럼 경직된 자세로 그의 말을 경청하고 있었다.

"애들 군기가 바짝 들었는데?"

"그렇지? 여기 야구부는 좋아. 아이들이 아주 예의바르고 좋아. 야구부 아이들은 어른들이 지나갈 때마다 야구 모자를 벗고 인사해."

"진짜?"

"제일 멋지게 인사 받는 사람은 교장, 교감 선생님이야. 퇴근하실 때 아이들 전체가 운동을 멈추고 차렷경례를 하거든."

"오올~, 하긴 나라도 기분 좋겠다."

언니의 말에 대답은 하고 있었지만 주아의 눈은 검은 악마 같은 호준에게 향해 있었다. 검은색 야구 점퍼를 입고 검은 야구 모자에 흰색 야구 바지를 입은 그는 그 모습 자체로 빛을 발하고 있었다.

"멋짐이 폭발하는군."

"뭐?"

"아니야."

마음속의 말이 나오고 말았다. 그가 아이들에게 투구 폼을 가르쳐 주기 전에 진우네 감독을 포수로 앉히고는 시범 투구를 보여 주었다.

　펑!

　야구에 대해 잘 모르는 주아가 보기에도 완벽한 강속구였다.

　"아파, 살살 던지라고."

　진우의 감독님이 귀여운 투정을 부리고 있었다. 구속이 대단하다 보니 포수 입장에선 아플 것 같긴 했다.

　"우리 진우도 저렇게 컸으면 좋겠다."

　"그럴 거야."

　여전히 언니의 말엔 건성으로 대답한 주아의 시선은 호준에게 행했다. 그의 팬이 될 것 같았다. 그녀처럼 선글라스를 끼고 있어서 그의 얼굴 전체는 볼 수 없었지만 주아가 선호하는 강인한 얼굴이었다.

　연예계의 대부분의 남자들은 곱상하게 생겨서 여자들이 부러워할 만큼의 미모를 가진 남자들도 많았다. 그래서 주아는 아름다운 얼굴의 남자들에겐 별 매력을 느끼지 못했다. 확실히 오늘 느낀 건 그녀가 야수같이 거친 선을 가진 남자를 좋아한다는 것이었다.

　수염을 깎지 않은 건지 기르는 건지 정돈이 되지 않은 그의 자연스러운 모습이 아주 마음에 들었다. 하긴 그녀가 마음에 들든 안 들든 지금은 아무 소용이 없었다. 완전 쌩얼에 마스크와 선글라스를 끼고 있는 그녀를 그가 알아볼 리가 없기 때문이었다.

그렇게 아이들의 훈련이 끝이 나고 아이들이 각자의 용품을 정리하는 그때에 진우의 감독이 언니를 불렀다. 그리고 언니는 감독에게 무언가 말을 듣더니 그녀에게로 왔다.

"감독님이 너한테 사인 좀 부탁하면 안 되냐는데?"

"사인?"

"응, 저기 본부석에 앉아 계시는 다른 학교 감독님들도 마찬가지고."

"나 쌩얼이야."

"넌 쌩얼도 예뻐."

"언니."

가끔 너무 철이 없는 언니 때문에 이런 일을 겪기 일쑤인 주아였다.

하는 수 없이 그녀는 본부석 감독들이 모인 자리로 갔다. 가기 전에 물론 마스크와 선글라스도 벗었다. 그녀가 누군지 알아본 사람들이 웅성거리기 시작했다. 주아는 이런 상황이 늘 익숙했다. 하지만 오늘 주아는 다른 날과는 다르게 떨리는 마음이었다.

본부석에 호준도 있었기 때문이었다.

"안녕하세요?"

그녀의 등장에 자리에 앉아 있던 각 학교 야구 감독들이 일제히 자리에서 일어나 그녀에게 인사를 했다. 기분이 나쁘진 않았다.

뭔가 대우를 받는 느낌이었다.

"오진우 이모 서주아입니다."

그녀의 인사에 감독들은 웃음을 감추지 않았다. 자고로 미인을 싫어하는 남자는 없었다.

"우리 진우 잘 부탁드립니다."

"진우 아주 잘해요. 에이스니까 걱정하지 마십시오."

"감사합니다."

주아가 조카 진우를 위해 미소를 남발하고 있었다. 이게 부모의 마음인 것 같았다. 하지만 본부석에서 유일하게 그녀를 돌같이 보는 남자가 있었으니, 주아의 관심을 한 몸에 받고 있는 호준이었다.

사인을 열심히 하고 있는데 그사이에 호준이 갑자기 사라졌다. 주아의 눈이 사방으로 호준을 찾았지만 그는 어디에도 보이지 않았다. 아쉬운 마음이 컸지만 할 수 없는 일이었다. 사인을 마치고 감독들에게 인사를 한 다음에 주아는 식구들과 함께 주차장으로 향했다.

"진짜 꼴값이네. 불륜녀가 여기가 어디라고 와서 감독들한테 꼬리를 쳐."

그녀의 뒤를 따라오던 학부모들이 들으라고 보란 듯이 이야기를 하고 있었다. 다행히 언니와 조카가 앞장서 걸어서 못 들었지만, 그녀는 그 가슴 아픈 말을 듣고 말았다.

"맞아, 아주 꼴값이네. 그리고 최 의원 부인이 아기 낳은 날 걸린 거 알아요?"

"진짜, 아주 못된 년이네."

도저히 참을 수가 없어 주아는 발걸음을 멈추었다. 그때였다.

"어떤 상황인지 모르시면서 그런 말씀 하시는 거 아닙니다."

"네? 강호준 선수……."

"어머님들 생각처럼 꼬리치지 않았습니다. 감독님들이 연예인이니 신기해서 부르신 거죠. 아이들 야구와는 관계없으니 신경 쓰지 마십시오. 그리고 같은 운동을 하는 선수의 이몹니다. 예쁘게 봐주시죠."

"어쩜……."

그의 말에 엄마들이 완전히 넘어가고 있었다. 주아는 끝내 돌아보지 못하고 자신의 차로 향했다. 고맙단 말을 하기에도 타이밍이 좋지 않았다. 나중에 시구할 일이 있거나 해서 야구장에 가서 그를 본다면 꼭 감사의 인사를 해야겠다고 생각했다.

"내 편을 들어 준 사람은 처음이야."

최 의원과의 스캔들로 몹시 힘이 들었던 그녀에게 그 어떤 위로보다 큰 위로가 되었다.

자신의 페라리에 오른 호준은 앞에 있는 랜드로버를 바라보고 있었다. 뒤의 창문으로 진우가 그를 보고 있었기 때문이었다. 웃음도 나고 그렇게 좋을까 하는 생각도 들고 해서 그는 진우에게 손을 흔들어 주었다. 감독님들이 하루 종일 주아의 조카가 진우라고 하는 바람에 이름을 외워 버렸다.

"아이고!"

그러자 진우가 그에게 인사를 하다가 창문에 머리를 찧는 게 보였다. 그의 이마가 다 아팠다.

"그렇게 좋을까?"

하긴 그도 선배 야구 선수 중에 우리나라 최고의 투수였던 최동민 선수를 너무나 좋아했었다. 그래서일까 진우의 모습에서 어릴 적 그의 모습이 보였고 다른 아이들보다 솔직히 더 정이 갔다.

당분간 진우가 잊히지 않을 것 같았다. 더구나 진우의 이모가 섹시 디바 주아일진 상상도 하지 못했었다. 가끔 시구 때 본 주아였다. 인기가 상당한지 야구 선수들도 그녀의 노래를 따라 부르거나 그녀의 이야기를 상당히 많이 했다.

스캔들 메이커인 주아였다. 연예인들에게 관심이 없는 그도 알 만큼 주아는 확실한 슈퍼스타였다. 하지만 오늘 실물로 본 주아는 아주 매력적으로 생긴 청순한 여자 같았다. 화장을 진하게 하고 무대에 올랐을 때의 모습과는 확연한 차이를 보였다.

상당히 뇌쇄적일 거라 생각했는데 예상 밖의 모습에 그는 어쩌면 그녀를 둘러싼 소문이 다는 진실이 아닐 거라는 생각이 들었다. 그래서 학부모들이 하는 말에 끼어들어 그녀 편을 들었다. 무턱대고 상대방의 험담을 하는 건 싫었다.

그도 수많은 댓글 테러를 당하며 억울한 적이 많았기 때문이었다.

윙~

그의 매니저 유신이었다.

"여보세요?"

[여보세요? 그 말이 나와? 훈련은 안 하고 어딜 간 거야? 지금 코치가 얼마나 기다리는 줄 알아? 아버님은 어떻고.]

안 봐도 비디오인 상황이었다.

"그럼 어떡해. 형이 부탁한 건데."

[친형이야? 그렇게 부탁한다고 다 가면 넌 언제 훈련해?]

"마누라냐?"

[내가 네 마누라였으면 넌 내 손에 죽었어.]

"하긴."

그와 관련한 모든 일이 걱정인 유신이었다. 유신은 고등학교 동창으로 그의 껌딱지였다. 공부를 잘해서 대기업에 취직도 했었는데 어느 날 보니 다 그만두고 그의 옆에 껌딱지가 되어 있었다. 이게 다 아버지의 작품이긴 했다.

[빨리 와.]

"알았다. 그런데 너 그냥 옛날에 다니던 회사에 다시 취직 안 되냐?"

[미친놈, 빨리 와.]

아주 시어머니가 따로 없었다. 통화를 끝내고 앞을 보니 랜드로버가 없었다. 아쉬웠다. 진우를 못 봐서 아쉬운 건지 아니면 주아를 못 봐서 아쉬운 건지 알 수 없었지만 말이다.

그의 페라리가 멈춘 곳은 서울의 부촌인 한남동의 저택 지하 주차장이었다. 집에서도 운동을 해야 하는 그는 아파트보다는 정원이 있는 주택을 선호했다. 야구 선수 중에 최고의 연봉을 받는 그인 만큼 그의 집 또한 그 규모가 남달랐다. 넓은 정원과 수영장이 갖추어진 그의 집은 대기업 회장의 집에 이어 우리나라에서 2번째로 비싼 집이었다.

하지만 집 안으로 들어가면 집이라기보다는 대형 헬스장을 방불케 했다. 대형 헬스장만큼이나 넓은 거실에는 흔한 소파 하나가 없었다. 오로지 있는 거라곤 수십 대의 각종 헬스기구뿐이었다.

그가 들어서자 이마에 내 천 자를 그리고 유신이 서 있었다.

"이거 마셔."

그를 위해 특별하게 제조된 건강 주스가 쟁반 위에 있었다. 호준은 아무 소리 없이 주스를 마시고 야구 점퍼를 벗었다.

"옷 갈아입고 올게."

"다시는……."

"그만!"

호준의 조용한 한마디에 유신이 입을 다물었다. 호준은 훈련 중에 인대 손상이 있어서 시즌 초반에는 등판하지 않기로 했다. 3월말에 시작된 프로야구 시즌은 11월 코리안 시리즈를 끝으로 마무리한다.

그의 등판은 다음 주 중부터 시작이었다. 유신의 말처럼 이렇게 시간을 허비하며 다닐 때가 아니었다. 참 시간이 빨리 갔다. 작년 엔 시즌 성적은 최고였지만 잦은 부상으로 인해 MVP는 되지 못 한 아쉬움이 있었다.

그래서 올해는 좀 더 의욕적으로 열심히 하려고 했는데 지난달 인대 쪽에 부상이 있었다. 지금은 재활 훈련 중이었다. 그가 본격 적인 운동에 앞서서 스트레칭을 하고 있었다. 그의 개인 트레이너 가 그의 스트레칭 모습을 지켜보고 있었다.

호준은 거구였지만 아주 유연한 몸을 가지고 있었다. 그건 투수 에겐 큰 장점이었다.

"아주 좋습니다."

"그래?"

"네, 유연성은 아주 좋으십니다."

"그런데 왜 다치는 거야?"

"……."

그의 질문에 트레이어가 입을 다물었다.

"유연성과 조심성은 다르지."

유신이 그사이에 한마디 했다.

"닥쳐!"

"네, 네."

"네가 친구야?"

둘 사이에서 어쩔 줄을 모르는 트레이너였다. 언제나 운동 때 일어나는 일이었지만 2년을 같이 하면서 아직도 적응이 안 됐다. 이건 유신만의 방법이었다. 운동만 하다보면 힘이 들고, 그러면 하기 싫어지니 옆에서 약간의 푸시가 들어가는 거였다.

물론 그걸 모르는 호준이 아니기에 둘은 이렇게 매번 싸우는 것이었다. 그렇게 하루가 휘리릭 빠르게 지나고 있었다.

"나 오늘 주아 봤다."

"서주아?"

저녁밥을 먹으며 호준이 유신에게 말했다.

"섹시하지?"

여느 남자들과 똑같이 유신은 주아의 외모부터 물었다.

"지난번 시구 때 멀리서 보긴 했는데 멀리서도 완전 섹시하던데……."

"예쁘더라."

"아직 여자는 아닙니다."

"누가 사귄대?"

"넌 꽂히면 그러고도 남을 놈이야."

"아니야."

"그럼 다행이고. MVP 한 번만 하자. 아직 저 장식장에 코리안 시리즈 MVP만 없다."

거실 벽면을 따라 즐비하게 놓인 상패와 트로피, 메달 사이에 없는 유일한 상이었다.

"체할 것 같아."

"알았어, 어서 밥 먹자."

영양사가 만들어 준 식단을 가정부 아주머니가 신경 써서 만들어 주셨다. 하지만 아무리 솜씨가 좋은 분이라도 저염식을 맛있게 할 수는 없었다. 그가 다시 운동 기구 앞에 섰다. 그리고 음악을 틀었다.

공교롭게도 주아의 음악이었다.

"꽂히지 말자."

그는 무리가 안 가는 무게의 덤벨을 들어 올리며 말했다. 하지만 자꾸만 떠오르는 주아의 얼굴을 지우기 힘이 들었다.

2. 기막힌 deal

소속사의 사무실을 빠른 걸음으로 들어가는 주아는 사장실 앞에서 걸음을 멈추었다. 사장에 대한 트라우마가 있는 그녀로서는 지금 아주 큰 용기가 필요했다. 1년 전에는 열쇠장이를 불러 집의 문까지 따고 들어와 그녀에게 폭력까지 쓴 김 사장이었다.

계약 기간이 1년이 남아 있어서 그녀는 아직 소속사에 있을 수밖에 없었다. 반드시 1년 후에는 다른 곳으로 옮길 생각이었지만 현재로서는 어려울 것 같았다.

똑똑!

문을 두 번 두드린 다음에 무작정 안으로 들어간 주아였다.

"뭐야!"

김 사장은 책상에 앉아서 그녀를 매섭게 보고 있었다. 책상 위에는 회장 김선욱이라고 쓰인 명패가 자리 잡고 있었다. 스스로 회장이 된 지 얼마 되지 않은 선욱이었다.

"사장님이 그러셨어요?"

일부러 회장이라고 하지 않고 사장이라고 불렀다. 이 말은 선욱이 가장 듣기 싫어하는 말이었다.

"사장님?"

역시나 그녀가 묻는 말보다는 사장이라는 말에 꽂힌 선욱이었다.

"왜 기사를 낸 거죠?"

주아가 선욱에게 따져 물었다.

"이런 기사에 익숙한 거 아니야? 아마추어처럼 굴지 마."

주아의 말을 무시하는 투로 선욱이 말하자 주아의 얼굴이 화가 나서 붉어졌다.

"이게 아마추어의 문제예요? 저쪽에선 저하고의 스캔들을 인정했다고요."

"예상외의 전개지만 그게 어때서? 상황 봐서 사귀다가 헤어졌다고 하면 되는 거지. 우리는 완전히 땡큐지."

선욱은 아직 사태를 파악하지 못하고 있었다.

"호준이랑은 내가 아주 친하니까 걱정하지 마. 아마 녀석도 뭔가 대중에게 자신을 어필할 생각인가 보지."

저녁에 술자리만 같이하면 다 친한 사이라고 하는 선욱을 믿을 수가 없었다.

"강호준은 슈퍼스타라고요."

"알아, 그러니까 우리가 더 고맙지."

속이 터지는 건 주아뿐인 것 같았다. 주아는 더 이상 김 사장과 말이 통하지 않자 사장실을 나와 자신의 벤에 올랐다.

"누나……."

"왜?"

운전석에 앉은 매니저 수호가 고개를 숙이며 그녀를 불렀다. 뭔가 잘못한 게 있는 표정이었다.

"너야?"

"죄송해요."

전날 주아의 심부름으로 강호준에게 조카의 병문안을 와주십사 하고 부탁한 수호였다. 그리고 수호는 그녀가 가족들에게 한 거짓말을 옆에서 들어서 잘 알고 있었다.

"사장님, 아니 회장님이 누나에 대해서 하나도 빼놓지 말고 말하라고 해서요. 지금 저 잘리면 갈 데도 없고……."

매니저가 눈물을 흘리고 있었다. 수호도 소년 가장이나 마찬가지였다. 동생만 셋인데 어머닌 어디로 도망가 버리고 아버진 매일

술타령이라고 했다.

"진짜 죄송해요."

"네가 무슨 죄가 있겠니, 시킨 김선욱이 문제지."

"그런데 왜 강 선수는 사귄다고 했을까요?"

그건 주아도 궁금했다.

"내가 아냐?"

"진짜로 누나랑 강선수랑 잘됐으면 좋겠어요. 강 선수는 완전 부자예요."

수호가 미안한 마음이 들었는지 괜한 말을 하고 있었다. 하지만 그 말이 더 주아를 열 받게 만들었다.

"더 열 받기 전에 가자."

"네."

더 이상 말을 못 하고 벤을 출발시킨 수호였다. 주아는 핸드폰으로 인터넷 기사를 확인하고 있었다. 검색어 순위를 거의 주아와 강호준이 휩쓸고 있었다. 수많은 댓글에는 왜 강호준 같은 슈퍼스타가 스캔들 메이커인 그녀와 사귀는지 이해할 수 없다는 내용과 여자는 자고로 예쁘고 봐야 한다는 둥, 과거는 섹시함에 용서가 되었다는 둥 아주 난리였다.

"누나, 읽지 마요."

"......."

"매번 읽고 상처받으면서 뭐하러 그렇게 댓글을 읽어요? 차라리 그냥 보지 마요."

"괜찮아."

"손에 피 안 통해요."

룸미러에 그녀가 주먹을 꽉 쥐고 있는 게 보인 모양이었다. 이건 주아의 버릇이었다. 포커페이스는 될 수 있어도 포커 핸드는 될 수가 없었다. 그녀는 얼굴은 평온한 표정이어도 화가 날 땐 주먹을 피가 안 통할 정도로 꽉 쥐는 버릇이 있었다.

"운전이나 해."

"제발 읽지 마요. 진짜 이상한 사람들 많으니까. 제대로 알지도 못하면서 말이에요. 난 김 회장님보다 더 나쁜 사람들이라고 생각해요."

하루 종일 일들이 터지다 보니 항상 무대에 설 땐 신이 났는데 오늘은 라디오 공개 방송인데도 기분이 그렇게 좋지 않았다.

"회장님이 그러셨는데요. 방송에서 혹시 열애설 물어보면 맞다고 하라고 하셨어요."

"……."

아침에 강호준이 그녀의 입술에 키스하던 걸 김 사장이 알았다면 어땠을까 라는 생각이 들었다. 아마도 좋아 죽지 않았을까 하는 생각이 들었다. 그리고 호준에게 돈을 뜯어냈을 것이다. 그렇게 돈을 벌고도 아주 돈에 환장을 하는 인간이니까 말이다.

선욱은 주아가 나가자 입술에 희미한 미소를 지었다. 친한 기자들이 아침부터 그에게 전화를 걸어 아주 정신이 사납게 만들어 놨지만 지금 선욱은 그 어떤 때보다 아주 기분이 좋았다. 불혹의 나이에 접어들면서 그는 삶에 재미가 없었다.

작년에 최 의원일이 크게 터지고 그 일을 막고 나니 그동안 쏠쏠한 재미를 주었던 스폰서 일이 확 줄어들었다. 신인 아이들을 키워야 하는데 스폰서가 없으니 아이들이 나가서 돈을 못 벌어 왔다. 지금은 그의 주머니 돈을 꺼내 놓을 수밖에 없었다.

한참 책상을 두드리며 생각을 한 선욱은 평소에 술자리에서 자주 본 호준에게 전화를 걸었다.

"여보세요?"

[네.]

다행히 호준이 전화를 받았다. 운동을 하는지 섹스를 하는지 헐떡이는 숨소리가 꽤나 자극적이었다.

"뭐 해?"

[운동 중입니다.]

기자회견을 끝내고 바로 운동에 들어간 모양이었다.

"오늘 기자회견 잘 봤어."

[네.]

아주 건성으로 답을 하고 있었다. 호준은 그가 주아의 소속사 회장인지 모르는지 무덤덤하게 전화를 받았다.

"내가 주아 소속사 회장인 걸 모르나 본데?"

[압니다.]

안다고 말을 하니 살짝 열이 받았다.

"그런데 우리 주아 일은 나하고 먼저 상의해야 되는 거 아니야?"

[그 말씀이라면 피곤합니다.]

"왜? 난 하나도 안 피곤해."

[형님, 오늘 전 주아와 딜을 한 겁니다.]

"무슨 딜?"

[알고 있지 않나요?]

"조카 병문안하고 스캔들은 다른 문제야. 주아는 여자고 스캔들 터지면 힘들어."

[그래서 스캔들이 아니라 진짜를 만들어 보려고요.]

호준이 주아에게 맘이 있는 모양이었다. 호준 정도의 재력이면 스폰을 하고도 남았다.

"진짜? 우리 주아 비싼데?"

[주아가 물건입니까?]

"나한텐."

호준은 한동안 말을 하지 않았다. 운동만 하던 녀석이라 여자를 돈으로 살줄 모를 것이다. 하긴 여자들이 돈을 오히려 줄 판이었다. 멋진 몸매에 순진함까지 갖춘 운동선수들은 언제나 여자들에게 인기 만점이었다. 조금 더 적극적으로 나갈 필요가 있었다. 모르면 가르쳐서라도 돈을 벌어야 했다.

"이번 일 생각 잘해. 그래야 해피엔딩이 되니까. 해피엔딩이 되려면 돈이 아주 조금 필요하지."

[……]

"동생 운동해. 나도 빨리 곡 쓰러 가야 하니까. 또 연락할게."

선욱은 전화를 끊고는 특유의 비릿한 미소를 지었다. 그리고 자신만의 비밀 작업실로 이동했다. 그곳엔 보기에도 안쓰러울 정도로 마른 남자가 쇠사슬에 묶여 앉아 있었다.

"밥……."

"넌 밥밖에 몰라? 이거나 먹어."

김밥 한 줄을 그에게 던져 준 선욱이었다.

"다 했어?"

"응."

형편없이 마른 손으로 김밥을 들고 허겁지겁 먹으며 그가 대답했다. 서번트 증후군인 성훈은 자폐증을 앓고 있어서 어린아이 같은 말투를 했지만 천재적인 작곡가였다. 모든 걸 건반으로 표현했고 특히 아름다운 여자들의 사진이나 아이돌의 뮤직비디오를 보고 나면 놀랄 정도의 작곡을 했다.

이 보물은 그에게 5년 동안이나 아름다운 곡을 써주었다. 우연히 성훈을 알게 된 그는 성훈의 아버지에게 성훈을 잘 키워주겠다고 말한 뒤 세상으로부터 차단시키고 그의 노예로 만들었다.

자꾸 아무나 보면 따라가는 특성 때문에 그는 성훈을 사슬로 묶어 두었다. 하지만 주변에 가는 철사만 있으면 귀신같이 쇠사슬을 푸는 녀석 때문에 놀랄 때가 한두 번이 아니었다. 주아의 대표곡들은 다 성훈이 작곡한 것이었다.

특히 성훈은 주아를 좋아했다. 주아의 사진이나 뮤직비디오는 마치 성훈의 뮤즈처럼 작용하는 것 같았다. 선욱이 주아를 버릴 수 없는 이유와도 맞물려 있었다.

"음식을 적게 먹는 것도 아닌데 왜 이렇게 마르지?"

선욱은 성훈이 이러다가 죽기라도 하는 게 아닌가 걱정이었다. 아직 5년은 더 해야 그가 목표하는 정도의 돈이 모일 것 같았다. 하지만 성훈이 버텨만 준다면 더할 수도 있었다.

"천천히 먹어."

"응."

이제 23살인데 성훈은 40살이 넘은 선욱보다 훨씬 더 늙어 보였다.

"네가 더 늙어 보인다."

성훈의 노래를 잠깐 살핀 그는 비밀 작업실을 나와서 아이돌들이 연습하는 공간을 살펴보았다. 미끈하게 잘빠진 계집애들로 뽑았는데 쓸 수가 없었다. 검찰이 이번에 스폰서 문제로 걸린 기획사들을 조사 중이기 때문에 몸을 사려야 했다. 아마추어들 때문에 그가 아주 힘이 들게 되었다.

"이제 슬슬 풀릴 때도 됐는데……."

선욱은 이제 조금씩 움직여 볼 생각이었다. 그냥 썩히기엔 아까운 애들이었다.

"메뚜기도 한철이라고 했다."

그는 혼잣말을 하며 다시 자신의 사무실로 향했다.

라디오 방송에서 어찌나 강호준에 대한 이야기를 캐묻는지 주아는 진땀을 빼야만 했다. 하지만 연예계 생활만 12년인 주아였다. 잔뼈가 굵을 대로 굵은 그녀는 요령껏 MC의 질문을 잘 피해 나갔다.

"진짜 유아름 씨는 너무하더라고요. 아주 사람이 못되게 집요한 것 같아요."

밴에 타자마자 수호가 구시렁거리기 시작했다. 하지만 지금 주아의 머릿속은 온통 강호준에 대한 생각뿐이었다. 왜 마치 사귀는 것처럼 그렇게 말을 했을까? 그녀는 수호가 무슨 말을 하는지도 모를 만큼 자신만의 생각에 빠져 있었다.

"수호야."

"네, 누나."

"너 친구 중에 강 선수랑 친한 친구가 있다고 했지?"

"네, 강호준 선수 트레이너예요. 그래서 지난번에 진우 일도 부탁하러 갈 수 있었어요."

"그래? 그럼 혹시 지금 강 선수 어디 있는지 알 수 있을까?"

그녀의 말에 수호가 룸미러로 그녀를 살피고 있었다.

"그렇게 이상한 눈으로 보지 말고 빨리 알아봐."

"네, 누나."

김 사장의 협박에 못 이겨 가끔 정보를 흘려서 그렇지 수호는 진짜 그녀의 말을 잘 들었다. 수호를 통해서 지금 강 선수가 집에 있음을 알게 된 주아는 그가 산다는 한남동의 고급주택을 향해 차를 돌렸다.

"이건 무모한 짓이에요."

"이번에도 말하면 넌 내가 잘라."

"……."

"왜 대답 안 해?"

"알았어요."

그녀는 수호가 알려준 강 선수의 개인 휴대폰 번호로 전화를 걸었다. 신호가 가기 시작하자 갑자기 떨리기 시작한 주아였다. 세 번만 울리면 끊어야겠다고 생각하고는 주아는 통화버튼을 눌렀다.

Errrrrrr―

Errrrrrr―

Errrrrrr―

정확하게 세 번이 울렸고 주아는 전화를 끊었다. 그가 전화를 받지 않는데 안도감이 드는 아주 모순된 상황이었다. 하지만 안도감도 잠시 그에게서 바로 전화가 왔다. 화들짝 놀라긴 했지만 주아는 정신을 차리고 전화를 받았다.

[여보세요?]

"여보세요. 저 서주아입니다."

[이 시간에 무슨 일이지?]

오늘 기자회견에서는 너무 사랑하는 사이인 것처럼 말해 놓고 지금은 무슨 일이 있었냐는 식이었다. 냉담하기 그지없는 말투에 주아는 자신이 잠깐이나마 건 기대가 오산이었음을 느꼈다.

"오늘 기자회견에 대해 드릴 말씀이……."

[내가 아침에 말하지 않았어? 주고받는 게 있을 거라고.]

분명히 호준은 그렇게 말했었다. 잊을 수가 없는 말이었다.

"아니 그러니까……."

[왜 받은 것에 비해 준 게 컸나? 언제나 받기만 한 삶이었으면 베풀기도 해야지.]

그의 말에 기분이 나빴지만 반박할 수가 없었다. 하지만 이대로 물러날 수도 없었다.

"집 앞이에요."

아직 5분 정도 남아 있는 거리였지만 어쩔 수 없었다. 급한 건 그녀였다.

[집 앞?]

"네, 그쪽은 할 말이 없겠지만 난 할 말이 있다고요."

[다른 사람의 집에 오기엔 늦은 시간인데…….]

"벨 누르면 문이나 열어 줘요."

이렇게 말을 하고는 주아는 무작정 그의 집으로 향했다. 확인을 하고 싶었다. 왜 그러는지 말이다. 아침에 그는 뜨거운 키스로 그녀를 흔들어 놓았다. 그리고 바로 그녀와의 스캔들에 관한 기자회견을 했다.

거기다가 김선욱은 호준이 하는 대로 내버려두라고 했다. 어디에 장단을 맞추어야 할지 알 수가 없었다. 키스 후에 떨리던 마음은 지금도 주아를 흔들어 놓기는 했지만, 조카를 위해 와준 건 고맙다고 하고 그녀와의 거짓 스캔들은 이쯤에서 정리하는 게 옳다고 말할 생각이었다.

"다 왔어요. 누나."

수호가 주아가 하는 짓이 마음에 들지 않는지 툴툴거리며 말했다.

"그래? 내가 들어가는 것 보고 출발해."

"누나는요?"

"택시 타고 가든지 할 게. 내 벤이 여기에 서 있으면 기자들은 분명히 아주 신나할 거라고."

"그럼, 근처에서 기다릴게요."

"아니야. 먼저 가."

"금방 끝나는 거 아니에요?"

오늘따라 수호가 고집을 부렸다.

"그럼, 내가 전화할게."

"네, 전 근처에서 저녁 먹고 있을게요."

주아가 차에서 내리다 말고 수호에게 5만 원권 2장을 주었다.

"비싼 거 먹어."

수호의 답도 듣지 않고 주아는 자신의 벤에서 내려 어마어마하게 커다란 대문 앞에 섰다.

"부자긴 한가 보네."

유명인들의 파티에 초대되어 그들의 집에 간 적이 많은 주아에게도 이 저택의 규모는 어마어마해 보였다.

"정신 차리자."

주아는 초인종을 눌렀다.

삑!

안 열릴 줄 알았는데 문 열리는 소리가 들렸다. 주아는 수호에게 출발하라는 손짓을 하고는 집 안으로 들어갔다. 문에 들어서자마자 주아는 다른 세계에 온 것 같은 느낌이 들었다.

"죽이는데."

정원이 아닌 운동장이었다. 저녁이라서 조명에 비춰지긴 했지만 정원 같은 곳에 트랙이 깔려 있었다.

"집에서 달리기를 하나 봐."

붉은색 트랙을 따라 걷다 보니 수영장이 딸린 본채가 보였다.

"멋지십니다."

주아는 한숨을 쉬고는 불이 환하게 밝혀져 있는 그의 집 앞에 섰다. 현관문이 열려 있어서 그 안으로 들어간 주아는 다시 한 번 깜짝 놀랐다.

"선수촌인가?"

TV에서 보았던 태릉 선수촌의 지옥훈련장 같은 곳이 거실을 대신해서 그녀의 눈앞에 펼쳐졌다. 강호준은 자신이 운동선수임을 완전 티를 내고 있었다.

"대단한 사람이군."

하긴 여기 있는 운동 기구에 개인 트레이너까지 있으면 운동을 안 할 수가 없을 것 같았다. 그리고 멀리서 헬스 기구 소리가 들리고 있었다. 조심스럽게 안으로 들어간 주아는 반바지만 입고 있는 근육질의 남자가 다리로 무거운 바벨을 밀어내는 운동을 하고 있는 걸 보았다. 다리의 근육이 터질 것 같았다.

"저기요?"

그녀의 목소리가 작았는지 그는 그녀를 등지고 열심히 운동을 하고 있었다. 뒤에서 봐도 그의 다리 근육이 무시무시해 보였다.

"강호준 선수."

이번엔 조금 더 큰 목소리로 그를 불렀다. 하지만 그는 여전히 미동도 하지 않았다.

"야!"

주아가 소리를 쳤다. 꼭 무시당하는 느낌이었다.

"이어폰 하고 있어요."

뒤에서 갑자기 낯선 남자의 소리가 들려 주아는 깜짝 놀라 옆에 있는 운동 기구에 그대로 걸터앉아 버렸다. 운동선수처럼 건장한 체격의 남자가 어울리지 않게 주스 2잔을 가지고 그녀 앞에 섰다.

"강 선수 집에는 의자가 없어요. 여기 벤치 프레스에 잠깐 앉으세요."

"네."

그가 주스 한 잔을 그녀에게 건넸다. 그녀가 올 줄 알았던 모양이었다. 그리고는 호준을 불러 그녀의 앞에 앉혔다. 호준은 이어폰을 빼고는 그녀 앞에 무덤덤한 표정으로 앉아 있었다.

"누구예요?"

방금 전의 근육질의 남자가 궁금한 주아가 호준에게 물었다.

"매니저."

"아, 같이 살아요?"

"아니, 운동 마감 시간에 맞춰서 건강 주스 한 잔 만들어 주고는 사라지지."

이 넓은 공간에 세상 섹시한 남자와 둘만 마주 앉아 있었다. 그의 온몸은 땀에 젖어 있었다. 그리고 그의 왼팔에는 검은색 스포츠 테이프가 마치 타투를 한 듯 그의 팔을 감고 있었다. 체격이 좋아서 그렇지 체지방은 제로인 몸 같았다. 의자에 앉아 있는데도 배가 아주 탄탄해 보였다.

주아는 자신도 모르게 그의 가슴을 바라보고 있었다. 여자 가슴처럼 볼륨이 있었다. 그리고 유명 패션잡지의 남성 모델에게서나 볼 법한 완벽한 식스 팩이 그녀의 눈앞에 있었다. 이런 자리만 아니라면 완전히 눈 호강하는 날이라고 좋아했을 것이다.

"무슨 할 말이 있다는 거지?"

그의 질문에 정신이 번쩍 든 주아는 주스를 한 모금 마시고는 인상을 찌푸렸다.

"맛이 없네요."

"맛으로 먹는 음료가 아니니까."

주아는 주스 잔을 벤치 옆으로 치우며 말했다.

"왜 그런 기자 회견을 하신 거죠?"

"김선욱이 먼저 터트리기 전에 내가 터트린 것뿐이야."

"병원은요? 왜 온 거예요? 그런 이유라면 김 사장과 이야기를 해서 끝내면 될 문젠데?"

"맞아."

그가 자리에서 일어나 근처의 물병을 집어 들었다.

"김선욱 만큼이나 재수 없는 맛이야."

건강 주스를 입안에서 헹구며 그가 말했다.

"김선욱은 모든 게 돈이야. 정치인, 재벌들에게 연예인 대 주고 돈 받는 걸로 유명하잖아. 안 그래? 그래서 최 의원하고 스캔들 난 거 아닌가?"

"……."

딱히 반박할 말이 없어 주아는 입 다물고 그를 보기만 했다.

"난 여자를 돈 주고 사지 않아."

"단지 그 이유만으로 기자회견까지 하며 스캔들을 터트린 거예요? 이해가 가지 않아요."

"이유야 더 있지."

"이게 끝이 아닌가요?"

"우리에게 일어난 이 일에 대해 아픈 어머니가 알고 계셔. 아주 동화 같은 꿈을 꾸고 계시지."

지금 그가 한 말이 이해가 가지 않는 주아였다.

"이해가 안 가는 표정이군. 당신이 조카에게 희망을 주기 위해 한 거짓말에 내 어머니도 속으셨단 말이야."

"설마요. 그건 죽어 가는 조카에게 한 말이라고요."

호준이 어머니도 편찮으신지 몰랐다. 거짓말의 여파치고는 주아에게 너무나 가혹했다.

"하지만 누군가는 그 말로 돈을 벌려고 하지."

"김 사장은 몰라요."

"모르긴. 서주아 씨가 나와 결혼한다고 얘기한 것까지 친한 기자들에게 말했더군."

수호가 처음부터 끝까지 다 말한 모양이었다.

"미안해요. 그냥 우리 스캔들은 자연스럽게 사라질 때까지 놔두죠."

지금 상태로는 이게 최상의 방법인 듯했다.

"남자 없나?"

"왜요?"

"남자 친구가 있으면 아주 싫어할 것 같아서."

그가 주아에게 남자가 있는지 없는지 확인하듯이 물었다.

"좋은 일인지 나쁜 일인지 모르지만 현재는 없어요."

솔직하게 제대로 남자를 사귄 적이 없었다. 사실 시간도 없었고 이 일을 하다 보니 남자에 대한 안 좋은 선입견 같은 것이 생겨 버렸다.

"스폰도?"

"도대체 나를 얼마나 나쁘게 보는 거죠?"

"들은 대로 생각할 뿐이야."

그럼 할 말이 없었다. 남자들 사이에서 그녀는 아주 유명한 바람둥이 여자니까 말이다. 김선욱이 그녀의 이미지를 그렇게 만들어 놨다.

"어떻게 생각하든 상관없어요. 사람들은 자기가 생각하고 싶은 대로 나를 판단하더라고요."

한숨이 나왔다. 마치 아주 천박한 창녀가 된 것 같은 기분이 들었다. 돈이면 이놈 저놈 가리지 않고 몸을 파는 여자가 된 기분이었다.

"진우의 영웅이 강호준 선수예요. 진우는 소아 혈액암 때문에 3

개월밖에 못 살아요. 그런 진우가 힘든 치료를 받는데 제가 할 수 있는 건 거짓말뿐이었어요. 그렇게라도 진우를 행복하게 보내주고 싶었다고요."

"치료가 불가한가?"

"이미 진행이 많이 된 상황이라서 손을 쓸 방법이 없다고 의사가 그랬어요."

주아의 눈에서 눈물이 흘렀다.

"미안해요."

손으로 눈물을 훔치며 주아는 아무렇지 않은 척하기 위해 노력했다. 그녀가 울음을 참고 있는 사이에 호준이 생수를 가져와 그녀에게 건넸다.

"마셔."

"고마워요."

집 안에 정적이 흐르고 그들 사이에서도 어색한 침묵이 흘렀다.

"어머니가 편찮으세요?"

"교통사고가 나서서 침대에만 누워계시지. 하루 종일 TV만 보시는데 주아의 노래를 아주 좋아하신다고 아버지가 그러시더라고."

"진짜요? 제 노래는 어른들이 좋아하시기엔 많이 시끄러울 텐데……."

"나도 신기해."

주아는 생수를 마시며 아까 마셨던 정체 모를 주스의 쌉쌀한 맛을 입안에서 지우고 있었다. 주스가 쌉쌀한 건지 그의 말에 쌉쌀한 건지는 분간이 가지 않았지만 말이다.

"며칠 있다가 말하려고 했는데 주아가 왔으니 지금 말을 하는 게 낫겠어."

그래도 다시 보긴 할 생각이었나 보다.

"무슨……."

"우리 거래를 하는 거야."

"거래요?"

"그래, 거래."

그가 거래라고 했다. 마치 악마와 거래를 하는 기분이 들었다. 온몸이 싸한 게 그가 다음에 할 말이 왠지 두려운 생각이 들었다. 블랙데블, 그의 별명답게 검게 그을린 호준의 몸에서 마치 지옥의 불길이 타오르고 있는 것 같았다.

"진우에게 진짜 결혼을 한 주아의 모습을 보여 주는 거지."

그가 지금 진짜 결혼을 말하고 있었다. 기자회견도 멋대로 해서 스캔들을 자처해서 내더니 지금은 진짜 결혼이란다. 기가 막혔다.

"말도 안 돼……."

"말이 안 되는 일은 먼저 시작했어."

"하지만……."

"서로를 위해 좋은 것 아닌가? 난 어머니가 마음에 들어 하는 여자를 아내로 맞이하는 거고. 주아는 조카의 영웅과 결혼을 하는 거지."

말도 안 되는 일이었다. 어떻게 이 상황을 이해해야 하는지 몰라 주아는 그저 눈만 깜박이고 있었다.

"오전의 그 패기는 어디로 갔지?"

"패기요?"

"저돌적으로 키스하던 모습 말이야."

호준은 정말로 그녀를 가벼운 여자라고 생각하는 모양이었다. 잠깐 객기를 부린 걸 걸고넘어졌다.

"날 아주 쉬운 여자로 생각하는군요."

"아니, 사실 아무 생각 없어."

물을 마시며 진짜 아무 생각이 없다는 듯 어깨를 으쓱이는 모습을 보자 짜증이 밀려오기 시작했다. 연애를 한다면 아주 밀당의 고수 같은 호준이었다. 그녀를 아주 들었다 놓았다 하고 있었다.

"내가 처녀라면요?"

"뭐?"

"내가 처녀라면 어쩔 거냐고요."

호준은 이상하게 그녀를 자극하는 힘이 있었다. 매력적인 남자들이 모여 있는 연예계에서도 주아를 이토록 자극하는 남자는 없었다. 순간 당황하는 눈빛을 띠는 그의 모습에 주아는 조금 더 강하게 나가보기로 했다.

"왜 말이 없죠?"

"있을 수 없는 일이야."

있을 수 없는 일이라니. 주아는 순간 눈이 뒤집혔다. 사람을 뭐로 보고…….

"왜요?"

"그러니까 당신이 남자와 호텔에서 나온 사진도 그렇고 최 의원 집에서 나온 사진도 그렇고……."

"술만 마셨어요."

그가 그녀의 말을 전혀 믿지 않는 얼굴로 생수병의 물을 끝까지 비웠다.

"증명해 보일 수 있어요."

"……."

호준이 주아를 알 수 없는 눈으로 바라보았다. 왜 이토록 이 남자에게 자신이 가벼운 여자가 아닌지를 납득시키고 싶은지 알 수 없지만 주아는 꼭 그에게 자신이 소문과는 다르다는 걸 보여 주고 싶었다. 나중에 오늘 이 순간을 후회할지 몰라도 지금 주아는 심각했다.

"오늘 바빠요?"

"아니."

"저도 내일은 오후에 방송 하나 빼고는 없어요."

그의 얼굴에 여러 가지 표정이 뒤엉키고 있었다. 주아가 무슨 말을 할까 하는 기대와 이상한 여자라는 표정이 심오하게 얽혀 있었다.

"당신은 손해 볼 것 없고 난 자존심을 지킬 수 있는 방법이 있죠. 우리 자요."

"너무 빠른 전개 아닌가?"

"우리가 오늘 각자 언론에 인터뷰한 것보다는 느린 전개죠."

주아도 물러서지 않았다.

"그런데 여긴 침실이 있긴 있어요?"

순간적으로 궁금했다. 일반인들은 상상하기 힘든 거실에 방문이 없었다. 그가 손가락을 위로 치켜들었다. 2층이 있다는 사실을 그제야 알게 된 주아였다. 이렇게까지 했는데 거절을 당한다면 진짜 비참할 것 같았다.

"왜 대답 안 해요?"

아주 태연한 척하며 물었다.

"좋아, 굳이 증명을 하고 싶다면 말이야. 난 건강한 남자고 여자가 이렇게 도발을 한다면 당연히 받아 줘야겠지. 당사자가 우리나

82 스타와의 기막힌 deal

라에서 가장 섹시하다는 여가수라면 더욱."

그들의 시선이 공중에서 얽혔다.

"잘됐네요. 위로 올라가면 되나요?"

"물론."

그가 손짓으로 그녀에게 길 안내를 해 주었다. 미친 게 분명했다. 미치지 않고서 이럴 수는 없었다. 왜 그와 섹스를 한다고 했을까? 지금은 무를 수도 없는 상황이었다. 그리고 그냥 가기엔 그의 복근이 너무나 멋졌다. 한 번쯤 진짜 만져 보고 싶었다. 그리고 이왕 첫 경험을 할 바엔 완벽한 남자가 좋을 것 같았다.

작년까지만 해도 절대로 상상조차 못할 일인데 28살이 된 오늘 주아는 아주 용감해져 있었다. 사실 그 누구도 기억해 주지 않았지만 오늘은 그녀의 생일이었다. 언니는 아들 때문에 정신이 거의 반쯤 나간 상황이라서 오늘이 주아의 생일인지 조차도 모르고 있을 것 같았다.

사무실에선 그녀의 진짜 생일이 아니라 프로필에 등록이 된 8월 15일을 생일로 하고 그때 축하 파티를 매년 성대하게 열어 주었다.

그녀의 진짜 생일은 4월 5일 식목일이었다. 오늘이 양력으로 4월 5일이었다. 돌아가신 부모님이 생각나는 가장 쓸쓸한 날이 그녀의 진짜 생일이었다. 그래서일까? 주아는 지금 정신줄을 놓고 잘 알지도 못하는 호준에게 그녀의 처녀성을 확인해 줄 것을 말했다.

이런저런 생각을 끝내니 벌써 2층의 마지막 계단을 밟고 있었다. 그리고 잠시 머뭇거렸다.

"후회스러우면 말해."

어깨에 스포츠 타올을 걸친 그가 주아를 지나치며 그럴 줄 알았다는 듯이 말했다.

"침실이 어딘지 몰라서 그런 거예요."

생각과는 다르게 말이 자꾸 이상한 방향으로 흘러 나왔다.

"저쪽!"

"욕실 좀 써도 될까요?"

"물론."

그의 말에 고개를 치켜들며 주아는 당당하게 침실로 들어섰다. 그리고 거의 뛰다시피 욕실 안으로 들어섰다. 성경험이 넘치고 넘칠 거란 사람들의 생각은 틀렸다. 선욱이 가지고 있는 동영상에서도 끝까지 하진 않았다.

생각하기 싫었지만 강도 높은 성추행이지 성폭행은 아니었다. 그래서인지 주아는 그 뒤로 남자들과의 스킨십을 극도로 싫어했다. 최 의원과도 강제로 최 의원이 키스를 한 정도지 정말 연인들의 섹스를 한 적은 한 번도 없었다.

주아는 욕실의 거울을 보며 정신을 가다듬었다.

"이건 미친 짓이야."

하지만 거부감은 없었다. 아니 오히려 해 보고 싶었다. 그래서 김 사장 때문에 생긴 트라우마에서 벗어날 수만 있다면 좋을 것 같다는 생각이 들었다. 말은 이렇게 하면서도 그녀는 자신의 옷을 벗고 있었다.

방송이 끝나면 그녀는 언제나 무대 의상을 바로 갈아입었다. 사시사철 그녀가 입는 무대 의상은 너무 선정적이어서 그냥 평상복으로 입고 집으로 가기 힘이 들었다. 그나마 겨울엔 코트로라도 가리는데 지금처럼 옷이 얇아지는 시기엔 갈아입는 게 살길이었다.

핑크색 카디건을 벗고 청바지도 벗었다. 미키마우스가 그려진 면티까지 벗고 나서 주아는 그 자리에 주저앉았다.

"왜 이랬지?"

욕실에 들어와서도 마음이 이랬다가 저랬다가 정신이 없었다.

찰싹!

자신의 양손으로 볼을 때린 주아는 자리에서 일어나 핑크색 레이스 브래지어를 벗었다. 마지막 팬티까지 벗은 주아는 샤워를 시작했다. 따뜻한 물을 맞으며 주아는 자신의 첫 경험이 김 사장의 동영상에서 본 더러운 장면이 아니길 바랐다.

"아닐 거야."

영화나 소설처럼 황홀하지 않아도 괜찮았다. 호준이 주아의 안좋은 이미지 때문에 가볍게 보는 게 너무나 싫었다. 주아는 그런 사람이 아니었다. 완벽하게 준비를 한 그녀는 침실로 나왔다.

침실엔 머리를 수건으로 털고 있는 호준이 서 있었다. 수건 한 장만을 두른 그는 딱 봐도 샤워를 마친 것 같았다. 수건으로 가려져 있지만 그의 허벅지가 얼마나 튼실한지 그리고 그가 얼마나 남성적일지 감이 왔다.

그녀의 기척에 호준이 뒤를 돌아 주아를 바라보았다. 주아 역시 수건 한 장만을 걸치고 있었다. 욕실의 그의 가운은 가운이라기보다 킹사이즈이불에 가까웠기 때문에 입을 수가 없었다.

"가운이 너무 커요."

그가 그녀의 말에 웃으며 손을 뻗었다. 오라는 신호였다. 호준과 주아의 거리는 얼마 되지 않았지만 주아는 지금 천 길을 걷는 기분이었다. 그녀가 생각한 섹스는 이런 게 아니었다. 짐승처럼 달려들어 키스하고…….

하긴 아직 그 단계까지 안 갔으니 섣부른 판단은 금물이었다. 주아가 거의 그의 앞에 다가서자 갑자기 호준이 그녀를 끌어당겼다. 놀란 마음에 주아가 소리를 질렀다.

지금 호준이 하는 건 포르노에서 본 장면 같았기 때문이다. 정말 섹스는 더러운 걸까? 주아는 두려움에 몸이 경직됨을 느꼈다.

"지나쳐. 진실은 조금 있으면 알게 될 테니까. 너무 연기하지 마. 당신은 배우가 아니라 가수라고."

"당신은 선생님이 아니라 운동선수고요."

그녀가 톡 쏴붙였다.

"이제야 정신이 돌아온 듯한데?"

"닥치고 키스나 해요."

그녀의 말에 호준은 기꺼이 응답을 했다. 그들은 오전에도 짙은 키스를 했다. 그때는 너무 놀라서 그냥 과장되게 느낀 거라고, 지금은 그때보다 못할 거라고 주아는 생각했다. 주아는 오늘 아침과는 다르게 그녀보다 호준을 더 미치게 하고 싶었다. 하지만 키스가 진행이 될수록 주아는 자신이 착각을 했음을 인정하지 않을 수 없었다.

점점 더 아침의 상황과 비슷해지고 있었다.

강호준은 야구 선수가 아니라, 키스의 달인이었다. 마치 젤리처럼 풀려 버린 그녀의 입안을 모두 녹일 것처럼 그의 혀는 불꽃을 일으키며 입안을 헤매고 있었다. 그녀의 고른 치열을 훑어 내리며 때로는 부드러운 그녀의 혀를 빨아들이며 호준은 점점 더 주아의 이성을 마비시키고 있었다.

이대로 무너지긴 싫었지만 그의 키스가 주는 짜릿함은 인정하지 않을 수가 없었다. 서로의 타액이 섞이며 이제껏 누구와도 하지 않았던 짙은 키스를 주아는 경험하고 있었다. 순간 호준은 이런 짙은 키스를 수없이 많은 여자들과 했겠지 라는 생각이 들자 알 수 없는 질투심이 끓어 오른 주아는 당혹스러움을 느끼고 있었다.

아무 관계가 없는 호준에게 이렇게 질투를 할 정도라니 참 이상하다는 생각이 들었다. 정신을 차려야 했다. 그때 그의 손이 점점 더 위로 올라와서 주아는 그대로 얼어붙었다.

"아주 디테일해."

그녀의 입술에 거친 숨을 쏟아내며 그가 말했다. 그녀가 처녀가 아니라고 확신을 하는 모양이었다. 이쯤 되면 오기가 생기기 마련이었다. 주아가 그의 근육질 가슴에 손을 가져다 댔다.

"이 집에 들어와서 처음으로 마주쳤을 때부터 만지고 싶었어요."

주아가 생각해도 아주 끈적이는 대사였다.

"아침이 아니라?"

"네, 아침엔 그럴 생각을 할 정신도 없었죠."

"하긴."

그들의 입술은 여전히 마주하고 있었다. 그가 말할 때마다 작은 떨림이 그대로 전해지고 있었다.

"그럼, 한번 확인해 볼까?"

그의 음성은 약간의 장난기가 섞여 있었지만 그의 눈은 웃지 않고 있었다. 그는 지금 아주 진지했다.

스르르.

그녀의 몸에 둘려진 수건이 바닥으로 미끄러지듯이 떨어졌다. 서늘한 공기가 주아의 몸을 소름 돋게 만들었다. 하지만 다음 순간부터 주아는 지금보다 더 정신을 차리기 어려웠다.

지금까지는 음식으로 말하자면 애피타이저였다. 아주 조금 그녀는 섹스의 맛을 본 것이었다. 그리고 호준은 한 번도 드러낸 적이 없는 악마적인 본색을 드러내기 시작했다. 그가 거침없이 그녀의 풍만한 가슴을 한 손으로 쥐었다. 가슴에서 느껴지는 손의 힘은 대단했다. 그가 힘을 주거나 아프게 하진 않았지만 그의 손길에서 대단한 힘을 느끼고 있었다.

"보기와는 다르군."

모두가 그랬다. 그녀의 마른 몸에 비해 상당한 사이즈의 가슴을 보고 나면 다들 수술을 한 줄 알았다. 하지만 그녀는 어머니를 닮아서 가슴 사이즈가 컸다. 그건 윤수 언니도 마찬가지였다. 호준이 그녀의 가슴을 살짝 힘을 주어 잡았다.

"으으음."

저도 모르게 신음소리가 나왔다.

"아주 잘 느끼는 모양이야."

그는 그녀의 신음이 아주 마음에 드는 모양이었다. 가슴과 입술이 모두 그에게 완전히 잡혀 있었다. 입술은 숨을 쉬기 힘이 들 정도로 그에게 거침없이 먹히고 있었다. 키스만으로도 정신을 차릴수가 없는데 그의 손은 마법을 부리듯이 그녀의 가슴을 아주 자극적으로 만지고 있었다. 그의 손가락이 그녀의 유두를 비틀었을 땐주아는 두 다리에 힘이 풀린 느낌이었다.

"아, 제발……."

무슨 소리를 하는 줄도 모르고 그녀는 제발을 연신 외치고 있었다.

"여기가 좋은가?"

호준은 이렇게 말을 하며 그녀의 유두를 다시 한 번 살짝 비틀었다. 주아는 몸을 비틀며 그녀가 자극을 아주 많이 받고 있음을 말해 주고 있었다. 그때 아주 딱딱한 물건이 그녀의 배를 찌르고 있음을 느낀 주아는 아래를 슬쩍 내려다보곤 비명을 지를 뻔했다.

그건 그의 페니스였고 그 물건은 지금 그의 치골에 아슬아슬하게 걸린 타올을 풀어버릴 듯이 솟아 있었다. 그녀가 놀란 걸 알았는지 그가 주아를 침대 쪽으로 몰아가고 있었다. 입술은 여전히 그의 입술에 잡힌 채로 말이다.

풀썩!

주아의 다리가 침대 턱에 닿자마자 그가 주아와 함께 침대 위로 쓰러졌다. 호준은 가슴이 들썩거릴 정도로 거친 호흡을 몰아쉬고 있었다.

"나를 유혹하는 게 목적이었다면 성공했군."

"……."

"그 어떤 여자도 성공하지 못했는데 말이야."

"여자가 처음이라는 얘기예요?"

"아니, 이렇게 불순한 의도로 날 유혹한 여자에게 넘어간 게 처음이라는 말이야."

"난 불순한 의도가 아니에요."

그가 주아의 팔목을 침대 위에 고정을 시키고 아주 어두운 눈동자로 그녀를 바라보았다.

"불순한 의도든 뭐든 중요하지 않아. 중요한 건 내가 지금 잘 알지도 못하는 여자가 갖고 싶어서 아주 안달이 났다는 거야."

그가 지금 그녀 때문에 안달이 났다고 말하고 있었다.

"처녀든 아니든 중요하지 않아. 지금은 철저하게 주아 당신을 가지고 싶어."

"……."

그의 눈빛에, 그의 목소리에 빨려 들어갈 것 같았다. 남자들은 섹스를 할 때 이렇게 여자에게 달콤한 말을 하는구나 라는 생각이 들었다. 그도 주아를 갖기 위해 이런 말들을 한다는 생각이 들자 기분이 좋았다. 어쨌든 그는 지금 주아를 마음에 들어 하고 있었다.

"으윽."

그가 갑자기 으르렁거리는 동물의 소리를 내며 주아의 입술을 먹기 시작했다. 이건 지금까지의 키스와는 분명하게 달랐다. 거칠고 뜨거웠다. 그의 혀가 미친 듯이 그녀의 입안을 휩쓸었고 그의 손은 주아의 여성을 감싸고 있었다.

가슴을 만질 때처럼 놀랄 시간이 없었다. 그가 놀랄 틈을 주고 있지 않았다. 입을 막고 있기에 더욱 그러했다. 몸을 비틀어 그의 손길을 피해보려 했지만 그는 우리나라에서 손힘이 가장 좋은 사람이었다.

"으으음."

비명과 신음의 중간 소리가 그녀의 입에서 나오고 있었다. 호준이 갑자기 그녀의 다리를 벌리더니 아무도 차지한 적이 없는 그녀의 검은 숲을 가르고 들어와 질 안으로 손을 밀어 넣었다.

"으윽, 그만."

주아는 처음으로 느끼는 이물감에 그만하라며 그를 밀어냈지만 호준은 꿈적도 하지 않았다. 그의 손가락은 더욱 과감하게 그녀의 안을 휘젓고 있었다.

"싫다고 하면서 홍수를 터트리고 있군."

그녀도 느낄 만큼의 애액이 흘러나오고 있었다. 마음은 그게 아닌데 몸은 이 새로운 자극이 지극히 마음에 드는 것 같았다. 그의 손가락이 그녀의 질벽을 긁어대며 주아를 정신 못 차리게 하고 있었다.

이상하면서 찌릿한 느낌이 그녀의 하반신 전체에 퍼지고 있었다. 하지만 이게 섹스의 끝이 아니었다. 아니, 아직 시작도 하지 않았음을 주아는 알지 못했다. 그가 갑자기 그녀의 다리를 더 넓게 벌리더니 그 중앙에 섰다.

그리고는 그의 치골에 아슬아슬하게 걸려 있던 타올을 던져 버렸다. 주아의 두 눈이 튀어나올 듯이 커졌다. 남자의 페니스를 실물로 본 건 처음이었다. 그 모습은 공포 그 자체였다. 다른 사람들도 이 정도로 큰지 그만 유달리 큰지 모르겠지만 확실한 건 그의 페니스는 거의 야구 방망이 수준이었다.

"설마……."

저도 모르게 나온 말이었지만 그는 들은 건지 못 들은 건지 그 커다란 물건을 그녀의 질 앞에 가져다 댔다.

"진짜, 안 될 것 같아요."

이건 살기 위한 몸부림이었다. 저 큰 물건이 그녀 안으로 들어올 수도 없거니와 그의 물건이 들어오는 기적이 일어난다고 해도 그땐 그녀가 둘로 나누어져 있을 게 아주 뻔했다. 살아야겠다는 일념하에 주아는 몸을 일으키려 했지만 호준이 빨랐다.

"내가 좀 크긴 해도 충분히 받아들일 수 있어."

그는 단호하게 이렇게 말을 하고는 그녀의 질로 자신의 페니스를 밀어 넣었다.

"아아악!"

소리가 크거나 말거나 엄청난 고통에 주아는 소리쳤다. 호준도 그녀의 질에 자신의 페니스가 잘 들어가지 않는지 인상을 쓰고 있었다. 주아는 고개를 들어 서로를 연결하고 있는 곳을 바라보았다.

그의 커다란 살덩어리가 마치 건장한 남자의 팔뚝처럼 핏줄이 툭 튀어나와 있었다.

"그, 그만."

하지만 그의 귀에는 그녀의 말이 전혀 들리지 않는 모양이었다. 그의 이마에도 땀이 송골송골 맺혀 있을 만큼 그녀의 문을 여는 건 쉬운 일이 아니었다.

"아악!"

"으윽."

그의 입에서도 신음소리가 터져 나왔고 둘은 하나로 이어지는 데 성공했다. 그녀의 질은 불에 덴 듯이 뜨거웠다. 하지만 주아가 고통으로 인해 감고 있었던 눈을 뜨자 호준의 얼굴은 충격을 받은 듯이 굳어 있었다.

"진짜였군."

처녀라서 좋다기보다는 그는 이 상황이 아주 충격적인 모양이었다.

"그럼, 내가 아는 사실은 뭐지?"

"그건 거짓이지, 사실이 아니라고요. 그리고 이제 좀 빼주면 안 될까요? 아프단 말이에요."

하지만 그는 그녀의 몸에서 나올 생각을 하지 않고 있었다.

"뭐 해요?"

여전히 고통을 느끼고 있는 주아가 신경질적으로 말했다.

"숨 고르기."

"뭐요?"

"당신에게 이제부터 섹스가 뭔지를 가르쳐 줘야 하니까."

이 정도의 고통이면 충분히 알 만큼 알았다. 더 이상 아픈 건 싫었다.

"고맙지만 사양……."

다음 말은 그의 입안으로 사라져 버렸다. 그는 여전히 그녀의 안에 자신의 페니스를 넣고 있었고 이번엔 그녀의 입을 막기 위해 키스로 말을 막고 있었다. 솔직히 호준의 키스 실력은 완전 달인 수준이라 금방 그녀의 정신을 산란하게 만들기에 충분했다.

"으으읍, 이제 그만……."

또다시 그의 키스에 말이 막혔다. 그리고 이 덩치를 그녀는 힘으론 이길 수가 없었다. 키스는 아무것도 아니었다. 그가 갑자기 허리를 움직이기 시작하자 고통과 쾌락이 뒤섞이면서 그녀는 정신을 차릴 수가 없었다.

그의 움직임에 처음엔 아프기만 하던 그녀의 여성이 파르르 떨리며 쾌감을 느끼기 시작했다. 그가 움직일 때마다 아픔보다는 쾌감이 더해가고 있었다. 주아가 다시 한 번 그들이 연결이 되어 있는 곳을 보았다.

신기하게도 그의 페니스를 주아가 받아들이고 있었다. 화끈거리긴 했지만 잘 버티고 있는 듯했다. 진짜 세상에 이런 일이가 따로 없었다.

"헉헉, 처음이라니……."

호준은 많이 놀랐는지 연신 그녀가 처녀였다는 걸 반복적으로 말하고 있었다.

"아흐, 처음 맞아요."

"헉헉, 그동안 마음고생이 컸겠군."

"네."

사실이었다. 이제 그녀에 대해 아는 사람이 생겼다.

윙~

수호가 눈치 없이 전화를 걸어왔다.

"우리 호야라……."

그녀는 핸드폰에 수호는 호야, 연정이는 쩡이라고 입력해 두었다.

"매니저예요. 한 시간 기다리다가 오기로 했거든요."

그가 그녀의 핸드폰을 통화 상태로 만들어 그녀에게 전달했다.

[누나.]

눈치 없고 걱정 많은 수호였다.

"어, 먼저 가."

[괜찮아요?]

"어, 얘기가 길어질 것 같아."

[기다릴게요.]

옆에 있었으면 뒤통수를 때렸을 것 같았다.

"먼저 가고 내일 미용실 갈 시간에 데리러 와."

[알았어요. 그런데 이 소린 뭐예요?]

"뭐가?"

[남자가 헐떡이는 듯한…….]

"강 선수 운동하고 있어. 여기 다 헬스 기구뿐이다."

임기응변에 아주 뛰어나다는 생각이 들었다. 그가 지금 아주 열심히 허리 운동을 한다는 걸 수호가 안다면 아주 기절을 할 일이었다. 전화를 끊자 호준은 더 격하게 허리 짓을 했다. 그의 피스톤 운동 때문에 그녀는 허벅지가 얼얼했다.

운동선수라서 그런지 아주 힘이 좋았다.

"아 흐, 여자들이 많았나 봐요?"

그가 움직일 때마다 그녀의 여성이 화끈거리며 타는 듯했다.

"왜?"

"아아악, 너무 잘해서요."

고통스럽긴 했지만 아무것도 모르는 그녀라도 그의 몸짓이 예사롭지 않음은 알 수 있었다.

"헉헉, 그래도 처녀는 처음이야."

"이렇게 힘들어하는데 재미없겠네요."

"……."

주아의 말에 호준은 뭐라고 대꾸하지 않았다. 다만 알 수 없는 표정으로 그녀를 보고 있었다. 오랜 움직임 탓인지 그의 온몸은 땀으로 범벅이 되어 있었다. 운동장을 전력 질주한 듯이 그의 호흡은 거칠었다.

주아는 갑자기 그의 심장을 느끼고 싶었다. 그녀를 향해 어떻게 뛰고 있는지 말이다. 주아가 손을 들어 그의 왼쪽 가슴에 손을 댔다. 진짜 거칠게 뛰는 그의 심장 때문에 주아는 얼른 손을 뗐다.

이런 거친 심장이 오롯이 그녀에게 향해 있다면 얼마나 좋을까 하는 생각이 불현듯이 들었다. 오늘 섹스는 사랑하는 사이의 섹스가 아닌 그녀의 결백함을 증명하기 위한 섹스였다. 이제 그녀가 몸을 함부로 굴리는 여자가 아님을 그가 알았으니 그녀의 목적은 달성이 된 것이었다.

하지만 마음은 텅 빈 공허함이 느껴지고 몸은 너무 뜨거웠다. 그녀의 몸은 그에게 이미 빠져 있었다.

갑자기 그가 격하게 움직이기 시작했다. 주아의 입에서 연속해서 신음이 터져 나오기 시작했다.

"헉헉헉."

방 안에 그의 거친 호흡과 주아의 옅은 신음이 정적을 깨고 있었다. 이제까지와는 다르게 빨라진 그의 속도에 주아는 점점 침대 위로 밀리고 있었고 그런 주아의 허리를 호준이 잡았다.

"아아악."

"헉헉, 으윽."

그녀가 거의 기절 직전일 때 호준이 동작을 멈추고 그의 분신을 그녀의 배 위에 쏟아 냈다. 이런 느낌이었구나. 오늘 섹스가 그녀의 나쁜 기억을 어느 정도 희석시켰음을 인정하지 않을 수가 없었다.

그가 몸을 벌떡 일으키더니 화장실로 가서 따뜻하게 물에 적신 타올로 그녀의 몸에 있는 흔적들을 깨끗이 닦아 냈다.

"그냥 이렇게 자면 내일 힘들어."

호준의 의외의 다정함에 주아는 깜짝 놀랐다.

"네?"

"격한 운동을 한 것처럼 근육이 뭉쳐 있을 거야."

"괜찮아요. 집에 가서……."

그가 그녀 옆에 앉았다.

"왜, 왜 그래요?"

"가만히 있어. 안 잡아먹으니까."

호준의 벗은 모습을 보니 주아의 여성은 주책없이 또다시 젖어 들고 있었다. 하지만 호준은 그녀를 갑자기 뒤집더니 엉덩이를 손 바닥으로 누르기 시작했다.

"이렇게 풀지 않으면 힘들어."

그가 안마를 시작했다. 완전히 벌거벗은 채로 말이다. 벌거벗은 쓸데없이 섹시한 남자로부터 안마를 받는 건 처음이었다. 아주 묘한 상황이었지만 그가 너무나 자연스럽게 그녀의 몸을 주무르는 바람에 아무런 말도 할 수가 없었다. 왜냐면 그녀는 조금 전까지 안마보다 더한 일을 그와 했기 때문이었다.

그의 손이 그녀의 허벅지를 만지자 주아는 저도 모르게 신음을 내뱉었다. 하지만 호준은 그녀의 반응에도 안마를 계속하고 있었다. 그의 손길이 닿은 곳마다 주아는 뜨거움을 느끼고 있었다.

"이제 그만해도……."

"아니."

그가 주아의 말을 단칼에 잘랐다.

"자꾸 이상해지니까 그만해도 돼요."

솔직한 마음이었다. 굳은살이 많이 박인 그의 손이 스칠 때마다 이상야릇한 느낌이 들었다.

"뭐가 이상한데?"

"그러니까……."

"여기가 뜨거운가?"

그가 엉덩이 사이로 손을 밀어 넣어 그녀의 젖은 여성을 건드렸다.

"아흑, 그만해요."

"처음이라서 안 느낄 줄 알았는데 아주 민감하군."

"그, 그만해요."

"뭘, 난 아무것도 시작하지 않았는데."

호준의 손가락이 그녀의 질 안으로 미끄러져 들어왔다.

"안마는 여기가 가장 원하는 것 같아."

그의 목소리가 심하게 잠겨 있었고 그의 손이 그들이 뜨겁게 달아올랐을 때처럼 그녀의 안에서 움직이기 시작했다.

"너무 젖어 있어."

"제발……."

"제발 뭐지? 다시 넣어 주길 원하나?"

그의 노골적인 질문에 주아는 어찌할 바를 알지 못했다. 하지만 이제 와서 촌스럽게 굴고 싶지는 않았다.

"원해요."

"솔직해서 좋아."

그는 이렇게 말하며 그녀를 똑바로 눕히고는 아까와 같은 자세를 잡았다. 그의 물건은 아까보다 더 큰 위용을 자랑하고 있었다.

"또 하면 진짜 내일 못 움직이는 거 아니겠죠."

"쉬면 되지."

자기 일이 아니라고 아주 아무렇지 않게 말을 하고 있었다.

"내일 방송 있다고요."

"쉽진 않을 거야. 하지만 내가 안마해 주면 조금 나을 수 있지."

그의 검은 속이 훤히 보이는 말에 주아는 웃을 뻔했지만 간신히 참았다.

"여자를 이렇게 간절하게 원한 적은 없었어."

"그렇다고 치죠."

그녀의 말에 그는 웃지 않았다. 대신에 그의 거대한 페니스를 그녀 안 깊숙이 찔러 넣었다.

"아까는 자제했지만 지금은 힘들 것 같아."

거친 그의 몸짓에 주아는 정신을 잃을 것만 같았다. 처음으로 호준과 한 섹스는 지금에 비하면 아무것도 아니었다. 그의 움직임이 맹수의 것과 같았다. 그녀를 삼켜 버릴 듯한 그의 맹공에 주아의 정신이 아득해지고 있었다. 하지만 호준은 정신을 잃을 것 같은 그녀를 가만히 두지 않았다.

마치 기절하는 사람을 깨우기 위해 뺨을 때리듯이 그는 지금 주아의 여성을 깨우고 있었다.

"미치겠어."

그가 한 말인지 그녀가 한 말인지 구분이 되지 않고 있었다. 그가 모든 것을 쏟아내고 멈추었을 때 주아는 깊은 꿈속으로 빠져들어갔다.

3. 두 개의 별

반복되는 일상의 연속은 운동선수들이라면 어쩔 수 없는 현실이었다. 하루라도 운동을 게을리하면 몸이 말을 듣지 않았기 때문에 선수들은 휴식이나 부상 중에도 꾸준하게 운동을 했다. 그러니 다람쥐 쳇바퀴 도는 일상의 연속이었고 뭔가 흥미로운 것이 생긴다면 일반인들보다 무섭게 빨려들어 갔다. 운동할 때의 무서운 집중력으로 말이다.

또 우리나라처럼 겨울엔 운동을 못하거나 여름엔 할 수 없는 운동을 하는 사람들이라면 맞는 날씨의 나라로 전지훈련을 가는데 그 기간 동안 가족이 없이 혼자 지내는 선수들에겐 도박이나 술이 아주 큰 유혹이었다.

그래서 유명 선수 부모님들은 선수들을 일찍 결혼시키시는 분들도 많았다. 빨리 안정된 삶을 살기를 바라시는 것이었다.

호준도 예외는 아니었지만 여자를 제대로 만날 시간이 없었다. 그에게 대시하는 여자들은 진짜 넘치고 넘쳤다. 하지만 딱히 결혼 생각도 그리고 한 여자에 얽매일 생각도 없는 그였다.

그런데 지금 그는 아주 낭패 아닌 낭패에 빠져 버렸다. 그의 팔을 베고 코까지 골며 세상모르고 자고 있는 여자 때문이었다. 혼자서 맞이하는 아침과는 사뭇 달랐고 우리나라의 최고의 섹시 디바가 코를 곤다는 사실도 새롭게 알았다.

그의 차가운 살갗을 따뜻하게 데워주고 있는 여자는 어제 두 번째 섹스가 끝이 나고 기절을 해버린 서주아였다.

"으으음."

어쩜 이렇게 잘도 자는지 그는 신기할 따름이었다. 낯선 남자의 품에 이렇게 편하게 안겨 있는 여자는 드물 것 같았다. 거기다가 그의 가슴과 맞닿은 그녀의 가슴은 그로 하여금 다시 욕망을 느끼게 하고 있었다.

"후~."

그의 페니스는 새벽부터 고통을 호소하고 있었지만 호준은 자신의 팔을 베고 너무나 태평하게 자고 있는 여자를 깨울 수가 없었다.

"으으음."

그녀가 마치 아기처럼 그의 품을 파고들고 있었다. 호준은 자신도 모르게 주아를 양팔로 감싸서 꼭 끌어안아 주었다. 왠지 그래야 할 것 같았다. 그때 갑자기 주아의 핸드폰이 열심히 울리고 있었다.

주아는 눈을 감고 그의 품을 빠져나와 손으로 핸드폰을 더듬어 찾았다.

"여보세요?"

[어디야!]

전화기 너머로 앙칼진 여자의 목소리가 들렸다.

"어디긴 집이지……."

갑자기 주아가 자리에서 벌떡 일어나더니 주위를 살피기 시작했다. 그리고 옆에 누워있는 그를 발견하고는 화들짝 놀라 핸드폰을 침대 위로 떨어뜨렸다.

[서주아! 어디야!]

또다시 여자의 소리가 들리자 그녀는 핸드폰을 다시 들고는 한숨을 푹하고 쉬었다.

"촬영하다가 잠이 들었어. 미안. 언니 내가 다시 전화할게."

황급히 전화를 끊은 주아가 그의 침대보까지 확 끌어당겨 자신이 몸을 가렸다.

"그렇게 하기엔 우린 너무 많은 걸 본 것 같은데?"

그가 얄밉게 말을 하자 주아가 한숨을 쉬며 머리를 숙였다.

"후회하나?"

"전 일상이 후회죠."

주아는 자신의 머리를 쥐어뜯으며 말했다.

"어제 당당하게 처녀성을 확인해 달라고 했던 모습은 어디로 갔지?"

"잊어요."

그녀가 힘없이 말하고 침대에서 내려가려 하자 호준이 그녀의 허리를 끌어안아 다시 침대에 눕혔다.

"악, 뭐 하는 거예요?"

방금 전엔 담담하게 말하더니 지금은 경계태세였다.

"더 자."

그의 방에 시계가 7시를 가리키고 있었다.

"가야 해요."

"알아, 한 시간만 더 자."

어제의 격한 섹스로 솔직히 피곤한 호준이었다.

"왜요?"

그가 특별한 일이 없으면 일어나는 시간이 8시였다. 그리고 그는 주아 때문에 새벽부터 잠을 제대로 잘 수가 없었다.

"이 녀석 때문에 내가 잠을 못 잤거든."

"그럼 혼자 푹 자요."

주아가 일어나려 했지만 그의 힘에 밀려 다시 자리에 누웠다.

"이봐요."

"뭐든지 오는 게 있으면 가는 게 있는 법, 어제는 내가 주아의 소원을 들어주었으니 오늘은 나의 부탁을 들어줘."

그는 다시 부드러워서 놓아주기 싫은 주아를 품에 안았다. 그녀의 가슴이 그의 가슴에 그대로 눌려 있어서 기분이 아주 좋았다.

"가야 해요."

"한 시간만⋯⋯."

주아는 더 이상 말을 하지 않고 가만히 그의 품에 안겨 있었다. 말을 해 봐야 그의 고집을 꺾을 수 없다는 사실을 아주 빨리 깨우친 것 같았다.

눈을 뜨니 정확하게 8시였다. 꼼지락거리는 걸로 봐서 그녀는 잠을 자지 않은 것 같았다.

"8시예요."

그녀는 시계만 계속해서 바라보고 있었던 것 같았다.

"서운한데?"

"뭐가요? 한 시간이나 가만히 누워 있던 사람도 있었다고요."

그녀가 볼멘 소리를 하면서 자리에서 일어났다.

"보지 마요."

"그 말은 아주 식상해."

그가 침대에 누워 한 손을 턱에 괴고는 주아를 보았다.

"그럼 보든가."

그녀를 새침하게 말하고는 욕실로 향했다. 그리고 어제 입고 온 청바지와 티셔츠 차림으로 그의 앞에 섰다.

"데려다줄 테니 기다려."

"워워, 그냥 택시타고 갈게요."

"내 생각에는 지금 우리 집 앞에 기자들이 진을 치고 있지 않을까 하는 생각이 드는군."

그가 어제 기자회견을 했으니 둘이 사귀는 중이라고 사람들은 알 것이다. 그런데 그녀가 택시를 타고 가게 한다는 건 영 그의 스타일이 아니었다.

"씻고만 나올 테니 기다려."

빛의 속도로 샤워를 한 그는 검은색 트레이닝 바지에 검은색 후드티를 입고 야구 모자를 눌러쓰고 나왔다.

"쓸데없이 섹시하네요."

그녀가 퉁명스럽게 말을 했지만 이상하게 기분이 좋았다.

"그렇게 태어나긴 했지. 아주 쓸데없이 섹시하게."

"재수 없다는 소리 많이 들었겠어요?"

"아니, 내가 주먹으로도 프로거든."

그의 말에 주아는 입을 잔뜩 내밀었다. 그 모습이 아주 귀여웠지만 그는 내색하지 않았다. 그의 람보르기니가 집에서 나가자 기자들이 일제히 사진을 찍어 대기 시작했다. 어떤 차들은 그들의 뒤를 따르고 있었다.

"귀찮아지겠군."

그가 차의 속도를 내며 이리저리 차선을 변경하고 있었다. 기자들이 이렇게 벌떼처럼 따라붙는 건 싫었다.

"우리의 거래는 언제까지예요?"

그녀가 현실적인 상황을 물었다.

"어머니와 진우의 일이 해결이 될 때까지."

솔직히 그도 계약 기간이 언제까지가 될지 알 수 없었다.

그의 람보르기니는 그녀가 타고 다니는 벤과는 확실하게 달랐다. 주인을 닮아서 아주 묵직한 것이 달리는 것이 아니라 하늘을 나는 것 같은 느낌을 주는 차였다. 운전을 하는 호준의 모습을 슬쩍 쳐다본 주아는 어제의 결정은 잘한 일이란 생각이 들었다.

결혼 상대를 위해 처녀성을 지키던 시대는 이제 지났다. 확고한 신념으로 지키는 사람들도 있겠지만 그녀는 아니었다. 마땅한 상대가 없고 진짜 바빴기 때문에, 그리고 그녀에게 섹스는 즐거운 거라고 생각하게 만든 사람이 없었기 때문에 그녀는 본의 아니게 처녀성을 지킨 것이다. 하지만 그녀가 처녀 딱지를 떼기에 강호준은 확실히 차고도 넘치는 사람이었다.

주아의 마음이 그랬다. 어쨌든 어제는 그녀가 원한 일이었고 어쩌면 후회할 수도 있는 상황이었지만 지금까지 그녀는 그런 마음이 조금도 들지 않았다.

강인한 그의 팔뚝이 눈에 들어왔다. 긴소매를 팔꿈치까지 올린 그는 운전에만 집중을 하고 있어서 그런지 그녀가 힐끔거리며 쳐다보고 있음을 인지하지 못하는 것 같았다. 섹시하고 거친 남자를 좋아한다는 사실을 간밤에 그를 통해 알게 된 주아였다.

하지만 그들의 관계는 분명히 한시적이었다.

진우의 시간은 3개월이었다. 운이 좋아서 더 살아 봐야 6개월이라고 의사가 냉정하게 말했었다. 그러니 호준과 그녀의 시간은 길어야 6개월인 것이다. 호준의 어머니의 상태를 몰라 장담하긴 어려웠지만 호준이 말한 어머니의 상태도 그리 좋아 보이진 않았다.

"후."

절로 한숨이 나왔다. 그와의 시간이 한시적이라서 한숨이 나오는 건지, 아니면 진우와 그의 어머니 때문에 한숨이 나오는 건지, 정확하게 이거라고 말은 할 수 없었다. 그러는 사이에 그녀의 집 앞에 도착한 그들은 잠시 차 안에 앉아 있었다.

차 안의 공기는 한여름도 아닌데 끈적이고 있었다. 말은 안 하고 있었지만 둘은 어제의 뜨거웠던 밤을 생각하고 있었다. 적어도 그녀는 그랬다. 떠올리려고 노력하지 않아도 어제의 일이 자꾸만 눈앞에 어른거렸다.

그의 뜨거운 숨소리와 격렬하게 움직이던 그의 몸이 생각나자 주아의 아랫배가 찌릿했다.

"언제 경기에 나가요?"

정신을 차리기 위해 그녀는 생각나는 대로 그에게 물었다.

"다음 주."

호준은 창밖을 살피며 짧게 대답했다.

"시즌 중에는 바쁘겠네요?"

그와 다시 만나고 싶다는 말을 에둘러 말한 주아였다.

"아마도."

"그렇군요."

기대했던 그녀가 바보였다. 어제 끝내주는 섹스를 했다고 생각하는 건 그녀뿐인 것 같았다.

"그전에 어머니를 만나러 갈 생각이야. 혹시 이번 주에 언제 시간 돼?"

"오늘 오후에 음악 방송 하나 하면 앨범 홍보는 끝나요. 아마 행

사 스케줄이 있긴 하지만 제가 알기론 전부 다음 주에 잡혀 있어
요."

"그럼, 내일 데리러 올게."

"알았어요."

왠지 그의 갈라진 음성이 섹시하게 들리고 있었다.

"아마 기자들이 사진 찍을 거야. 밝게 웃으며 엄지척이라도 해
줘."

"호호호, 진짜 그래도 돼요?"

이런 스캔들이 터지면 언제나 죄인처럼 고개를 숙이거나 마스
크나 모자로 얼굴을 가리기에 급급했던 그녀였다.

"저 사람들에게 우리가 얼마나 행복한지 보여 주는 거지."

"행복한 모습을 보여 주려면 차에서 내려서 키스라도 해야 하
는 거 아니에요?"

주아가 농담으로 말했는데 그의 표정이 심상치 않았다.

"원해?"

"워워, 오늘은 제가 V 자를 그리며 웃는 거로."

그녀는 빠르게 차에서 내려 그가 시킨 대로 했다. 멀리서 플래
시가 터지는 소리가 들렸지만 아주 기분이 좋았다. 이렇게 기자들
을 상대로 통쾌한 적은 없었다. 왠지 기자들을 약 올리는 것 같았
다.

"주아야."

간 줄 알았는데 그가 그녀의 발걸음을 잡았다. 그녀가 뒤를 돌아봄과 동시에 어느새 그녀의 뒤에 서 있던 호준이 주아의 얼굴을 잡고는 강하게 입을 맞추었다. 다리의 힘이 풀려 주아는 호준의 목에 팔을 감고는 몸을 지탱했다.

그게 더 야한 사진을 기자들에게 제공하는 건지도 모르고 말이다.

"내일 봐."

호준은 뜨거운 키스의 여운과 내일의 기대를 남기고 그녀의 곁을 떠났다. 집 안으로 들어서자 언니가 도끼눈을 하고 그녀를 쳐다보고 있었다.

"이유 없는 외박은 안 되는 거 몰라?"

이럴 땐 꼭 엄마같이 잔소리를 하는 언니였다.

"이유 없는 외박이 어딨어? 다 이유가 있지."

찰싹!

언니의 손이 그녀의 등짝을 쳤다.

"아파."

"너 나처럼 되려고 그래?"

언니는 어린 나이에 아이를 먼저 갖고 결혼한 걸 후회하고 있었고 주아는 혼전 임신을 하지 않기를 진심으로 바라고 있었다.

"언니가 어때서?"

"누구랑 있었어?"

"강호준."

강호준이란 말에 언니는 더 이상 아무런 말을 하지 않았다.

"왜 더 안 물어?"

그녀의 말을 믿지 않고 강호준이 마치 보증수표 같은 인간이라고 생각하는 게 서운했다.

"둘이 결혼한다며? 그러면 괜찮아."

"언니."

"아침밥이나 먹어. 수호 씨가 너 데리러 10시까지 온다고 전화 왔어."

어제 너무 많은 에너지를 쏟아부었더니 안 그래도 배가 고팠다. 식탁에 앉으려다 주아는 상다리가 부러지게 차려진 식탁을 멍하게 보았다.

"어제 차려 놓은 거야. 어제 아침에 우리 다 병원에 가느라 정신이 없어서 저녁에 생일 파티해 주려고 저녁밥 차려 놓았는데 들어오지도 않고. 진서가 용돈 모아서 네 케이크 샀어."

"언니……."

갑자기 어제 언니에게 서운함을 느낀 자신이 한없이 부끄러워진 주아는 눈물을 흘리며 윤수를 안았다.

"너무 고맙냐?"

"고마워."

"내가 더 고맙지. 네가 우리에게 해 준 거에 비하면 아무것도 아니지 뭐."

주아는 눈물로 언니가 차려준 뒤늦은 생일상을 먹었다.

"진짜 강호준이랑 결혼하는 거야?"

"그게……."

"우리 진우가 얼마나 좋아하는 줄 알아? 진우가 곧 침대에서 일어날 것같이 좋아해."

"진우는 이겨낼 수 있을 거야."

진우는 집안의 활력소이자 유일한 남자로 어린 나이지만 어른스럽게 가족들을 챙겼다. 그런 아이가 하늘의 별이 된다면 가족 모두 큰 슬픔에 빠질 것 같았다. 특히 진우만 바라보고 산 언니는 그 슬픔을 이겨내기 힘들 것 같았다.

"왜 대답을 안 해?"

언니가 아주 집요하게 물었다.

"뭐가?"

주아는 모른 척하며 말했다.

"둘이 결혼할 거냐고. 그러면 준비할 것도 많고……."

"내일 어머님께 인사드리러 가."

"진짜? 그러면 서둘러 준비해야겠다."

"뭘?"

"뭐긴 혼수도 그렇고……."

"내일 다녀와서 얘기해 줄게."

언니는 김칫국을 아주 사발로 먹고 있었다.

"왜? 강 선수 집에서 반대하는 거야?"

언니는 자신의 경험이 떠오른 모양이었다. 형부의 집에서 반대가 심했기 때문에 언니의 결혼엔 많은 시련이 있었다. 결국 언니가 이혼을 하자 시댁에서는 그럴 줄 알았다는 반응이었다. 부모없이 자란 티를 내고 있다고 말이다.

그리고 자신들의 손자도 보지 않았다. 혹시나 주아도 그럴까 봐 걱정이 된 것이었다.

"아직 몰라. 내일 가봐야 알겠지만 호준 씨 말로는 어머님이 날 아주 마음에 들어 하신데."

"다행이다."

언니의 얼굴이 그 말을 듣고 나서야 환해졌다.

"일단 혼수는 걱정하지 마. 네가 준 돈 내가 꼬박꼬박 모아 놨거든."

"진우 병원비나 신경 써."

돈도 없으면서 그녀가 걱정할까 봐 언니가 그렇게 말한 거라고 주아는 생각했다. 그러니 마음이 좋지 않았다.

"네가 번 돈 나한테 다 줬잖아. 너 돈 없는 거 알아."

"내가 왜 돈이 없어? 그런 거 진짜 걱정하지 마."

"……."

언니는 걱정이 한 보따리였다. 차라리 예전의 철없던 언니가 좋았다. 진우가 아프고 나서부터 언니는 갑자기 어른이 되어버렸다. 서른이 넘도록 들지 않던 철이 아들이 아프고 바로 들어버렸다.

"언니, 난 예전의 언니가 좋아."

"난 싫어. 너 속만 썩이고."

더 이상 말을 하면 안 될 것 같아 주아는 자리에서 일어나 샤워를 하기 위해 자신의 방으로 들어갔다. 진우가 집 앞에서 스윙 연습이라도 할 수 있게 그녀는 작년에 이 집으로 이사를 왔다. 2층으로 된 단독 주택인데 작은 마당이 있어서 진우가 방해 없이 스윙 연습이나 투구 폼 연습을 할 수 있었다. 유소년은 성인 야구와는 다르게 투수가 공만 잘 던져서 될 문제가 아니었다. 말 그대로 멀티 플레이어여야 상급학교 진학에 유리했다.

부상 한번 없던 녀석이었는데 이런 지독한 일이 닥치게 될 줄은 상상도 하지 못했었다. 샤워를 하고 집을 나오자 그녀의 벤이 대기하고 있었다.

"수호야."

반갑게 수호를 부르며 차에 올랐지만 벤에 오르자마자 그녀의 눈에 들어온 건 매니저 수호가 아닌 선욱이었다.

"사장님……."

얼굴만 봐도 짜증이 나는 사람이 그녀의 사장이라는 게 슬펐다.

"앉아."

그녀가 차에 타자마자 차를 출발시킨 선욱은 주아의 맞은편에 앉아서 아래위로 그녀를 훑어보고 있었다.

"어제 강호준이랑 불타는 밤을 보냈다고?"

"……."

수호가 있는데도 그녀의 자존심 따위는 안중에도 없는 사적인 말을 하고 있었다.

"대답해!"

"그랬어요. 왜요? 그럼 안 되는 법이라도 있어요?"

좋게 말을 할 수 없는 사람이었다.

"아우!"

그가 주아를 때리기 위해 손을 들었다가 내려놓았다.

"메이크업을 받아야 하니. 참는다."

아주 큰 인심을 베푼 것처럼 말하는 선욱이 얼굴을 한 대 치고 싶은 마음이 간절한 주아였다.

"그건 네 말대로 너희들 문제 같지만 그게 꼭 그렇지만은 않아.

주아 넌 내 소속이고 널 가지고 놀려면 나한테 응당한 대가를 지불해야지."

마치 그녀는 돈을 주고 사고파는 물건이라는 투로 말을 했다. 기가 찼다.

"이건 개인적인 일이라고요."

"아니지, 내가 주아 너의 사장인 이상은 공적인 일이야. 아무튼 계산은 호준이랑 하면 되는 거야. 그리고 그 자식은 돈을 깔고 다니는 몸이라서 괜찮아."

돈, 돈, 돈밖에 모르는 인간이었다.

"사장님."

"그렇지 난 네 사장이야. 돈이라면 사족을 못 쓰는 쓰레기 같은 인간이야. 그렇게 네가 말했잖아? 그러니 그대로 해 줘야지."

오래전에 한 말을 아직도 마음에 담고 있는 게 분명했다.

"그 말은 제가 사과를……."

"난 가슴에 새겨 두었으니까. 잊힐 일은 없을 거야."

아주 집요한 인간이었다.

"이번 곡 말이야. 발표하자마자 음원 1위야. 아주 반응이 좋아."

곡에 대해선 인정을 하지 않을 수 없었다. 신은 불공평했다. 이런 지독한 인간에게 그렇게 천부적인 재능을 주셨으니 말이다. 그의 곡은 정말 아름다웠다. 그것이 이 모든 모욕을 견디며 주아가 소속사에 남아 있는 이유였다.

그 어디에서도 이렇게 섹시하고 특별한 곡을 받을 수 없을 것 같았다. 그래서 주아는 이 진흙탕에서 빠져나갈 수가 없었다.

"아 흐……."

갑자기 선욱이 핸드폰의 동영상을 틀었다. 이제 한 음절만 들어도 그 소리가 뭔지 아는 주아였다. 선욱의 더러운 손이 그녀의 가슴을 주무르고 있는 장면일 것이다. 이가 갈리게 싫은 영상이었다. 그녀를 협박할 때마다 보여 줘서 이제는 다 외우고 있었다.

"뭐 하는 거예요?"

주아가 그의 핸드폰을 빼앗으려 하자 그가 핸드폰을 껐다.

"이게 왜 이러지?"

둘만 있는 자리가 아닌 수호도 있는 자리에서 그가 동영상을 튼 적은 없었다. 주아의 얼굴에 핏기가 하나도 없이 사라졌다.

"하지 마요!"

그녀가 벤이 흔들릴 정도로 소리를 질렀다.

"왜 이렇게 흥분해. 실수였다니까."

능글맞은 표정으로 열이 받아 폭발하기 직전인 그녀를 보며 웃는 선욱이었다.

"미쳤어."

"내가 좀 그렇지? 예술가는 어쩔 수가 없어. 그게 매력이 아닐까?"

주아는 왜 사람들이 욱해서 살인을 저지르는지 알 것 같았다. 주아의 손이 부르르 떨렸다.

"사람이 아니야."

"그럼, 난 신적인 존재야. 특히 너에겐 말이야. 불행한 건 착한 신은 아니라는 거지."

죽이고 싶게 말을 하고 있었다.

"김선욱!"

"김 회장이라고 불러. 난 그렇게 착한 신이 아니라니까."

다행히 헤어숍에 도착했다.

"누나."

조용히 있던 수호가 그녀를 불렀다.

"잘 다녀와. 기다리고 있을 테니까. 예쁘게 하고 와. 오늘 방송국 들어가서 피디랑 인사도 해야 하니까. 조 국장도 온다고 했으니까 더 섹시하게, 알았지?"

조 국장은 그녀의 완전 열성 팬이었다. 그냥 팬만 하면 좋은데 굶주린 늑대처럼 주아가 자기 침대를 데워줄 차례를 기다리고 있는 사람이었다. 김선욱의 말은 들은 체도 하지 않고 주아는 차에서 내렸다.

헤어숍에서 헤어와 메이크업을 받고 나자 그녀의 스타일리스트가 급하게 준비한 무대 의상을 들고 헐레벌떡 숍 안으로 들어왔다.

"언니……."

숨이 넘어가고 있었다.

"빨리 입으세요."

"그냥 지난번 것 입으면 됐지."

"김 회장님은 절대로 언니가 같은 옷 두 번 입는 거 못 보세요. 모니터도 다 하셔서 저 죽어요."

"그래, 입자."

그녀가 입은 옷은 이번 타이틀곡에 맞춘 옷이었다. 아니, 옷이라기보다는 수영복이었다.

"이번은 좀 심하죠?"

스타일리스트 연정이와 함께 일한 지 5년 차였다. 눈치껏 잘하는데 이번 의상은 선욱의 의견이 많이 들어갔다고 말하며 주아에게 너무나 미안해했다.

"언니, 진짜 지켜주지 못해서 미안해요."

"주아야, 이건 완전 카니발 복인데?"

원장님이 그녀가 입은 옷을 보고 놀라서 물었다.

"오늘은 공영방송이 아닌가 봐?"

"오늘은 케이블이요."

"하여튼 주아 네가 고생이 많다. 나도 김선욱이랑 일하기 싫어도 너희 기획사가 결제는 칼이잖니."

헤어숍 원장은 미안한 얼굴로 그녀에게 말했다.

"알아요."

주아는 무대 의상을 벗고는 다시 평상복으로 갈아입었다.

"도저히 못 입고 가겠다."

"알아요, 언니."

스타일리스트가 풀이 팍 죽어서 말했다.

"네 잘못 아니야."

방송국으로 가는 길에 벤에서 다시 선욱과 만난 주아는 한마디도 하지 않고 방송국으로 향하고 있었다.

"강 선수."

주아와 스타일리스트가 나란히 앉아 있는데 선욱이 호준에게 전화를 걸었다. 주아는 순간 긴장해서 손이 파래질 정도로 꽉 쥐었다.

"어디야? 그래? 우리 한 번 만나야 하지 않을까?"

주아의 손을 연정이 따뜻하게 잡아 주었다. 연정이는 친동생처럼 그녀의 곁을 지켰다. 수호와 마찬가지로 선욱이 괴롭히긴 했지만 온몸으로 주아를 지키는 사람들이었다.

"언니, 제발……."

연정이 그녀에게만 들리게 말했다. 주아는 모든 사람을 책임지고 있었다. 그녀의 행동 하나에 다른 사람들이 직업을 잃을 수도 있었다. 그리고 김 사장이 다 그런 사람들만 뽑는지 다들 집안의 생계를 책임지고 있는 사람들이었다. 그건 수호와 연정이도 마찬가지였다.

"제발……."

"알았어."

주아가 힘주어 말했다. 김 사장의 귓구멍에 들어가도록 말이다. 그렇게 선욱은 호준과 통화를 했고 주아는 헤드폰을 써버렸다. 방송국에 도착하자 주아는 뒤도 돌아보지 않고 차에서 내렸다. 그녀의 팬들이 차에서 내리는 그녀를 보고 소리를 지르기 시작했다.

오늘은 케이블에서 가장 큰 방송사의 음악 방송을 하는 날이었다. 생방송이니 만큼 긴장되는 날이었지만 오늘 주아의 머리에는 방송보다는 김선욱에 대한 분노로 가득했다.

늦은 저녁 술 생각이 절로 났지만 호준은 술 대신에 생수통을 집어 들었다.

"왜 소주 한 잔 할까?"

그의 움직임을 그대로 읽고 있는 유신이 뒤에서 말했다.

"소주의 유혹을 방금 이기고 생수를 들었다."

"잘했네."

"어제 일 때문에 그래?"

생각보다 반응이 뜨거웠다. 오늘 하루 종일 검색어 순위에서 1위를 놓친 적이 없었다.

"주아 씨는 V 자에 넌 그에 응답하듯 키스까지 날리고. 아주 대단한 커플이야."

"……."

"언제부터 그렇게 깊은 사이가 된 거야?"

"몰라서 물어?"

"설마……."

잊은 줄 알았는데 유신은 기억하고 있었다. 1년 전에 그가 서주아를 봉사 차원에서 갔던 유소년 대표팀 훈련장에서 봤던 걸 말이다.

"그때부터 연락한 거야?"

"……."

"그럴 리가. 내가 네 스케줄을 다 아는데……."

그는 더 이상의 말을 하지 않았다. 그냥 상상의 나래를 펴게 놔두었다. 물을 벌컥벌컥 마시며 호준은 근처에 있는 운동 기구에 앉았다.

"우리 소파 내지는 의자 하나 사자."

"2층에 있잖아?"

둘은 1분 이상 붙어 있으면 싸웠다.

"쉬러 2층까지 가냐?"

"응."

그에게 말싸움으로 이기지 못하는 유신이었다.

"진짜 결혼이라도 할 거야?"

"어머니께 내일 인사드리러 가."

"너 시즌 중이다?"

"알아, 그래도 어머니도 어떻게 되실지 모르고 해서. 어느 정도 마음에 들어 하시면 하려고."

운동을 하며 호준은 생각보다 담담하게 결혼에 대해 말했다.

"어느 정도 마음에 들면 결혼하냐? 열렬히 사랑해도 부족할 판에. 거기다가 넌 운동선수고 내조가 절실하다고."

"네가 있잖아."

호준이 유신을 보며 윙크를 날리자 유신이 토하는 시늉을 했다.

"나랑 같아?"

"시끄러워."

그는 생수통을 내려놓고 밖으로 나가려고 했다.

"어디 가?"

"뛰려고."

호준은 운동화 끈을 묶고는 트랙을 돌기 시작했다. 그의 집에 유일하게 없는 게 러닝머신이었다. 초등학교 2학년 때부터 그는 운동장을 뛰기 시작했다. 기계에서 달리는 것과는 많은 것이 달랐다.

"헉헉헉."

열심히 돌다 보니 심장이 터질 것 같았다. 어제 그녀를 안을 때처럼 말이다. 주아의 부드러운 몸을 만지던 느낌이 오늘 하루 종일 그를 괴롭히고 있었다. 지금도 그 생각을 하니 아랫부분이 묵직해지기 시작했다.

섹스를 했다고 해서 다음 날까지 상대 여자를 기억한 적이 있었나? 하는 생각이 들었다. 하지만 단언컨대 그런 적은 없었다. 호준은 이런 익숙하지 않은 느낌은 정말로 싫었다.

"헉헉헉."

조금 더 속도를 내서 뛰기 시작했다. 이래서 선수들이 결혼을 일찍하는 한 가지 이유가 더 있다는 걸 알았다. 그건 자신들의 안에 있는 성적 욕구를 발산하기 위해서였다. 몸이 튼튼한 만큼 그들은 평범한 남자들보다 더 많은 욕구를 느끼고 있었다.

아니, 그는 여태까지 자신이 잘 조절하고 있다고 생각했다. 하지만 어제 이후로 그는 자신도 다른 사람들과 똑같거나 아니면 성적 욕구가 더 강하다는 걸 알게 되었다.

"으으윽."

조금 더 속도를 내서 달린 그였다. 하지만 주아에 대한 생각이 더 강해질 뿐이었다. 여러 가지 핑곗거리를 찾았지만 역시 아니었다.

"그만해라. 그러다가 죽겠어."

유신이 소리를 질렀지만 그는 유신의 말을 듣지 않고 달리기 시작했다.

"헉헉헉."

그러다 호준은 트랙 위에 누웠다. 심장이 튀어나올 것 같았다. 그래도 머릿속에서 주아를 지울 수가 없었다. 그는 벌떡 일어나서 집 안으로 들어가 자동차 키를 가지고 나왔다.

"어디 가?"

"내가 도착하기 전에 집에 가라."

"뭐?"

"가라고."

호준은 자신의 차를 타고 주아의 집 앞으로 무작정 차를 몰았다. 오늘 음악 방송 하나뿐이라고 했다.

생방송을 하기 전에 무대 의상으로 갈아입은 그녀는 리허설 준비를 위해 무대로 갔다.

"휘익!"

어디선가 그녀의 모습을 보고 휘파람을 불기 시작했다. 매번 있는 일이라서 그냥 넘기긴 했지만 오늘은 유난했다. 리허설 땐 보통 그냥 편한 차림으로 하는데 지금 그녀는 본무대 의상을 입고 들어갔기 때문이었다.

카메라 감독님들의 놀란 표정이 그녀의 눈에 들어왔다. 아주 턱이 빠지기 일보 직전이었다. 블랙과 실버톤이 섞인 옷은 마치 수영복 같았다. 그녀의 발육 상태가 훌륭한 가슴이 그대로 노출이 되고 있었다.

남자라면 턱이 빠질 만했다. 주아는 무대 의상만 입고 그 위에 아무것도 걸치지 않은 채로 대기실부터 사람들이 가득한 복도를 지나 이곳까지 왔다. 이러니 그녀의 안티들이 노출증이라고 말하는 것이었다. 평소에 온몸을 꽁꽁 싸매고 다녀도 말이다.

"주아 씨."

조 국장과 나란히 서 있던 선욱이 그녀를 아주 다정하게 불렀다.

"미친놈."

그녀의 말에 옆에 있던 연정이 쿡 하고 웃음을 터트렸다.

"빙고."

그리고 맞장구를 쳐주었다. 이런 작은 게 주아에겐 힘이 되었다.

"주아 씨. 오늘 아주 섹시해. 방송 규정을 아주 아슬아슬하게 비켜 갔어."

공영방송은 아니지만 케이블에서도 허락이 되는 선이 있었고 그 선을 아슬아슬하게 비켜 간 건 맞았다. 그만큼 선욱은 이슈를 만드는 데 천부적이었다. 다른 사람들은 다 그녀가 그런 줄 알지만 말이다. 노출증에 남자만 밝히는 그렇고 그런 여자로 말이다. 하지만 그런 걸 신경 쓰기엔 그녀가 처한 상황이 그렇게 녹록치 않았다.

"오늘은 누굴 또 죽이려고 이렇게 자극적으로 입은 거지?"

조 국장이 은근슬쩍 주아의 허리를 손으로 쓸었다. 그 손길이 너무 싫었지만 주아는 가만히 있었다. 잠깐 참으면 되는 순간이었다. 이리저리 몸을 빼면 오히려 상대를 자극해서 이렇게 있는 시간이 길어진다는 걸 주아는 알았다.

"강호준이랑은 아주 뜨거운 사이던데?"

"다 짜고 치는 고스톱이죠."

"안 그래 보이던데?"

조 국장의 옆에서 선욱이 열심히 아부를 하고 있었다.

"그렇다면 우리 주아가 연기를 해도 될 것 같은데?"

"안 그래도 드라마 하나 준비 중입니다."

금시초문이었다. 그녀는 연기의 연 자도 모르는데 그녀가 모르게 드라마 준비 중이라니 기가 막혔다.

"드라마요?"

"아직 우리 주아한테도 얘기하지 않은 따끈한 일입니다."

"뭘 해도 아주 잘할 텐데. 영화 쪽은 어때?"

"그건 마지막 카드죠. 주아가 영화 찍으면 코피 쏟을 남자들 많이 있습니다."

"하하하, 그중에 하나가 나지."

"조 국장님은 실물로 보셔야죠."

선욱의 말에 국장이 침을 삼키고 있었다.

"주아 씨 차례예요."

때마침 막내 PD가 그녀에게 다가와 말을 하는 바람에 주아는 짜증나는 두 인간에게서 자유로워질 수 있었다.

그녀가 무대에 들어서자 모두의 시선이 집중되었다. 동료들도 그녀의 리허설을 보기 위해 나왔다. 그녀의 모든 게 화려함 그 자체였다. 그녀가 뿜어내는 카리스마와 인정하긴 싫지만 완벽에 가까운 선욱의 곡이 조화를 이루고 있었다.

숨을 쉴 수 없는 엄청난 무대를 마치자 공개홀의 사람들 모두가 기립 박수를 치기 시작했다. 12년간 연예인 생활을 하면서 그녀는 최고의 전성기를 누리고 있었다.

본 방송까지 마치고 나서 주아는 기진맥진한 채로 벤에 올랐다. 화장도 지우지 못하고 불편하지만 옷도 갈아입지 않았다. 이번 안무는 진짜 격렬했기 때문에 한번 이렇게 방송을 하면 기진맥진할 수밖에 없었다.

"언니, 괜찮아요?"

숨을 헐떡이며 벤으로 들어서는 주아의 몸에 스타일리스트가 담요를 덮어 주며 걱정스레 물었다.

"아니, 죽겠어."

"그래도 옷은 갈아입는 게 낫지 않아요?"

담요 앞을 여며 주며 스타일리스트가 또다시 물을 정도로 그녀의 무대의상은 신경이 쓰이는 옷이었다.

"집에 도착해서 갈아입자."

"네."

주아는 너무나 힘이 들어 그대로 눈을 감고 잠을 청했다.

"언니, 다음 주는 하루에 3번 공연하는 날도 있어요."

"나도 모르겠다."

다음 주는 행사의 연속이었다. 그래도 행사 때는 이렇게까지 야한 옷을 입히진 않으니 춤을 추는 데 조금은 편할 것이다. 그렇다고 해서 노출이 적다는 건 아니었다.

"나 좀 잘게."

"네."

그녀의 위로 담요를 덮어 주는 연정이었다. 눈은 감았지만 잠이 쉽게 오지는 않았다. 몸이 너무 피곤해서 그렇다기보다 걱정이 많았다. 내일 호준의 어머니를 보는 날인데 마음에 안 드실 게 뻔했기 때문이었다. 어느 누가 아들의 여자 친구가 사람들 앞에서 거의 옷을 다 벗고 춤을 추는데 마음에 들어 하겠는가?

"누나, 자?"

"응."

"오늘 조 국장이 뭐라고 했어?"

"미친놈이 미친 소리만 했지 뭐. 버터에 밥 말아 먹은 것 같은 느낌이야."

수호와 연정이는 친구였다. 연정이가 두 살 더 많았지만 어느새 둘은 친구가 되어 있었다.

"김 회장이 뭐 물어봤지?"

"맨날 누나에 관한 거지 뭐. 어제 강 선수 집에 데려다준 게 너냐며 아주 잡았지 뭐."

"진짜 미친놈이야."

"여자가 입이 거칠어."

수호는 연정이 거친 말을 하는 걸 싫어했다. 나이는 어리지만 연정에게는 오빠처럼 굴었다.

"그래도 미친 건 미친 거야."

"누나한테 해가 되지 않는 범위에서만 말했어."

"잘했어."

둘의 말을 그대로 들으면서 주아는 눈만 감은 채로 집으로 향했다.

"언니 집에 다 왔어요. 주말까지는 푹 쉬셔야 해요. 안 그러면 다음 주 못 견뎌요."

"알았어."

"누나, 힘내요."

"알았어. 가."

그녀가 차에서 내리고 집으로 들어가려는데 누군가 뒤에서 불렀다. 소름끼치게 싫은 소리였다. 마치 칠판을 긁는 소리처럼 듣기 싫었다.

"주아야."

그녀가 뒤를 돌아서자 김 사장이 그녀를 불렀다. 그녀의 벤이 사라지는 걸 보고 부른 것이다. 남자인 수호가 걸렸던 모양이었다. 불안했다.

"오늘 일은 끝난 걸로 알고 있는데요?"

"내가 끝났다고 하기 전까지는 끝이 난 게 아니지."

뭐가 그렇게 마음에 들지 않는지 요즘은 대놓고 막 대하는 느낌이었다.

"피곤해요."

"나도 피곤해. 그런데 조 국장이 지금 기다리고 있어."

그녀의 집 앞에 온 이유가 드러났다. 그동안은 저녁에 술자리를 안 끌고 다니더니 이제 다시 시작이 된 모양이었다. 그 시작이 가장 느끼한 조 국장이었다. 하지만 오늘은 그런 자리에 가고 싶지 않았다. 아니 앞으로도 그런 자리는 사양이었다.

"오늘은 힘들어요."

그녀가 집으로 들어가려고 몸을 돌렸다. 그런데 갑자기 뒤에서 김 사장이 그녀의 팔을 잡았다.

"아파요."

"그러니 좋게 가면 좋잖아?"

그녀가 거부하자 화가 많이 난 선욱은 거칠게 굴기 시작했다.

"싫다고요."

찰싹!

그녀의 뺨으로 선욱의 손이 강하게 들어왔다. 순식간의 일이었다. 맞아서 얼굴이 아픈 게 아니라 자존심이 더 상해서 눈물이 앞을 가렸다.

"네 주제를 알아. 알았어?"

정말로 개 끌려가듯이 그녀를 끌고 억지로 차에 태우려던 김 사장의 손이 갑자기 그녀에게서 떨어졌다. 진짜 순식간의 일이었다.

퍽!

김선욱이 길바닥에 그대로 나동그라졌다. 놀란 주아가 검은 그림자 쪽을 쳐다보았다. 어두워서 사람의 인영만 보였지만 그가 누군지 금방 알 수 있었다.

퍽!

"윽."

김선욱이 배를 움켜쥐며 다시 바닥에 쓰러졌다. 쓰러진 선욱을 다시 일으켜 세운 호준이 그의 얼굴에 주먹질을 하기 시작했다. 다음 주에 복귀라는 말이 생각이 나서 주아는 호준의 뒤로 가서 그를 안았다.

"그만해요."

"죽여 버릴 거야."

"제발……."

그의 힘은 도저히 당해낼 수가 없었다. 주아가 잡고 있는데도 그는 아무렇지 않게 선욱을 후려치고 있었다. 말린다고 될 일이 아니었다.

"그만해요. 다음 주에 마운드에 서려면 제발 그만해요."

그녀가 흐느끼자 그제야 길바닥에 뻗어버린 선욱을 두고 호준이 멈췄다.

"호준 씨, 제발⋯⋯."

그때였다. 어디선가 수호와 연정이 나타나 선욱을 차에 태웠다. 아마 다시 돌아온 모양이었다. 기절한 선욱은 수호와 연정이 자신을 차에 싣고 있는 줄도 모르고 뻗어버렸다.

"수호야⋯⋯."

놀란 주아가 말했다.

"누나, 내일 아침까지 차에서 자라고 하고 그냥 가요. 아마 누가 때렸는지도 모를 거예요."

"괜찮을까?"

"딱 죽지 않을 만큼 맞았네요."

그리고 호준을 향해 엄지를 척 하고 세워주었다.

"저흰 갈게요."

수호와 연정이 사라지자 호준이 주아의 손을 잡고 자신의 차에 태웠다. 그녀가 차에 타자 호준이 아주 무서운 얼굴로 그녀에게 말했다.

"평소에 그러고 입고 다녀?"

지금 그녀의 의상이 아주 마음에 들지 않은 모양이었다. 그러더니 자신의 후드티를 벗어 그녀에게 던져 주었다.

"입어."

그는 완전히 벗은 상태였다. 하지만 그녀는 그의 말을 거역할 수 없었다. 그의 후드티는 주아에겐 코트 수준이었다.

"언제 왔어요?"

"2시간 전에."

"왜요?"

"……."

그는 아무런 말도 하지 않았지만 지금 이 상황이 그녀로 하여금 뭔가를 기대하게 만들고 있었다.

"왜 왔냐고요?"

왜 왔는지는 느낌으로 알 수 있었지만 그래도 말로 듣고 싶은 게 여자의 마음이었다.

"그냥."

그냥 왔다는 말과는 다르게 지금 그가 운전을 하고 가는 방향은 분명히 그의 집으로 가는 길이었다.

"고마워요."

"다음부턴 이런 옷 입고 다니지 마."

"옷 때문에 그런 거 아니에요. 그리고 평소엔 청바지에 티만 입어요."

"어젠 믿었는데 오늘은 믿음이 가지 않아."

그의 말에 대꾸할 말이 없었다.

"접대 장소로 끌고 가려고 했어요."

주아는 간단하게 아까의 상황을 설명했다.

"매번 이래?"

"필요하다고 생각을 하면 이렇게 막무가내예요."

"앞으론 그럴 일 없을 거야."

"그렇게 됐으면 싶네요."

진짜 바라고 바라는 바였다. 12년이란 세월 동안 주아는 몸도 마음도 지쳤다. 예상대로 그들이 도착한 곳은 그의 집이었다.

"여긴 왜?"

이번에 그의 투박한 손이 그녀의 손을 잡아끌었다. 그의 손바닥은 온통 굳은살투성이었다. 그래서일까? 그는 손으로 그녀의 몸을 만지기보다 입술로 쓸어내렸다. 어제의 일이 떠오르자 주아의 몸이 다시 뜨거워졌다.

"집에 가야 해요."

오늘까지 안 들어가면 진짜 언니의 잔소리 폭탄에 맞아 죽을 게 뻔했다.

"왜?"

"내일 어머님을 이러고 볼 순 없잖아요."

"내일 일은 내일 생각해."

그는 주아를 보내줄 마음이 없는 것 같았다. 주아는 못 이기는 척 그의 뒤를 따랐다.

"당신 매니저는요?"

어제처럼 그가 불쑥 나올까 걱정이었다. 어제의 복장과 오늘의 복장은 천지 차이였기 때문이었다.

"집에 없어."

"어떻게 알아요?"

"내가 오기 전에 꺼지라고 했거든."

어이가 없었지만 기분이 이상하게 좋았다. 호준은 그녀와 둘이 있고 싶었던 것이다. 물론 야릇한 일까지 생각했겠지만 말이다.

"날 왜 데리고……."

그의 집 안에 들어서자 그가 그녀의 입술에 거칠게 키스를 했다. 아직 차가운 4월의 밤공기가 그녀의 온몸을 스치고 있었다.

부르르.

이건 그의 키스가 좋아서가 아니라 4월의 차가운 공기 때문이라고 스스로를 속이며 주아는 그의 목에 팔을 감고 그의 키스를 깊이 받아들였다.

4. 내속의 욕망

그의 품 안에 있는 주아는 너무나 큰 유혹덩어리였다. 초등학교 2학년부터 29살인 지금까지 그는 단 하루도 훈련을 팽개치고 어디론가 간 적이 없었다. 그는 완벽한 운동선수였다. 그가 어긋난 적은 살아오면서 단 한 번도 없었다.

그는 언제나 자신을 위해 희생을 한 부모님을 생각했고 그리고 자신의 선수로서의 자존심을 지키기 위해 노력했다. 하지만 그는 한 번도 하지 않았던 그 일을 오늘 하고야 말았다. 그는 지금 운동보다도 더 주아를 원하고 있었다.

사람들의 시선이 없기만을 간절히 바라며 그는 집까지 운전을 했다. 신호대기 때마다 그는 주아를 덮치지 않기 위해 노력을 해야만 했다.

"으으음."

들어오자마자 그는 주아를 끌어안고 키스하기 시작했다. 얼마나 오랫동안 그녀와 키스를 했는지 모르지만 솔직히 입술이 화끈거리고 있었다. 하지만 그녀의 입에서 입술을 뗄 수가 없었다. 입술을 떼는 순간 주아를 트랙에 그대로 눕히고 가질 것 같았기 때문이었다.

"호준 씨."

입술이 살짝 떨어진 사이에 그녀가 그의 이름을 불렀다.

"추워요."

호준은 갑자기 정신이 들었다. 그리고 주아를 안아 들고 집 안으로 뛰기 시작했다. 그동안 기초 체력 훈련을 한 게 이럴 때 쓰려고 한 모양이었다. 그는 단숨에 2층까지 올라갔고 그녀를 침대에 거의 던지다시피 내려놓았다.

쫙!

그의 눈에 거슬리는 수영복을 단번에 찢어버렸다. 그러면 괜찮을 줄 알았다. 악마보다 지독한 유혹덩어리인 그녀가 그 요망한 수영복을 벗으면 조금은 덜할 줄 알았다. 하지만 그건 그의 착각이었다. 짙은 화장에 풍성한 긴 웨이브 머리를 한 그녀가 침대에 모로 누워 그를 올려다보자 심장이 멈춰버릴 것 같았다.

"이건 꿈이야."

"어서 와서 날 가져요."

너무나 비현실적인 상황이었다. 몽정을 꿀 때 나온 아주 야한 장면이 그의 앞에 펼쳐진 것 같았다. 매혹적인 마녀가 지금 호준을 유혹하고 있었다. 호준은 이미 준비가 되어 있었고 준비는 주아도 된 것 같았다.

그가 옷을 다 벗고 그녀가 있는 침대로 거의 뛰어들다시피 했다. 그녀의 입술에 키스를 하자 그의 페니스가 고통스러울 정도로 단단해졌다.

"이러려고 온 건가요?"

그의 입술에 대고 그녀가 거친 숨을 몰아쉬며 말하고 있었다.

"아마도."

호준은 솔직하게 인정을 하고는 그녀의 입술을 더욱 강하게 빨았다. 그리고 그녀의 풍만한 가슴을 만지기 시작했다. 너무 좋아서 미칠 것 같았다. 지금은 본능에 충실하고 싶은 마음뿐이었다.

풍만하고 하얀 가슴에 핑크색 유두가 그를 유혹했다. 이렇게 예쁜 모습으로 그를 유혹하는데 안 넘어갈 수 없었다. 그는 주아의 매혹적인 유두를 빨기 시작했다.

"아아앙."

주아의 입에서 그가 만족할 만한 신음소리가 터져 나오기 시작했다. 그는 욕망을 숨기지 않고 단단해진 그녀의 유두를 혀로 어루만졌다. 기분 좋은 맛이 났다. 그가 주아의 가슴을 헤매고 있을 동안 주아가 그의 머리를 잡고 있었다. 그녀도 흥분이 되는지 몸을 활처럼 휘며 들어 올렸다.

"아아앙."

주아의 신음과 그의 거친 숨소리가 침실을 꽉 채우고 있었다. 그가 주아를 바로 눕힌 다음에 다리를 벌리고 무릎을 세워주었다. 그리고 자신은 그녀의 중심에 페니스를 댔다. 이 순간은 더 이상의 애무는 무리였다.

긴 시간을 참았기 때문에 그의 페니스가 아우성이었다. 그를 맞이하기 위해 젖어 있는 그녀의 질 안에 자신의 페니스를 단번에 밀어 넣은 호준이었다.

"아아악!"

"헉, 읔."

그와 그녀의 신음이 동시에 터졌다. 들어가는 느낌이 어제보다 좋았다. 하루 종일 주아를 안으라고 해도 안을 수 있을 것 같았다. 주아는 그를 위해 만들어진 맞춤형 피조물인 것 같았다.

"주아야, 너무나……."

너무나 타이트한 그녀의 질은 호준의 영혼을 완벽하게 매료시켜 버렸다.

"아아아아앙."

그가 움직이기 시작하자 주아가 그에게 매달려 그의 움직임대로 신음을 내뱉었다. 그리고 허리를 움직이며 그의 리듬에 맞추며 정신을 쏙 빼놓고 있었다. 주아는 타고난 색녀였다. 완벽했다.

이렇게 미친 듯이 허리를 움직인 적이 없었다. 선배 중에 하나는 경기가 있기 전엔 섹스를 하지 않는다고 했었다. 그러면 힘이 다 빠진다고 말이다. 지금 그는 선배의 말을 처음으로 이해했다.

온 신경이 그의 페니스로 다 가 있었다. 단 한순간의 만족을 위해 그는 단거리달리기 속도로 장거리를 뛰는 운동량을 소비하고 있었다.

퍽퍽퍽!

그의 거친 몸짓이 점점 더 요란한 소리를 내고 있었다.

"호준 씨."

"주아야."

그들은 이렇게 서로의 이름을 부르며 첫 번째 절정을 맞이하고 있었다. 그가 주아의 옆으로 쓰러졌다.

"헉헉헉."

조용한 그의 침실에 거친 숨소리만 가득했다. 그는 힘이 들어 죽겠는데 그의 페니스는 그렇지 않은 모양이었다. 또다시 그의 페니스가 단단해지고 있었다. 호준은 침대에서 일어나 주아를 안아 들었다.

"이건 옳지 않아요."

거친 숨을 내쉬며 주아가 마음에도 없는 소리를 하고 있었다.

"왜?"

"나 힘들어요."

"난 아니야."

이 순간을 위해 하루 종일 기다린 호준이었다.

"당신은 미쳤어요."

"맞아, 주아 너에게 미친 것 같아."

호준은 주아를 안아 들고 1층으로 내려갔다. 층계를 내려오는데 처음으로 다리가 후들거렸다.

"어딜 가요?"

"노천탕."

"어디요?"

놀란 주아가 그의 품에서 벗어나려 했지만 이미 때는 늦었다. 그는 수영장 옆에 있는 따뜻한 노천탕에 주아를 안고 들어갔다.

"몸이 피곤할 때 하면 아주 굿이지."

주아도 따뜻한 물의 온도에 만족을 하는 것 같았다.

"따뜻해요."

이렇게 말하며 주아가 그의 품 안으로 파고들었다.

"피곤이 날아가는 것 같아."

"어머!"

주아가 그의 주먹을 보더니 깜짝 놀랐다. 아까 선욱을 때리며 생긴 상처인 것 같았다.

"안 아파요?"

"괜찮아."

"그러게 왜……."

"다시 또 그런 일이 있다면, 그때는 진짜 죽여 버릴 거야."

호준은 다시 그런 일이 생긴다면 선욱을 오늘처럼 때리는 정도로는 끝내지 않을 거라는 걸 알았다. 팔의 부상 때문에 평소의 그의 파워가 나오지 않은 것에 선욱은 감사해야 할 판이었다.

"다시는 이러지 말아요."

"왜?"

그녀의 말에 화가 난 호준이었다.

"난 당신이 다치는 거 바라지 않아요."

그렇게 말하며 주아가 그의 목에 팔을 감았다.

"난 한 번도 남자를 사귀어 보질 않아서 모르겠지만 내가 호준 씨를 좋아하는 것 같아요."

그녀의 갑작스러운 고백에 호준은 당황했다. 호준은 아주 보수적인 남자였다. 고백을 해도 그가 먼저 했어야 했다. 평소의 그라면 여자가 그런 말을 먼저 하는 게 아니라며 뭐라고 했겠지만 지금 주아의 말에 아주 기분이 그만이었다. 웃음이 나오려는 걸 호준은 억지로 참았다.

사실 가슴 시린 사랑은 느껴본 적이 없어서 모르겠지만 솔직하게 주아에게 끌리고 있는 건 사실이었다.

그는 대답 대신에 그녀의 입술에 키스를 했다. 아직은 자신의 감정을 드러낼 때가 아닌 것 같았다. 아름다운 여자는 수없이 만나봤고 때론 그들과 거침없이 섹스를 하긴 했지만 한 여자와 두 번의 관계를 가진 적은 없었다.

왜냐고 묻는다면 딱히 할 말은 없었다. 핑계라면 운동이 핑계였다. 한 사람에게 매달릴 시간이 없었다. 호준은 여태 그런 게 그와 여자들의 관계라고 생각했다. 여자와 섹스를 하고 싶어 집 앞까지 찾아간 적은 처음이었다.

섹스를 하고 싶다기보다 조금 더 솔직해지자면 주아를 보지 않고는 견딜 수가 없었다. 거기에 오늘 주아가 김선욱에게 억지로 끌려가는 장면을 보자 눈이 뒤집혀 버린 것도 사실이었다. 왜 그런 사람 밑에서 일을 하는 것일까? 호준은 갑자기 궁금한 생각이 들었다.

"왜 김선욱하고 일하지?"

"다른 이유는 없어요. 그가 가장 곡을 잘 쓰니까요. 가수는 곡이 생명이에요."

"다른 소속사에는 곡을 잘 쓰는 작곡가가 없나?"

"인정하긴 싫지만 김선욱만큼은 못 써요."

하긴. 주아가 스캔들을 그렇게 뿌리고 다님에도 여태까지 대중의 사랑을 받고 있는 건 그녀의 수많은 히트곡 때문이었다.

"하긴 주아의 노래는 다 좋아."

"곡이 좋다니 다행이에요."

"그럼 저작권료도 많이 받을 텐데. 왜 그렇게 돈에 집착을 하지?"

"돈을 번 만큼 씀씀이가 상당해요. 김 사장은 담배도 몇백만 원짜리 시가만 피워요. 집도 이 집보다는 못하지만, 연예인 기획사 사장 중엔 가장 큰 집을 소유하고 있어요."

"미친놈."

"하지만 그렇다고 해도 충분히 쓸 만큼의 수입은 나오는데 저도 돈에 집착하는 김 사장이 이해가 안 가기는 해요."

조용히 노천탕에 앉아 둘은 자연스럽게 이야기를 하고 있었다. 노천탕의 크기가 크지 않아서 항상 마음에 들지 않았는데 오늘은 아니었다. 공간이 좁아 주아와 그는 거의 꼭 붙어 있었다. 주아의 부드러운 손이 그의 가슴을 더듬었다.

하지만 그는 그렇게 그녀의 부드러운 살결을 쓸어내릴 수가 없었다. 아마 그랬다가는 주아가 상처를 입을 것 같았다. 그만큼 그의 손은 굳은살투성이였다.

"난 당신의 손이 좋아요."

"어?"

주아가 그의 마음을 읽기라도 한 것처럼 호준의 손을 잡으며 말했다.

"진짜 열심히 산 것 같아서요. 폭포 아래서 득음을 하는 사람의 성대와 같이 느껴져서요."

주아가 호준의 손바닥 위에 자신의 손을 가져다 댔다.

"아주 클 줄 알았는데 손은 그렇게 크지 않네요?"

"농구 선수가 아니니까."

"아, 그렇구나."

그가 주아의 손에 깍지를 끼우며 잡았다.

"이런 적은 처음이에요. 남자에 대한 안 좋은 기억이 있어서 평생 그냥 남자 없이 살 줄 알았거든요."

"주아처럼 섹시한 여자가 혼자 산다면 그건 명백한 자원 낭비지."

"자원 낭비요? 그런 말도 할 줄 알아요?"

주아가 입꼬리를 올리며 미소 지었다.

"내가 어떻게 느껴지지?"

"첫인상은 무서웠어요."

"뭐?"

"사람 같지 않고 꼭 신 같았죠. 진우의 운동장에서 본 호준 씨의 모습은 그랬어요. 그리고 상당히 오랜 시간 동안 지워지지 않았죠."

"첫인상이 안 좋았군."

"안 좋은 건 아니었어요. 남들과 다른 첫인상이었을 뿐이지."

"안 좋은 인상을 회복할 기회를 줘."

"네?"

그녀가 알아차리기도 전에 그는 주아의 입술을 삼켰다. 그의 몸은 이제 충분히 회복이 되었다. 그의 페니스는 물속에서 아우성을 치기 시작했다. 서로의 혀가 입안에서 얽혀 들었다. 주아는 잡고 있던 그의 손을 자신의 가슴 위에 놓았다. 하지만 그는 주아의 유리같이 부드러운 가슴에 상처를 낼 수가 없어서 조심스럽게 만지기만 했다.

하지만 그의 손 위로 주아의 손이 얹어지더니 그녀의 손이 힘있게 그의 손을 잡았다.

"당신의 거친 손이 좋아요."

그녀의 말에 호준은 완전히 이성을 잃어버렸다.

"잘못 건드린 거야."

"알아요."

그가 으르렁거리며 그녀의 부드러운 가슴을 찌그러트렸다. 물론 어느 정도의 힘 조절은 했지만 그는 지금 상당히 강한 힘으로 그녀의 가슴을 만지기 시작했다.

"아아아앙."

그녀는 그가 페니스를 넣었을 때와 같은 신음을 냈다. 아마도 그녀의 가슴이 성감대인 것 같았다. 첨벙거리는 소리가 그들이 움직일 때마다 에로틱하게 들렸다.

"여기 바깥인데 사람들이 보면……."

"걱정하지 마. 그럴 리는 없으니까."

수영장이 있는 쪽은 완전히 밖이지만 노천탕은 지붕에 가려져 있어서 사생활이 보호되는 공간이었다.

"아주 큰 소리만 내지 않는다면 옆집에서도 모를 거야."

그 말에 주아의 몸이 굳어지는 게 느껴졌다.

"우리 목소리가 너무 큰 거 아니에요?"

"하하하, 이 정도는 괜찮아."

주아의 그 모습이 너무나 귀여워 호준은 웃으며 주아의 입술을 다시금 먹어 치웠다. 그의 손은 거칠게 주아의 몸을 더듬고 있었다. 그러다 그녀를 자신의 위에 앉힌 그는 자신의 페니스를 그녀의 질에 가져다댔다. 하지만 이번엔 주아의 동작이 빨랐다.

"여기서는 싫어요."

"왜지?"

그녀의 부풀어 오른 입술을 자신의 혀로 핥으며 호준이 물었다.

"그, 그러니까. 밖이고 또……."

"천하의 서주아가 밖에서 섹스를 하는 걸 부끄러워하다니 너무 웃기지 않아?"

살짝 자극을 준 호준이었다. 우리나라 남자들 대부분의 몽정의 대상인 여자가 이렇게 수줍음이 많다는 걸 알면 다른 남자들의 반응이 어떨지 궁금했다. 아니, 이런 주아를 다른 놈과 공유할 생각은 추호도 없었다.

그런 마음이 들자 호준은 마음이 상했다. 주아는 그의 여자였다.

"으으읍."

주아의 혀를 뿌리째 뽑아버릴 듯이 빨아들인 호준은 자신의 페니스를 주아의 질 안으로 단번에 밀어 넣었다. 그의 거친 공격에 주아는 속절없이 무너지며 거친 신음을 토해내기 시작했다.

호준은 주아의 허리를 단단히 잡고는 그녀의 유두를 혀로 핥기 시작했다. 그의 페니스를 집어삼킬 듯이 먹고 있는 질처럼 그도 유두를 빨았다.

"아아 훗."

그의 귀를 사로잡는 그녀의 신음이 터지기 시작했다. 호준은 전속력으로 질주하는 자동차처럼 허리를 움직이기 시작했다. 그의 양손에 잡힌 주아의 허리는 한 줌도 되지 않는 것 같았다. 부러질 듯이 가는 허리를 잡고 호준은 미친 듯이 자신의 욕정을 쏟아붓고 있었다.

"두 번째데 사람을 이렇게 홀리다니……."

"아아아앙."

"아무도 믿지 않을 거야. 내가 서주아의 첫 남자란 걸 말이야."

호준은 주아의 가는 허리를 당겨 주아의 가슴에 자신의 뺨을 비볐다. 그녀의 풍만한 가슴이 어느새 자란 그의 수염에 쓸리며 빨개지고 있었다.

"너무 부드러워."

이번에 양손으로 주아의 작은 얼굴을 감쌌다. 그리고 자신의 엄지손가락 하나를 그녀의 벌어진 입안으로 넣었다.

"빨아, 주아의 섹시한 얼굴을 보고 싶어."

그가 시키는 대로 주아는 그의 엄지손가락을 빨기 시작했다. 그러자 신기하게도 마치 주아가 그의 페니스를 빨고 있다는 생각이 들었다. 그녀의 눈동자가 욕망으로 인해 풀려 있었고 지금 호준은 더 이상 참을 수 없을 정도의 강한 자극을 받았다.

호준은 속도를 높여 마지막으로 그의 분신들을 분출했다. 이번엔 그도 어쩔 수 없이 그녀의 안에 자신의 분신을 쏟아냈다. 아니 의도적으로 그녀의 안에 뿌렸다. 마치 나무꾼이 된 기분이었다.

그녀를 가질 수 있다면 혼전 임신도 괜찮은 방법인 듯했다. 왜 이렇게까지 되었는지는 혼자 있을 때 생각을 해야 할 것 같았다. 주아가 곁에 있으면 아무것도 생각할 수 없었다. 그의 마지막 동작에 주아도 같이 절정을 느꼈는지 그의 가슴에 얼굴을 묻은 채 눈을 감았다.

"그거 알아요?"

그의 미친 듯이 뛰는 심장소리를 주아가 듣고 있었다.

"뭐가?"

최대한 아무렇지 않은 척하며 물었다.

"오늘 화장은 워터 프루프예요."

"그게 뭔데?"

"물에서도 안 지워지는 화장이요."

"하하하."

그녀의 뜬금없는 말에 호준은 웃음을 터트렸다.

"지금 완벽하게 예뻐. 난 개인적으로 주아의 맨얼굴이 좋지만 말이야."

"이제 집에 가서 샤워하고 화장 지우고 자고 싶어요. 오늘 너무 힘들었어요."

"안 돼."

주아를 집에 보내기 싫었다.

"여기서 자."

"호준 씨, 이틀 연속 외박하면 언니한테 죽어요."

"나랑 있었다고 내가 말해 줄게."

그리고 무턱대고 다시 그녀를 안아 들고는 2층으로 향했다.

"입고 갈 옷도 없잖아."

함께 샤워를 한 그들은 한 침대에서 깊은 잠에 빠져들었다.

다음 날, 오전에 출근을 한 수호는 선욱이 퉁퉁 부은 얼굴로 어제 일을 묻자 잘 모른다는 말만 했다.

"어제 누나를 내려 주고 바로 연정이 데려다주고 집으로 갔습니다."

"그래?"

"그런데 병원 가보셔야 되는 것 아닙니까?"

선욱이 마치 로봇이 몸을 펴는 것처럼 관절 하나하나를 차례로 펴며 천천히 몸을 일으켰다.

"아이고 허리야."

수호가 눈치 빠르게 그의 옆으로 가서 팔을 잡아주었다.

"주아는?"

"누님은 이번 주 푹 쉬시고 월요일부터 행사⋯⋯."

"그게 아니라 어제 내가 분명히 주아 년을 잡아서 내 차에 끌어넣는데 어떤 놈이 날 공격했어."

"그럼 경찰에 신고를⋯⋯."

"닥쳐. 소문나서 좋을 게 없어."

어제 수호는 선욱에게 배운 대로 그의 약점을 잡기로 마음먹었다. 방송국에서 조 국장하고 이야기하는 것을 우연히 들었고 수호는 몰래 미행을 해서 선욱이 하는 일을 다 찍을 생각에 주아를 내려주고 가지 않고 근처에서 기다리고 있었다.

아니나 다를까. 강제로 주아를 끌고 가는 모습까지 다 찍었다. 폭력을 행사하는 장면까지도 말이다.

수호가 핸드폰으로 녹화한 장면은 선욱의 추한 모습이 다 찍혀 있었다. 만약에 다음에 또다시 자신들을 괴롭힌다면 그는 그 동영상을 풀 생각이었다. 하지만 그걸로는 단순 폭력밖에 되지 않으니 더 큰 걸 잡아야 했다.

수호에게 주아는 은인이었다. 월급 이외에 주아가 따로 챙겨 주는 돈이 어려운 그에겐 참 많은 힘이 되었다. 지금은 그런 주아에게 은혜를 갚을 수 있는 기회였다. 비단 이제까지의 일도 중요하지만 김 사장은 주아의 약점을 잡고 있어서 절대로 내년에 놓아

주지 않을 것이다.

수호는 김 사장이 가지고 있는 주아의 동영상을 알았다. 김 사장과 주아의 대화를 통해서 주아가 그 영상 때문에 협박을 받고 있다는 걸 알았다. 그리고 어제 그 동영상의 소리까지 들었다.

나쁜 놈인 줄은 알았지만 그렇게 나쁜 놈이라곤 생각도 못했었다.

"뭘 그렇게 멍청하게 생각해?"

하는 말마다 밉상이었다. 마음 같아선 한 대 치고 싶었지만 수호는 나중을 위해 꾹 참았다.

"병원에 모시고 갈 생각에 그만……."

"혼자 다녀올 테니까. 주아하고 연락이나 해."

"네, 다녀오십시오."

그가 사무실을 나갔다. 오늘은 소속사 걸그룹의 뮤직비디오 촬영이 있어서 사무실의 식구들이 반은 그쪽으로 갔고 주아보다는 못하지만 그래도 꾸준히 사랑을 받고 있는 남자 가수 준이 예능 촬영과 인터뷰가 있어서 반은 그리로 빠져나갔다.

오늘 사무실에는 연정과 그 둘뿐이었다.

"마셔."

연정이 커피를 뽑아 그에게 주었다.

"모처럼 둘이네."

연정이 그렇게 말하며 그의 옆에 은근슬쩍 앉았다.

"그래, 모처럼 둘인데 보다 건설적인 일을 하자."

"아참, 김 회장이 어제 일은 뭐라고 안 해?"

"누군지 모르는 눈치야."

"진짜? 잘됐네. 걱정했는데……."

"뭔가 증거가 더 필요해."

그의 말에 연정이 이상한 말을 했다.

"누가 그러는데 사장님만 들어가는 작업실 말이야. 거기에 뭔가가 있는 것 같대."

"뭐? 설마……."

하긴 이상했다. 곡이 나올 무렵에 사장은 절대로 그의 사무실에 아무도 들어오지 못하게 했다. 거기다가 그의 작업실은 사무실의 다른 방 안에 있었다. 방음이 되는 곳이긴 했지만 사장이 밖에 나가도 피아노 소리가 아주 희미하게 들릴 때가 있었다.

"생각해 보면 완전 소름끼치지 않아? 그 안에 녹음실 귀신같은 거 있는 게 아닐까? 그래서 대박 난다는 말이 있어."

"그런 거 아닐 거야."

수호는 뭔가가 생각이 난 듯 자리에서 일어나 회장실로 걸어갔다. 어쩌면 그가 원하던 게 그 안에 있을 수도 있었다.

"뭐 하려고?"

"여기 비번이 뭐더라?"

김 회장이 쓰던 번호는 거의 정해져 있었다. 기억력이 거의 금붕어 수준인 김 회장은 키를 하도 잘 잊어버려서 열쇠나 카드보다는 번호를 선호했다.

"주민 번호 앞자린가?"

삐삐삐삐삐삐.

그 번호는 아니었다. 그럼 전화 번호인가 싶어서 번호를 눌렀지만 그도 아니었다.

"그만해, 누가 오면 어쩌려고 그래?"

"오늘은 아무도 안 온다. 김 회장도 한 시간 이상 걸릴 거고."

"우리 창립기념일, 그날이 굉장히 의미 있는 날이라고 했어."

010109

띠리릭

문이 열렸다. 문이 열리는 소리에 수호와 연정은 동시에 깜짝 놀랐다.

"들어가지 마."

연정이 수호를 말렸다. 하지만 수호는 용기를 내서 안으로 들어갔고 연정은 졸지에 망보는 신세가 되었다.

수호는 사무실 안에 있는 김 회장의 작업실 가까이 갔다. 희미하게 피아노 소리가 들리는 것 같았다.

"겁먹긴."

소름이 끼치긴 했지만 혹시 음악을 틀어 놓고 나온 것일 수도 있기에 수호는 겁먹지 않으며 애를 썼다. 그런데 난관은 그게 아니었다. 지문으로 열리는 문이었던 것이다.

"젠장."

방법이 없었다. 김 회장의 손가락을 잘라올 수도 없는 노릇이었다.

"수호야."

그때였다. 연정이 수호를 다급하게 불렀다. 수호는 사무실을 빠져나가고 싶었지만 타이밍을 놓치고 말았다. 그래서 급한 대로 김 회장의 옷장에 몸을 숨겼다.

쿵쿵쿵!

옷장 안이 수호의 미친 듯이 뛰는 심장 소리로 가득했다. 연정이 때마침 처리를 해서 그런지 김 회장은 눈치채지 못하고 자신의 책상에 앉았다. 책상이 정면으로 보이는 곳에 옷장이 있었고 수호가 급하게 들어오는 바람에 옷장이 완벽하게 닫히지 않아서 아주 조금 열린 틈으로 김 회장의 모습이 보이고 있었다.

"씨발, 어떤 새끼가 겁 없이 나를 건드린 거야?"

진짜 얼굴을 못 본 모양이었다. 그러더니 책상 서랍에서 무언가를 꺼내더니 자신의 팔에 찔렀다. 분명히 마약이었다. 아무것도 모르는 바보라도 딱 알 수 있는 장면이었다.

"의사 새끼들은 돈만 쳐 먹었지. 쓸모가 없어. 아파 죽겠는데 진통제하고 듣지도 않는 약이나 쳐 주고 말이야."

생각보다 빨리 온 건 근처 개인병원에 다녀온 모양이었다. 구시렁구시렁 의사에 대해 욕을 하더니 의자에서 몸을 일으켰다. 혹시나 옷장으로 올까 봐 수호는 완전히 쫄아 있었다. 하지만 김 회장의 발걸음은 그가 놓친 비밀 작업실로 향했다.

그가 마약을 투약하고는 작업을 하는 모양이었다. 예술가들은 창작을 위해 종종 그런다는데 김 회장이 그런 모양이었다. 수호는 김 회장이 작업실로 들어간 틈을 이용해서 옷장에서 빠르게 나와 책상 위에 주사기와 약을 촬영했다.

그런데 작업실에서 놀라운 솜씨의 피아노 소리가 들렸다. 역시 약을 하고 연주를 하니 다르긴 달랐다. 수호가 얼른 나오려고 하는데 갑자기 소리가 들렸다.

"이 새끼야, 그것밖에 못해?"

"밥 줘."

분명히 다른 음성이었다. 1인 2역을 하는 것도 아니고 수호는 본능적으로 그 안에 누군가 있음을 알았다.

"귀찮은 새끼."

김 회장이 작업실에서 나오려는 바람에 그는 빠르게 회장실을 빠져나왔다. 수호가 회장실에서 나오자 연정이 수호의 손을 끌고 밖으로 나왔다.

"진짜 미쳤어? 내가 얼마나 간을 졸인 줄 알아!"

연정이 수호의 등짝을 때렸다.

"사람이야."

"뭐?"

"귀신이 아니고 저 안에 사람이 있어."

수호의 넋이 빠진 얼굴을 보며 연정의 얼굴도 굳었다.

"확실해?"

"응, 분명히 들었어. 밥 달라는 소리를……."

수호는 피아노 연주자가 김 회장이 아니라 알 수 없는 남자의 솜씨임을 알게 되었다. 김 회장은 악마였다.

낯설지 않은 한국병원에 오늘은 진우가 아닌 호준의 어머니를 보기 위해 온 주아였다. 손에는 어머니가 좋아하신다는 노란색 튤립을 들고 있었다. 어제 입은 무대 의상 대신 오전에 그의 매니저가 사다 준 트레이닝복을 입고 백화점에 간 주아는 호준이 사준 단아한 밝은 회색 정장을 입었다.

한 번도 스탠더드 한 정장을 입은 적이 없어 불편했지만 호준은 그녀의 모습이 아주 마음에 드는지 자꾸 힐끔거리며 보고 있었다.

"안 어울리죠?"

"예뻐."

그가 마음에 들어 하는 걸 알면서도 예쁘다는 말을 듣고 싶어 물었다. 사람이 연애를 시작하면 참 유치해지는 것 같았다.

"우리 진우에게도 들르면 안 될까요?"

이렇게 온 김에 진우에게 호준을 보여주고 싶었다.

"어머니 뵙고 나오는 길에 가자."

"고마워요."

"당연한 일이야. 나도 진우가 좋고."

호준의 말에 주아는 고마움을 느끼고 있었다. 주차장에 차를 세우고 그가 주아의 손을 꼭 잡고 어머니의 병실을 향했다. 이러니 진짜 결혼을 하는 평범한 커플 같다는 생각이 들었다. 하지만 그것도 잠시, 그들이 동시에 등장을 하자 병원이 발칵 뒤집어졌다.

지난번과는 확실히 다른 반응이었다. 여기저기서 핸드폰으로 그들의 사진을 찍느라 정신이 없었다. 그녀가 고개를 숙이자 호준이 주아의 손을 꼭 잡아 주었다. 남자친구가 있다는 게 이렇게 심적으로 의지가 되는 줄 몰랐다.

특실에 들어서자 호준과 많이 닮은 그의 아버지가 주아와 호준을 맞이했다.

"안녕하세요?"

주아는 조심스럽게 아버지의 눈치를 살피며 인사를 했다.

"어서 와요."

보기엔 호준처럼 거칠게 생긴 분이 아주 온화한 미소를 지으며 주아의 인사를 받았다.

"오느라고 고생했어요. 주아 씨라고 부르면 되나?"

"말씀 편하게 하세요."

"그럼 그럴까?"

생각했던 것보다는 편하게 대해 주시니 주아는 감사할 따름이었다.

"어서 와요."

침대에 누워 겨우 그녀를 쳐다보는 어머니를 보며 주아가 곁으로 다가섰다.

"안녕하세요? 튤립을 좋아하신다고 해서……."

"예쁘네."

"감사합니다."

호준의 얼굴은 어머니와 아버지의 장점을 잘 물려받은 것 같았다. 호준의 아버지만 봐도 특출나게 잘생기진 않으셨고 어머니도 미인이긴 하셔도 특별하진 않았다. 전생에 나라를 구했는지 호준은 아주 특별하게 잘생긴 얼굴이었다.

오다 들은 설명으론 어머닌 교통사고로 척추를 다치셔서 목 아래로 움직이기가 불편하시다고 했다. 그래서 누워서만 지내신다고, 유일한 위로는 TV뿐이라고 했다. 그래서 주아를 보았고, 주아의 노래를 들으면 그렇게 좋아하신다고 말했었다.

"우리 호준이랑 만난 지 오래됐어요?"

이렇게 디테일하게 입을 맞추진 않아 조금 당황스러운 주아는 호준을 힐끔 쳐다봤다.

"작년에 만났어요. 주아 조카가 야구하거든. 유소년 국가대표 훈련 도와주러갔다가 거기 온 주아를 봤어요."

거짓말이 아닌 사실이었다.

"조카가 야구를 하나 보지?"

"네, 투수예요. 잘했는데……."

갑자기 울컥하는 바람에 주아가 말을 멈췄다.

"주아 조카 2달 전부터 여기 소아암 병동에 있어요."

"저런……."

아버지와 어머니 동시에 안타까움의 탄성을 질렀다.

"나가는 길에 들르려고요."

"암 그래야지."

어른들은 걱정과는 달리 주아를 아주 예뻐해 주셨다.

"우리 호준이가 여자를 데리고 온 건 처음이에요."

그 말에 주아의 기분이 아주 업이 되었다. 마치 자신이 호준에게 특별한 존재가 된 기분이 들었기 때문이었다. 물론 어른들 입장에선 자식의 여자 친구에 대한 배려로 그렇게 하신 말씀일 수도 있었다.

주아는 침대에 답답하게 누워계신 어머님 옆으로 가서 어머니의 가는 손을 잡았다.

"힘드시죠? 자주 찾아뵐게요."

"바쁜 사람이 어떻게 여길 자주 와."

"매일은 아니어도 노력할게요."

"고마워. 얼굴만 예쁜 줄 알았는데 마음도 예쁘네. 내가 그럴 줄 알았지."

누워만 계셔서인지 마른 몸이 힘이 들어보였지만 그녀를 바라보는 어머니의 눈빛은 따뜻했다.

"호준 엄마가 이번에 나온 뮤직 비디오도 봤어."

그건 19금이었다. 욕조에서 옷을 다 벗고 찍은 장면도 있었고 전라의 뒷모습이 있기도 했다. 어른들이 아주 싫어하실 장면 특히 아들의 여친이 찍었다고 하면 경기를 일으킬 장면들이 아주 많았다.

"진, 진짜 보셨어요?"

"그래, 아주 멋지더라. 할 바엔 그렇게 화끈하게 해야지."

어머니의 뜻밖의 말에 주아는 할 말을 잃었다.

"감사해요. 전 싫어하실 줄 알았는데……."

"난 우리 호준이에게도 대범하게 경기를 하라고 말해. 마운드에 서면 수천, 수만의 관객들이 있는데 강심장이 아니면 그들의 함성을 견디기 힘들지. 다 내 편일 수는 없거든."

어머니의 멋진 말에 주아는 알았다. 왜 호준이 슈퍼스타가 되었는지 말이다.

"나 쉬고 싶다."

"네."

어머니는 눈을 감으셨다. 말씀은 하지 않으셨어도 아마 근래에 가장 많은 말을 하신 듯했다. 인사를 하고 병실을 나온 주아는 호준의 아버지와 함께 진우가 입원한 어린이 소아암 병동으로 이동했다.

"가서 만나 봐야 내 마음이 편하겠다."

아버지는 이렇게 말씀을 하시고 그들의 뒤를 따라오셨다. 호준과 그의 아버지를 본 언니는 어제 외박한 걸 혼내려고 하다가 입을 닫았다. 나중에 보잔 말을 입으로 하고는 호준의 아버지께 정중하게 인사를 했다.

"저희 아버지세요."

호준이 언니에게 아버지를 소개했다.

"안, 안녕하세요. 영광입니다."

언니는 어쩔 줄을 모르고 있었다.

"걱정이 많으시죠?"

호준의 아버지가 언니의 손을 잡으며 위로해 주셨다.

"건강하던 아이가 갑자기 이러니……."

언니의 눈에 눈물이 글썽이고 있었다.

"그나저나 아버님은 야구하는 부모님들에겐 모범 답안 같으신 분이세요."

호준도 유명하지만 어린 야구 꿈나무들의 부모들 사이에선 호준의 아버지가 더 유명했다고 언니가 나중에 말해 주었다. 자신의 모든 걸 희생해서 아들에게 올인한 아버지가 호준의 아버지라고 말이다.

웬만한 코치보다 훈련을 더 잘 시킨다는 말도 들었다. 그만큼 선수들의 부모는 힘든 모양이었다.

"진우라고 했나?"

"네, 아이 아빠가, 아실지 모르겠지만 오태범 선수입니다."

"알지. 우리 아들 고등학교 한참 선배지. 포수였나?"

"맞아요."

"아버지를 닮아서 야구를 잘하는구먼."

선수 부모들 간에 통하는 무언가가 있는 모양이었다. 진우를 만나고 나온 후에 그들은 다시 그의 집으로 향했다. 이제 그와 편하게 만날 시간은 금, 토, 일 이렇게 3일뿐이었다. 오늘이 금요일이니 그나마 남은 건 이틀이었다.

그는 마운드로 그녀는 바쁜 스케줄로 얼굴 보기도 힘든 상황이 될 것 같았다.

"다음 주부터 얼굴 볼 시간도 없겠네요?"

그녀가 창밖을 보며 흘리듯이 말을 했다.

"아마도 그렇게 되겠지."

"맞아요. 우리에게 편안한 시간은 사치인 것 같아요."

주아가 그간 연애를 하지 못한 수많은 이유 중에 시간도 포함이 되어 있었다. 음반이 발표가 되고 2주 정도는 음악 방송만 하면 되니까 그나마 시간이 있었지만 그다음부터 반응이 좋으면 계속해서 행사의 연속이었다.

행사는 지방 행사에서부터 해외까지 정신이 없을 만큼의 살인적인 스케줄이 그녀를 기다렸다. 그게 다음 주 월요일부터였다. 호준도 시즌 중에는 경기가 지역마다 돌아다니면서 있으니 아마 정신이 없을 것이다.

"다 왔어."

그의 말에 주아는 차에서 내려 차에서 내리는 호준을 멍하게 보았다. 역시 다시 봐도 매력이 넘치는 사람이었다. 주아는 자신도 모르게 그의 품에 안겼다. 왜 이렇게 감정에 솔직해지는지 알 수 없었지만 지금 주아는 호준과 함께 있는 게 너무 좋았다.

"이건 좀 위험한데?"

"위험한 게 매력이 있는 법이죠."

"인정."

그가 주아를 번쩍 안아 들었다.

"뭐 해요?"

"위험한 거 하려고 아까부터 참았으니까."

주아는 그의 목에 팔을 두르고 호준의 얼굴을 바라보았다.

"내가 좀 잘생기긴 했지."

"맞아요."

"왜 그렇게 순순히 말하지?"

"나도 내가 감정에 솔직하다는 건 처음으로 알았어요."

"그런 것 같아."

호준이 그녀를 안고 집 안에 들어서자 음료수를 마시던 두 남자가 그들을 넋 놓고 보고 있었다.

"점심은 먹었어?"

유신에게 호준이 눈치를 주며 말했다.

"방금."

"잘 생각해 봐. 안 먹었을걸?"

그의 말에 눈치 빠르게 두 남자가 밖으로 나갈 채비를 했다.

"1시간."

"아니, 뷔페에서 밥 먹어. 3시간."

그의 말에 매니저와 트레이너가 빠르게 집을 나갔다.

"진짜 못 살아. 저 사람들이 다 알 거 아니에요."

"뭐 어때?"

부끄러움에 그의 가슴에 얼굴을 묻고 있는 주아였다. 하지만 주아는 여전히 그의 품에 안겨 그의 2층 침실로 향하고 있었다.

"그런데 아주 자연스러웠어요."

"뭐가?"

"호준 씨, 가끔 여자 데리고 여기에서 이런 적 있어요?"

"여자가 내 집에 온 건 주아가 처음이야."

"이 말에 함정이 있는 것 같아요."

"밖에서도 이런 일 없었어."

그는 무뚝뚝하게 이 한마디를 하고는 그녀를 그의 침대 위에 내려놓았다. 하긴 이 집에 모든 게 다 큰데 이상하게 침대는 슈퍼 싱글이었다. 더블이 아닌 것 같았다. 그가 커서 작게 느껴지는지 어쩐지 모르겠지만 집에 있는 그녀의 퀸 사이즈 침대보다 작은 기분이 들었다.

"침대 사이즈가……."

"슈퍼 싱글."

"왜요?"

"혼자 사니까."

그의 말에 주아는 기분이 좋았다. 이 남자 알면 알수록 귀여운 구석이 있었다. 그가 옷을 빠르게 벗더니 주아 옆으로 누웠다.

"난 퀸 사이즌데……."

그녀의 입술을 잡아먹을 듯이 그가 삼키는 바람에 다음 말은 할 수가 없었다. 그녀의 회색 정장의 상의를 벗기지도 않고 바로 블라우스 단추를 거의 뜯어버린 호준은 흰색 브래지어를 위로 올리고 다급하게 핑크빛 유두를 물었다.

"앗, 아흐."

그가 강하게 유두를 빨아들이자 주아는 머릿속이 하얗게 변하며 아무것도 생각할 수가 없었다. 오로지 그의 입술이 주는 쾌감만이 존재할 뿐이었다. 주아는 자신의 턱까지 올라온 브래지어 아래로 게걸스럽게 가슴을 빨아 대는 호준의 머리카락을 손으로 잡았다.

찌릿함이 유두에서 점점 더 온몸으로 번지는 느낌이었다. 벌써 팬티는 촉촉하게 젖어 있었다. 이렇게 자신이 밝히는 여자인 줄은 한 번도 상상하지 못했었다. 오히려 남자에게 아무런 감흥이 없어서 불감증이 아닌가 생각한 적도 있었는데 호준을 만나고 그녀의 생각은 완전히 바뀌었다.

"아흐."

그가 이를 세워 그녀의 유두 끝을 살짝 물었다. 하루하루 그의 섹스의 강도는 노골적이 되어 갔다. 도대체 어디까지가 그와 할 수 있는 섹스의 끝인지 이제 주아는 두려워지기 시작했다. 그 두려움의 원인은 더 많은 걸 바라는 자신에게 있음을 주아는 알고 있었다.

그의 손이 그녀의 치마 아래로 들어와 팬티스타킹을 단번에 찢어 버렸지만 주아는 지금 그가 빨아 대는 유두에 온 신경이 가 있었다.

"빨아 줄까?"

"으으응."

가슴을 빨고 있는데 도대체 뭘 빤다는 건지 몰라, 주아는 무심 결에 대답을 해버렸다. 하지만 잠시 후 주아는 그의 입술의 위치에 소스라치게 놀라고 말았다. 처음으로 그녀의 여성에 그의 입술에 닿았다. 침대 위에서 펄쩍 뛰며 주아는 그의 머리를 밀어내려 했지만 그는 꿈쩍도 하지 않았다.

"하지 마요."

"거짓말, 이렇게 젖어 있으면서."

"호준 씨……."

"벌려."

호준은 양손으로 그녀의 다리를 벌리고 있으면서도 더 벌리라고 말했다. 주아는 너무 부끄러워서 자꾸만 다리를 오므리고 있었다.

"난, 아직……."

"아직?"

"이런 데 익숙하지 않아요."

츄웁 츄웁. 그녀의 말은 이미 무시되고 있었다. 그녀의 여성을 빨아들이는 소리가 아주 요란스럽게 났다. 주아가 몸을 휘며 그의 동작을 저지하려 했지만 이미 욕망의 불꽃이 일어난 호준을 막을 순 없었다.

"물이 더 흘러나오고 있어."

"아훗."

미칠 것 같은 느낌이 아래에서 계속되고 있었다. 태어나서 처음으로 느끼는 짜릿함이 번지고 있었지만 그와 더불어 생소한 느낌에 온몸에 소름이 돋기도 했다. 절대로 익숙해질 것 같지 않은 이상야릇한 느낌이었다.

"그만해요."

그녀의 말과 동시에 그의 혀가 여성 전체를 쓸어내렸다.

"아아악."

이상한 느낌이었다. 뭐라고 한마디로 정리할 수 없는 좋으면서도 싫은 진짜 이상한 느낌을 받고 있는 주아였다. 그의 손가락이 그녀의 질 안으로 미끄러져 들어왔다.

"원한다고 말해."

"아흐."

"어서 빨리 날 원한다고 해."

오늘 호준은 너무 강하게 그녀를 밀어붙이고 있었다.

"원해요."

"넣어 줄까?"

"네."

지금 그가 말하지 않아도 손가락으로는 만족할 수 없는 지경에 이른 주아는 그의 페니스를 강하게 원했다. 하지만 호준은 오늘따라 주아를 애태우고 있었다. 아직 옷을 그대로 입고 있는 주아는 불편함에 옷을 벗으며 했지만 호준에게 저지당했다.

"그대로 있어."

주아는 재킷을 그대로 입고 있었고 흰색 블라우스는 단추가 사라진 채 양쪽으로 오픈이 되었고 브래지어는 여전히 그녀의 턱 밑에 자리를 잡고 있어서 가슴만 완벽하게 드러난 상황이었다.

거기에 치마는 허리까지 완전히 올라가 있었고 찢어진 스타킹은 한쪽 다리에 여전히 걸려 있는 채였다.

"섹시해."

"원래 가학적인 모습을 선호해요?"

"아니, 난 주아의 모든 모습이 섹시해. 오늘은 조금 더 과하게 섹시하지만."

그가 그녀의 다리를 더 크게 벌리더니 주아의 여성을 내려다보
고 있었다.

"그만 봐요."

"싫어, 핑크색으로 아주 예뻐. 주아는 본 적이 있나?"

"없어요."

"자위는?"

그의 말에 놀란 주아는 가만히 있었다. 물론 스스로 여성을 만
지며 자위를 한 적은 없었다. 하지만 속으론 어떤 느낌일까 라고
생각한 적은 있었다.

"있었군."

"아뇨, 생각만 했었어요. 어떨까? 하고 말이에요."

"보여 줘."

넣어 달라는 페니스는 뒷전이고 그는 주아에게 엄청난 걸 요구
하고 있었다.

"싫어요."

"왜지?"

"부끄럽단 말이에요."

그가 갑자기 그녀의 손을 잡아 그녀의 여성으로 가져갔다.

"어디를 만지면 좋을지 보여 줘. 우리들의 섹스에 아주 도움이

될 거야."

그녀의 손가락을 여성에 가져다 대고는 그가 말했다. 주아는 그의 요구를 끝끼지 거부할 수가 없었다. 그리고 그녀도 궁금했다. 주아의 작고 가는 손이 처음으로 자신의 여성을 만지기 시작했다. 씻을 때 이외에는 손도 대지 않았던 성역이 호준으로 인해 무너지고 있었다.

"이상해요."

"어디가? 여기가?"

그녀가 클리토리스를 만지작거리자 이번엔 그가 그곳에 입을 맞추었다.

"아흐, 좋아."

진짜 이상하게도 쾌감이 더 컸다. 주아의 눈이 풀리고 입술을 혀로 적시자 그 모습을 본 호준이 주아에게 달려들었다.

"더 이상은 못 참겠어."

그가 주아의 다리를 벌리고 자신의 페니스를 밀어 넣었다. 흥분한 만큼 그의 허리 짓은 속도를 높이고 있었다. 원래 섹스를 하면 이러는지 모르겠지만 주아는 자꾸만 온몸이 붕 뜨는 기분을 느끼고 있었다.

처음엔 짜릿하기만 했는데 느껴지는 감각들이 점점 더 다양해지고 아주 복잡해지고 있었다.

"아악!"

여전히 그의 페니스는 너무 컸고 질을 찢을 듯이 아팠지만 금방 그보다 더 큰 쾌감이 느껴지리란 걸 주아는 알아버렸다.

"더 깊이."

왜 갑자기 이런 말이 나왔는지 모르지만 주아는 그를 더 깊이 원한다고 말하고 있었다. 그녀의 애액이 밑에서 질퍽한 소리를 내며 그를 더 흥분시키고 있는 것 같았다. 왜냐면 그의 입에서 그칠 줄 모르는 신음이 터져 나왔기 때문이었다.

"아아아악!"

"으흑."

마지막 신음소리와 함께 그의 분신들이 밖으로 분출이 되었다. 호준은 물티슈로 그녀의 배 위에 뿌려진 그의 분신들을 대충 닦은 후에 주아의 옆으로 와서 그녀를 안았다.

"나 더 이상은 못해요."

그의 손이 가슴 위에서 움직이자 주아가 재빠르게 말했다.

"여자를 이렇게 끝없이 원한 적은 없었어."

그의 말에 주아의 얼굴에 미소가 떠올랐다. 그리고 너무나 피곤해서 까무룩 잠이 들었다. 하지만 주아는 꿈속에서도 호준에게 벗어날 수가 없었다. 주아는 지금 세상에서 가장 야하고 적나라한 꿈을 꾸고 있었다.

5. 브레이크

주아의 앨범이 이번에도 아주 좋은 성적을 내고 있었다. 예능에 잘 출현하지 않고 음반과 음원만으로 이 정도의 성과를 내는 가수는 국내에서는 여가수로는 주아뿐이었다. 그걸 아주 흡족하게 생각하는 선욱이었다.

자신이 발굴해서 키운 주아였다. 그녀의 놀라운 재능은 그만 알아본 게 아니었다. 하지만 주아를 잡은 건 그였다. 처음에 그와 동업을 하던 멍청한 녀석은 주아를 알아보지 못했다. 하지만 선욱은 주아가 스타가 될 줄 알고 있었다.

선욱에게 장점이 있다면 사람을 잘 알아본다는 것이었다. 그렇게 키운 아이들이 지금 그의 소속사를 빛내 주고 있었다.

"으으음."

하나는 그의 침대를 데워주고 있었지만 말이다. 그가 유일하게 알아본 배우이자 그의 동거녀인 성희는 지금 그의 품 안에서 몸을 뒤척이고 있었다.

"몇 시?"

"6시."

"뭔데 이렇게 일찍 일어나 더 잘래."

"빨리 일어나서 옷 챙겨."

"아이씨, 짜증나."

말은 이렇게 하면서도 자리에서 일어 나 그의 옷을 챙기는 성희를 보며 그는 핸드폰을 집어 들었다.

"주아는?"

[지금 모시러 갑니다.]

"주아, 태우고 우리 집으로 와."

[왜요?]

"뭐, 이 자식이 어디서 말대꾸야?"

[알겠습니다.]

주아의 매니저는 생각할수록 마음에 들지 않는 녀석이었다. 거기다가 요새 녀석은 아주 이상한 눈으로 그를 쳐다봤다. 마치 뭔가를 알고 있다는 눈빛이었다. 한번 손을 봐야 할 것 같았다.

"재수 없는 새끼."

신욱은 전화를 끊고 욕실로 향했다. 온몸이 멍투성이었다. 며칠 전에 테러를 당해 생긴 멍 자국들이었다. 그 후 월요일인 오늘까지 주아에게선 연락이 없었다. 분명히 그날 그를 때린 인간을 주아는 봤을 것이다.

"어떤 새낀지 잡히기만 하면 아주 죽여 버리겠어."

욱신거리는 몸을 뒤로하고 샤워를 마치고 나온 그는 성희가 준비해 준 옷을 입었다. 옷 고르는 솜씨는 알아줘야 했다. 센스가 있는 여자였다. 다만 약에 너무 취해서 살아 문제지만 말이다.

"약 놓고 가."

이제 아주 당당했다.

"없어."

"약 놓고 가라고!"

침대에 누워 있다가 그가 약을 안 준다고 하자 벌떡 일어나며 소리를 지르는 성희였다.

"미쳤어?"

"그래, 미쳤다. 그러니까 약 놓고 가. 안 그러면 확 죽어 버릴 거니까."

벌써 두 번이나 자살을 시도해서 그를 놀라게 한 성희였다. 하긴 스물두 살의 나이에 마흔이 넘은 남자와 사니 죽을 맞이긴 할 것 같았다. 성희를 만난 건 성희가 18살이었고 그녀와 함께 산 건 3년 전부터였다.

연습생인 그녀에게 첫눈에 반한 그가 성희를 갖기 위해 수단과 방법을 가리지 않았다. 도박 중독자인 성희의 아버지는 딸을 그에게 팔고는 지금은 연락조차 되지 않았다. 그 뒤로 성희는 그와 함께 약을 하며 그의 집에서 지냈다.

그와 동거를 하기 전에 몇 번 단역으로 영화에 출연도 했던 성희였지만 그는 다른 놈들과 성희를 공유하고 싶지 않았다.

"알았다."

그가 금고로 가서 주사보다 약한 알약을 들고 와서 침대 위에 던졌다.

"먹고 자."

"……."

성희는 그의 말을 듣지도 않고 물도 없이 약을 입에 털어 넣었다.

"너 그러다가 죽어."

"바라는 바야."

한마디도 지지 않는 성희였다. 그는 집에서 나와 집 앞에 대기하고 있는 주아의 벤에 올랐다. 주아는 맨 뒷좌석에 앉아서 담요를 덥고 잠을 자고 있었다.

"일어나."

"……."

그의 말에 대꾸조차 없었다. 주아의 껌딱지 연정이 그를 째려보고 있을 뿐이었다.

"너 그날 그 자식 얼굴 봤어?"

"……."

"봤구나. 말해 누군지."

"……."

"야!"

"처음 보는 얼굴이었어요. 어떻게 경찰서에라도 가서 몽타주라도 그릴까요?"

주아가 대차게 나오니 딱히 할 말이 없었다. 경찰에 알려 봐야 좋을 게 없었다. 주아가 신났다고 다 불 것 같았기 때문이었다.

"진짜 모르는 얼굴이야?"

"어디서 원한이라도 샀어요? 아주 작살이 나던데."

"뭐? 내가 언제?"

"한 대도 못 때리고 그냥 완전 얻어터지던데 옆에서 보고 사장님 죽는 줄 알았어요."

주아가 아주 고소하단 식으로 말했다.

"으흠."

완전히 본전도 못 차린 꼴이었다.

"그나저나 너 강호준이 만나고 다닌다며?"

"……."

"안 만나는 게 좋을 거다."

"왜요? 돈 버는 데 지장 없을 거예요."

"네가 지금 연애질 할 때라고 생각해? 그리고 내가 가만히 둘 것 같고?"

"저도 12년간 문제없이 했으면……."

퍽!

선욱은 손에 잡힌 목 베개를 주아에게 던졌다.

"회장님!"

주아가 소리를 친 게 아니라 운전을 하던 수호가 룸미러로 그의 행동을 보고 소리쳤다.

"너무 하시는 거 아닙니까? 누나가 뭘 잘못한 것도 아니고."

"넌 짤리지 않으려면 입 닥쳐."

선욱이 씩씩거리며 말했다.

"서주아, 분수를 알아. 네가 지금 잘 나가봐야 1년이야. 내년부턴 너한테 신경 안 써. 지금 강호준이 너한테 결혼하네 어쩌네 하며 꼬시지만 다 한때다. 다 그때뿐이라고."

주아의 표정이 급격하게 굳어졌다. 주아도 그처럼 호준과의 연애가 오래가지 않으리란 걸 알고 있는 모양이었다.

"너도 그렇게 생각하지? 그럴 바엔 시작하지도 마."

"……."

"사랑은 그때뿐이지만 돈을 영원하지. 네가 책임져야 할 거지들을 생각해."

"……."

주아는 그의 말을 듣는지 어쩌는지 눈을 감아버렸다.

"수호 넌 뭐 해. 빨리 차를 몰지 않고."

오늘은 수원구장에서 큰 행사가 있었다. 주아는 행사의 여왕이었다. 트로트 가수들이 휩쓰는 행사 부대에서 댄스 가수로는 주아가 단연 독보적인 존재였다. 거기다가 주아 때문에 같은 소속사 가수들을 끼워 넣어 방송 출연도 가능했다.

주아는 아직 그에게 필요한 존재였다. 강호준에게 빼앗길 순 없었다. 그냥 둘이 엔조이를 하는 수준이라면 모를까. 물론 그에게 응당한 대가가 있어야 하지만 말이다.

그는 자는 주아를 깨워 왜 그를 배신하면 안 되는지 설명해 주었다.

강호준과 주아 사이에 단단히 브레이크가 걸려버렸다. 선욱이 반기를 들고 막아섰기 때문이었다. 서울에서 수원 행사장으로 가는 시간 동안 그는 동영상을 유포시킨다면 넌 선배 가수처럼 이 나라에서 매장당할 거고 강호준의 부모님들이 안다면 둘 사이를 끝내 갈라놓을 거라고 말이다.

거기다가 그녀가 여태까지 접대했던 정치인들과 재벌들을 말하며 그들과 있었던 일들도 말할 거라고 했다. 주아는 그가 말한 게 두려운 게 아니었다. 어차피 그녀가 처녀임을 호준은 알고 있었기 때문이었다. 그녀가 두려운 건 그런 그녀를 알지 못 하는 대중이 겁이 났다. 대중이 그녀를 싫어하면 그녀는 설 자리가 없어지고 그러면 수입이 없어지는 것이다.

난 아니란 걸 증명하기엔 시간이 너무 오래 걸렸다. 아픈 진우와 언니 그리고 진서도 있었고 그녀와 형제 같은 사이인 수호와 연정이도 있었다. 그녀 주변에 걸려 있는 사람들이 너무나 많았다.

생각이 많아지는 주아였다.

"언니……."

그녀의 스타일리스트인 연정이 행사를 다닐 때는 메이크업도 해 주었다.

"응."

"너무 걱정하지 말아요. 우리가 도울 방법이 있어요."

"말이라도 고맙다."

"진짜에요."

"너흰 신경 쓰지 말고 일이나 해. 언니가 알아서 해."

그리고 눈을 감아버렸다. 지금은 너무 머리가 터질 것 같았다.

"얘기 들으셨어요?"

대기실에 주아와 친한 아이돌이 들어왔다.

"무슨 얘기?"

메이크업을 받으며 연우의 말을 듣고 있는 주아였다. 연우는 아이돌계의 소식통이자 주아의 팬클럽에 들 정도로 어릴 때부터 주아의 팬이었다.

"빅싱어 엔터 대표가 거기 아이돌그룹 맴버를 성 접대하게 했다고 지금 아주 난리에요. 그 아이돌 멤버가 이번에 탈퇴하면서 다 불었나 봐요. 모든 엔터 상대로 조사 들어간다고 아주 난리에요. 이 소식 전엔 언니하고 강호준 선수가 1위였는데 지금은 밀리셨어요."

"그래?"

"그래가 아니라 큰일인 거죠. 아주 들쑤셔 놓을 것 같던데요? 이번 담당 검사가 아주 독하기로 소문이 났다던데 지금 마음이 불편할 곳이 많을걸요?"

연우가 열심히 떠들고 있는데 스텝이 들어와 그녀가 오프닝이라고 말했다. 그리고 리허설이 지금 시작이라고도 말해 주었다.

"언니, 갈게요. 파이팅하시고요."

화장이 다 안 끝난 상태에서 머리에 집게 핀까지 꽂고 가서 주아는 리허설을 마쳤다. 무대 앞에서 선욱은 리허설을 보는 게 아니라 그 자리에 온 대표들과 뭔가 얘기를 하느라고 정신이 없었다.

주아도 리허설에 집중이 안 되는 건 사실이었다. 괜히 그녀의 회사가 거론이 된다면 그녀의 입장에서도 좋을 게 없었다. 최 의원과의 일이 있었기 때문에 아마 이번에도 그녀의 회사를 그냥 건너뛰지는 않을 것이다.

머리가 아파왔다. 행사를 마치고 돌아가는 길에도 어김없이 선욱이 함께했다.

"이번에 최 의원이 원내 대표에 출마한 거 알지?"

"알고 싶지 않아요."

"그런데 그 상대 대표가 최 의원과 네 스캔들을 걸고넘어지나 봐. 도덕성이 이러쿵저러쿵하면서 말이야. 그런데 이번에 연수가 접대한 사람이 그 상대 의원이거든."

"연수? 연수면……."

"아니 미안 연우, 너 좋아 하는 애."

주아는 놀라서 쓰러질 뻔했다.

"내가 입을 열면 여기 쓰러질 회사 많다."

"연우는 건드리지 마요."

"내가 건드렸냐? 걔네 사장이 데리고 다닌 거지. 너도 알다시피 이 바닥에서 스폰서 없이 어떻게 커."

하긴 주아도 초창기 땐 선욱이 이곳저곳 많이 끌고 다녔다. 지금 생각해보면 초창기에는 운이 좋아서 몸까지 요구하는 사람들이 없었다. 아니 그녀가 거절하면 더 이상은 없었다. 그다음에 그녀도 노련해지면서 어떻게 하면 그 자리를 빠져 나올 수 있는지를 알았다.

술을 잔뜩 먹이고는 남자들이 취한 틈을 타서 나오는 방법이 가장 잘 통했다. 최 의원을 빼고는 그렇게 독하게 군 사람은 없었다.

그녀가 잘했다는 게 아니라 돈 없는 연예인들의 비애 같은 것이었다. 하지만 그렇다고 해도 연우의 일은 충격이었다.

"너도 강호준이 만날 생각하지 마. 서로가 안 좋아. 날 자극해서 긁어 부스럼 만들지도 말고. 알겠지? 서로 좋자고 하는 일 아니냐. 너도 내년까지만 가수 하고 연기자로 전향해. 난 너에 대한 미래를 이렇게 설계하고 있는데 넌 어떻게 내 뜻을 모를 수가……."

"졸려요."

"알았으니까 내 말 명심해. 여러 사람 목숨이 너에게 달려 있단 것만 알아. 남자는 나중에 얼마든지 만날 수 있어."

선욱이 호준에게 돈을 요구한 걸 알고 있었다. 하지만 지금은 몸을 사려야 한다는 걸 누구보다 잘 아는 여우같은 선욱이었다. 주아는 눈을 감고 앞으로 어떻게 해야 할지를 생각하고 있었다.

마운드에 오랜만에 선발투수로 등판을 한 호준은 그 어떤 때보다 성적이 좋았다. 오늘 경기의 승리투수가 되었고 득점은 하나도 내주지 않고 안타만 그것도 1루타로 4개였다.

"오늘 아주 펄펄 날더라."

"감사합니다."

팀의 감독이 로커에 들어와서 그의 어깨를 두드리며 칭찬을 해주셨다. 프로지만 아직도 감독은 하늘같은 존재였다. 서울이 연고지인 구단인 만큼 구단의 인기는 하늘을 찌르고 있었다.

로커에서 옷을 갈아입는데 모두들 그가 반가운 게 아니라 그와 주아의 일이 궁금했는지 아주 구름 때처럼 몰려들고 있었다.

"주아랑 진짜 사귀는 거야?"

"사귀는 게 아니라 결혼한다던데?"

아주 난리도 이런 난리가 없었다.

"결혼하는 거 맞아?"

"네."

그의 한마디에 로커 안의 모든 게 일순간 정지가 되어버렸다. 그는 다른 선수들이 그러거나 말거나 서둘러 짐을 정리하고 집으로 향했다. 오늘내일은 서울에서 경기가 있고 모레부터는 대구에서 경기가 있기 때문에 혹시나 오늘 주아를 볼 수 있을까 하는 기대 때문이었다.

"오늘 경기 아주 좋았어. 출발이 좋아."

유신이 말을 했지만 호준의 귀에는 들리지 않았다.

그는 자리에 앉자마자 주아의 휴대폰 번호를 눌렀다.

윙~

신호는 가는데 주아는 전화를 받지 않았다.

"아직 공연 중인가?"

그는 상황을 몰라 톡을 남기고 눈을 감았다.

"전화 안 받아? 바쁜가 보지. 가수가 좀 바쁜 직업이냐? 운동선수야 경기 중에만 전화를 못 받지만 거긴 기자라도 있으면 눈치 보여서 어디 받겠어?"

"하긴……."

"좀 자라. 내가 주아 씨를 못 만나게 하려고 해도 이렇게 성적이 좋으니 할 말이 없다, 두고 봐야 하지만."

"난 잘해."

"교만한 놈. 그래도 시즌 중에 성적 안 나오면 자제시킬 거니까 그런 줄 알아."

"……."

유신은 그러고도 남을 놈이었다. 아버지보다 더 지독하게 그를 들들 볶아 댔다. 그래도 시즌이 끝나려면 앞으로 11월까지는 주아를 자주 못 본다고 봐야 했다. 지금이 4월이니 생각만 해도 끔찍했다.

"그리고 너무 그렇게 저돌적이면 여자들이 싫어해."

"너나 잘해. 여자도 없는 게."

"여자가 없는 게 아니라 너 때문에 시간이 없다."

"오호, 그러셔?"

둘은 집까지 오늘 내내 티격태격했다. 집에 와서도 잠들기 전까지 호준은 핸드폰만 들여다보았다. 하지만 주아에겐 답이 없었다. 그렇게 며칠이 흘렀지만 연락이 없던 주아에게 3일 만에 연락이 왔다.

"여보세요?"

[잘 지냈어요?]

"그냥, 시즌이니까 아무래도 정신이 없네."

보고 싶었다고 말하는 건 조금 자존심이 상하는 것 같아서 둘러 말했다.

[아무래도 개인적으로 만나는 건 아닌 것 같아요.]

"뭐?"

[제가 너무 경솔했어요. 호준 씨에게 너무 부담을 준 것 같아요.]

주아의 목소리는 아주 건조했다. 감정이라곤 읽을 수가 없었다.

"무슨 뜻이야?"

[말 그대로 이제는 우리의 공통적인 부분만 서로 힘을 합치면 될 것 같아서요.]

"알았어. 무슨 말인지."

더 이상은 묻고 싶지도 않았고 듣고 싶지도 않았다. 서주아가 그를 가지고 놀았다. 다를 줄 알았는데 그녀도 어쩔 수 없는 속물이었다. 전화를 끊고 그는 핸드폰을 그 자리에서 던져 버렸다. 그마나 다행인 건 집 안이라는 것이었다. 유신이 잔뜩 긴장한 얼굴로 그를 보고 있었고 트레이너도 멍하게 서 있었다.

호준은 수건 한 장을 들고 정원에 있는 트랙을 돌기 시작했다. 답답한 마음을 금할 수가 없었다. 여자에게 농락당한 기분은 처음 느껴봤다. 그리고 다시는 느끼고 싶지 않았다.

"으아악!"

그는 소리를 질러 보았지만 마음속의 응어리가 풀어지지 않았다.

선욱이 사무실에서 그녀를 바라보고 있었다. 자신의 감정을 드러내지 않으며 호준에게 아주 성공적으로 전화를 했다. 지금 호준이 어떤 마음일지 그녀는 불 보듯이 뻔했다. 하지만 지금은 돈이 필요했다.

선욱이 결재를 해 주지 않으면 당장 진우의 치료비가 묶이고 그녀 때문에 직원들도 월급을 제 날에 못 받게 된다. 신고를 하면 해결이야 되겠지만 당장 들어갈 돈인 게 문제였다. 그걸 너무나도 잘 아는 선욱은 주아의 발목을 매번 이런 식으로 잡았다.

"잘했어. 연기도 이렇게 잘 해야 하는데 말이야."

"이제 빨리 입금시켜요."

돈을 적게 번 건 아니었지만, 지금은 그녀가 산 집과 그리고 나중을 생각해서 마련한 전원주택 때문에 돈이 묶여 있었다. 가진 현찰은 그리 많지 않아서 진우의 병원비 중간 정산 땐 돈을 맞추기 위해 정신이 없었다.

그녀가 행사를 많이 뛰는 이유 중에 하나였다. 언니가 어릴 때 철이 너무 없어서 아이를 위해 보험 하나 든 게 없었다. 그 막대한 치료비를 대려니 돈을 잘 버는 주아의 입장에서도 버거운 일이었다.

"넣었어."

"더 넣어요. 왜 반밖에 안 넣어요?"

"그쪽에서 입금을 안 해 준 걸 나보고 어쩌라고."

언제나 이런 식이었다. 정산을 제대로 받은 적이 없었다. 하지만 이번엔 주아도 참을 수가 없었다.

"한두 번도 아니고 이건 아니지 않아요?"

"뭐?"

"아이 병원비에 쓸 돈이라고요. 제대로 달라고요."

"미쳤어?"

"그래, 미쳤다."

주아는 김 사장의 명판을 던져 버리고 그에게 달려들었다. 처음 있는 일이었다. 하지만 지금 그녀의 정신은 정상이 아니었다. 진우가 아팠고 그녀는 돈이 필요했다. 그래서 처음으로 마음에 들었던 남자를 포기했다.

그런데 그런 그녀에게 선욱은 또다시 장난을 치고 있었다.

"그래, 미쳤어!"

팍!

주아는 손에 잡히는 물건을 던지기 시작했다.

"이년이 돌았나?"

"그래, 돌았어. 어떻게 할 거냐고! 엉엉엉."

물건을 던지던 주아는 바닥에 앉아 흐느껴 울기 시작했다.

"얼마나 더 사람을 비참하게 만들어야 만족하겠어? 한 대에 150만 원하는 시가 피우면서 왜 우리한텐 이러는 건데?"

짝!

갑자기 선욱의 손이 날아들었다. 그의 눈빛이 1년 전 그녀의 집의 문을 따고 들어온 날의 눈빛이었다. 분노가 가득한 눈빛이었다.

퍽!

이번엔 주먹이 그녀의 배를 가격했다. 숨을 쉴 수가 없었다. 이제 죽었구나 라는 생각이 들었다.

켁!

선욱이 그녀의 목을 손으로 조르기 시작했다.

"내가 뭘 하든 너 같은 년이 상관할 게 아니잖아?"

그의 눈이 돌아가 있었다. 검은자가 반밖에 보이지 않았다. 마치 신이 들린 사람 같았다. 선욱의 손에 힘이 더 강해졌다. 그때 갑자기 선욱으로부터 자유로워진 주아는 거친 숨을 몰아쉬었다.

선욱을 잡고 있는 건 수호였다. 그리고 연정이 그 옆에 서서 핸드폰으로 이 모든 걸 찍고 있었다.

"뭐야?"

"그만 해요!"

수호가 그렇게 엄청난 힘을 가진 줄 몰랐었다.

"우리 언니 그만 때리라고요. 한두 번도 아니고 다 찍었다고요!"

연정이 소리쳤다. 그리고 코피를 흘리고 있는 주아에게 피를 얼굴에 묻히라는 시늉을 했다. 주아가 얼른 피를 닦는 척하며 얼굴 전체에 피를 묻혔다. 밖에 있던 사람들도 이 어이없는 상황을 멍하게 보고 있었다.

그때 박 실장이 사장실의 문을 닫고 들어왔다. 박 실장은 선욱과 한통속인 인간이었지만 그래도 선욱보단 나았다.

"연정 씨, 카메라 꺼요."

"싫어요. 저도 저렇게 맞으면 어떻게 해요."

"내가 책임질게요."

"아뇨, 이건 우리를 보호할 거기 때문에 싫습니다."

"그럼, 회장님이라도 놓아 주던가요."

수호가 선욱을 던지듯이 놓아 버리자 선욱이 바닥에 쓰러졌다.

"도대체 어떻게 된 일입니까?"

박 실장이 선욱에게 물었다.

"주아가 사무실 물건들을 던져서 열 받아서 그런 거야."

"아무리 열이 받아도 여자를 때리면 안 되죠, 누나가 회장님을 공격한 건 아니잖아요?"

수호가 주아의 편을 들어 주었다.

"다 필요 없으니까. 꺼져."

"회장님."

주아의 얼굴이 피범벅인 상황이었고 그 걸 연정이가 여우같이 찍은 상황에서 박 실장은 그냥 내보내면 안 된다는 생각을 한 것 같았다.

"주아 씨, 얼굴 닦아요."

물티슈를 건넨 박 실장이었다.

"무슨 일이에요?"

"정산을 반만 해 주셔서요."

"정산은 경리 팀에서 잘……."

"박 실장님 전 바보가 아니에요. 그리고 지금은 조카에게 돈이 많이 들어가는 상황인데 이럴 때 장난을 치는 건 아니지 않아요?"

"제가 다시 정산을 해보도록 할게요. 그러니 오늘 일은 이쯤에서 끝내죠. 회장님?"

박 실장이 선욱을 쳐다보며 대답을 구했다.

"알았어."

"주아 씨?"

"정산만 잘 된다면야……."

"그럼, 영상을 지우도록 하죠."

박 실장이 연정의 손에 들린 핸드폰을 뺏으려 하자 주아가 박 실장의 손을 쳤다.

"다 해결된 다음에요."

그들은 그렇게 사무실을 빠져 나왔다. 주아의 모습을 본 사무실

직원들은 경악을 금치 못하고 있었다. 벤에 오르자마자 연정이 주아의 얼굴을 살피기 시작했다.

"병원부터 가요."

"아니, 괜찮아. 그리고 오늘 생각지도 못했는데 너무 고마워. 둘 아니었으면 진짜 죽을 뻔했어."

주아의 얼굴에서 눈물이 흘렀다.

"언니, 울지 마요."

연정이 그녀를 안아 주었다. 어린 동생들이라고만 생각했는데 그들은 진심으로 그녀를 생각하고 있었다.

"이젠 안 참아요."

"수호야, 난 너희들이 위험해지는 건 원하지 않아. 김선욱이 다음번에도 오늘처럼 당하고만 있을 거라고 생각하지 마."

"다 생각이 있어요."

"수호야."

주아가 수호를 말렸다. 그녀 때문에 다치는 게 싫었다. 집에 도착한 주아를 본 언니가 너무 놀라 어쩔 줄을 몰라 했다.

"언니, 나는 괜찮아."

"오늘 혹시나 해서 제가 있으려고요."

지난번의 일을 아는 수호가 오늘은 그녀의 집에서 같이 있기로 했다.

"내일부터는 제 친구들이 며칠 신세를 질 겁니다."

"어떻게 된 거야? 혹시……."

"맞아."

"우리 이러지 말고 신고하자."

"그럼 진우 치료비는 어쩌고?"

언니가 그대로 바닥에 주저앉았다.

"흑흑흑, 우리 때문에……."

"일어나세요."

연정이 어쩔 줄을 모르고 언니 옆에 앉았다.

"언니 밥 있어?"

그녀의 말에 울던 언니가 자리에서 벌떡 일어났다.

"애들 밥 안 먹었어. 나도 배고프고."

"어? 어. 앉아."

언니가 식탁의 의자를 빼주며 연정이를 자리에 앉혔다.

"밥 먹고 힘내자. 그래야 행사도 많이 뛰지."

주아가 자리에 앉아서 언니가 차려준 밥을 먹으려 입을 벌리려
다가 말았다. 아까 선욱에게 맞은 자리가 부어서 잘 벌어지지 않
았고 통증도 심했다.

"어쩌죠? 내일 행사 있는데?"

"괜찮아. 오늘 얼음 팩하고 자면 돼."

"언니."

"빨리 먹어."

주아는 밥을 도저히 넘길 수가 없어서 먼저 방으로 들어왔다. 잠시 후에 연정이 그녀의 방으로 왔다.

"수호는?"

"윤수 언니가 진우 방에서 자라고 했어요."

"그래? 우리도 빨리 자자."

"이건 윤수 언니가 언니 주라고 하셔서……."

진통제와 알 수 없는 알약이었다.

"하나는 진통제고 하나는 근육 이완제라고 하셨어요."

주아는 약을 먹고 연정이와 한 침대에서 잠을 청했다. 누군가와 침대를 같이 쓴 건 어릴 때 언니하고 같이 쓴 것과 연정이, 그리고 호준이 다였다. 호준을 떠올리니 주아는 마음이 아팠지만 지금은 호준보다 조카와 가족들을 먼저 생각해야 했다.

"잠이 안 올 것 같아요."

"왜?"

"오늘 김 회장이 눈이 돌아가서 언니 때리는 거 보고 진짜 충격 먹었거든요. 그거 촬영하려고 화면에 신경을 쓰다 보니 너무 디테일하게 봐버렸어요. 김 회장의 눈빛은 꼭 마약 하는 사람들의 눈빛 같았어요. 진짜 무서웠어요."

"아까는 정말 고마웠어. 하지만 다음엔 그렇게 나서지마. 다쳐도 나 혼자 다치는 게 마음 편해."

"언니……."

"너희들은 내 가족이야. 가족이 다치는 건 싫어."

연정이 그녀를 꼭 안아 주었다. 동생이지만 마음이 넓은 아이였다. 주아는 거의 뜬 눈으로 밤을 지새웠다. 호준을 향한 그녀의 마음을 정리하기가 쉽지 않았다. 하지만 시간이 지나면 그를 향한 그녀의 마음도 식을 것이다.

6. 꼬여가는 실타래

1달 후.

마운드에 선 호준은 오늘도 승리투수가 되었다. 계속된 지방 원정 경기에 컨디션은 최악이었지만 오로지 야구만 생각하는 그를 아무도 말릴 수가 없었다. 하지만 지금 그는 예전보다 더 말수가 적어지고 동료들과는 인사 정도만 하고 말도 섞지 않았다.

불펜에서 몸을 풀 때도 그는 포수와도 잘 이야기를 하지 않고 찬기만 뿜어내고 있었다.

"무슨 일 있어?"

"……."

구단 투수코치가 나오는 길에 호준에게 물었지만 호준은 인상만 쓸뿐 대꾸하지 않았다. 그를 무시해서가 아니라 말을 하는 게 오히려 더 기분을 드러내는 상황이 될 것 같았기 때문이었다.

"너무 그렇게 예민하게 굴지 마. 다른 선수들과 안 좋게 지내서 호준이 너한테 좋을 건 없어."

"죄송합니다."

"무슨 일 있는 건 아니지?"

"네."

코치가 그의 어깨를 힘주어 잡았다. 고등학교 때부터 친분이 있는 코치님은 언제나 그의 든든한 친구 같은 분이었다. 이렇게 감정의 기복이 큰 적이 없었기 때문에 호준은 지금 자신을 폭발 시키지 않고 누르는데 온 힘을 다 쏟고 있었다.

자신의 짐을 챙겨서 나오는데 유신이 그에게 달려왔다.

"헉헉헉."

아주 숨이 턱에 찬 유신이었다.

"들었어?"

"뭘?"

"내일 시구 주아 씨가 한다."

"……."

한 달 동안 주아란 이름은 호준에겐 금기시된 단어였다. 듣기 싫었다. 그래서 하지 말라고 했고 유신과 그의 트레이너처럼 주아와 그의 관계를 직접적으로 아는 사람들은 입도 뻥끗하지 않았다.

"문제는 그 시구연습을 현욱이가 한다는 거야."

현욱이는 그와 같은 팀이었지만 호준이 가장 싫어하는 인간이었다. 음담패설이 어찌나 심한지 같은 남자가 듣기에도 비위가 상할 정도였다.

"연인인 네가 아니고."

"……."

"김선욱 그 인간이 네 운동에 방해된다고 다른 사람에게 부탁했다고 하더라고."

속에서 천불이 올라왔지만 생각하고 싶지 않았다. 시즌 중이었고 그의 생각에서 주아는 이제 지워진 인물이었다.

"그런데 너무 뻔뻔하지 않아? 어떻게 우리 구단의 시구를 맡을 수 있지?"

"……."

호준은 유신을 차갑게 쳐다본 다음 자신의 차로 향했다. 눈에 띄지 않기를 바라고 또 바랐는데 주아는 참으로 용감한 것 같았다.

다음날 아침 평소와 다름없이 경기장으로 향한 호준은 오늘 경기의 선발투수였다. 역시나 현욱이 호준에게 다가왔다.

"오늘 주아 씨 내가 연습시켜도 되겠어?"

쭉 찢어진 눈에 음흉한 미소를 더한 현욱이 호준에게 물었다.

"상관없어."

감정을 섞지 않기 위해 애를 쓰며 호준은 자신의 글러브에 툭툭 공을 던지고 있었다.

"그럼 다행이고. 내가 무지하게 팬이거든."

"알았으니까. 나 지금 준비해야 해."

불펜 포수가 들어오자 호준이 몸을 일으키며 말했다.

"하긴 선발인데 오죽하겠어."

빈정거리는 말투를 던지고 현욱이 자리를 뜨려고 하자 호준이 말했다.

"내가 같은 구단인 걸 감사해라. 안 그랬다면 넌 야구 판에 있기 힘들었을 거다."

"아이고 감사합니다."

현욱이 여전히 비꼬았다. 호준이 갑자기 현욱에게로 가서 현욱의 어깨를 잡고 귀에 속삭였다. 그 모습에 놀란 불펜포수인 영철이 자리에서 일어났다. 호준의 불같은 성질을 알기 때문이었다.

"입 관리 잘해. 나중에 후회하지 말고."

"……."

"내가 참는 건 여기까지야. 내가 야구 실력보다 주먹이 세단 걸 항상 기억해라. 씨발 새끼야!"

현욱이 얼굴을 붉혔지만 아무소리도 못하고 불펜에서 사라졌다.

"호준아, 네가 참아."

영철이 소리를 질렀다. 호준은 평소의 차가운 표정으로 돌아와 공을 던졌다.

"퍽!"

정확하게 스트라이크 존으로 들어 간 그의 변화구가 영철의 글러브 안으로 뚫을 듯이 들어왔다.

"좋아."

영철이 손이 얼얼한지 글러브에서 손을 빼서 털었다.

"살살해. 손바닥 불나겠다."

영철이 호준에게 엄살을 부렸다. 호준의 기분을 맞춰주려는 영철의 노력이었다. 같은 초, 중, 고 야구부를 나온 그들이었다. 항상 배터리(투수와 포수를 함께 이르는 말) 관계였지만 지금은 워낙 강한 선배포수가 있어서 영철은 불펜을 지키고 있었다. 그게 안타까운 호준이었다.

한 차례 연습이 끝이 나고 물을 마시는데 주아가 현욱과 함께 불펜으로 들어왔다. 그를 보자 주아는 마치 아무 일이 없었던 것처럼 손을 흔들며 인사를 했다.

"진짜 죽여주게 예쁘긴 하네."

무뚝뚝하기로 유명한 영철이도 주아를 보더니 예쁘다는 소리를 연발하고 있었다. 흰색으로 된 구단 유니폼을 아주 피트하게 입은 주아는 몸매가 그대로 드러났다. 남자들이라면 넋을 잃을 만한 모습이었고 그녀가 들어서자 로커에 있던 다른 선수들도 불펜으로 속속 모여들고 있었다.

그리고 그녀와 그가 어떤지 보려고 했다. 그때였다. 갑자기 주아의 매니저가 그에게 다가와 반갑게 인사를 했다.

"강 선수 저랑 잠깐 얘기 좀 하시죠."

"지금요?"

"잠깐이면 됩니다. 여긴 눈도 많고……."

그들이 이제 아무런 관계가 아니란 걸 다른 사람들이 눈치라도 챌까봐 그를 조용히 불러내는 느낌이었다.

"무슨 일이죠?"

"여긴 안전한가요?"

"네?"

알다가도 모를 소리를 하는 매니저였지만 표정은 아주 진지했다.

"오늘 경기가 끝나고 잠깐 만났으면 합니다."

"여기서 말해요."

진짜 짜증이 몰려오기 시작했다.

"난 지금 주아와 마주하고 싶지 않아요."

"압니다. 누나가 왜 그럴 수밖에 없었는지 꼭 말씀드리고 싶습니다."

"지금 말해요."

"지금요?"

그가 고개를 끄덕이자 주아의 매니저가 주변을 두리번거리더니 말을 하려고 했다.

"그러니까……."

주아의 매니저가 그에게 뭔가를 얘기하려다가 갑자기 말을 멈추었다.

"허 매니저 거기서 뭐 해?"

"……."

선욱의 등장에 주아의 매니저가 입을 닫아버렸다. 뭔가 중요한 일인 게 분명했다.

"아닙니다. 갑니다."

그러더니 호준의 손에 무언가를 얼른 쥐어 주고는 선욱에게로 갔다. 선욱은 그들을 좋지 않은 눈으로 바라보다가 사라졌다.

호준의 손에는 작은 USB가 들려 있었다. 시합에 들어가기 전에 그는 유신에게 그것을 맡기고 로커 쪽으로 향했다. 그곳에는 선욱이 주아와 함께 서 있었다.

"오늘 선발이라고?"

"……."

주아는 그와 시선도 못 마주치고 있었다. 기자들은 그들이 나란히 있자 포즈를 요구했지만 선욱이 능글맞게 호준이 선발투순데 너무하다며 다음에 둘이 같이 있는 장면을 찍게 해 주겠다고 기자들을 설득했다.

아주 영리한 인간이었다. 그러는 사이에 주아와 그는 둘만 남게되었다. 여전히 그에게 주아는 매력적인 존재였다.

"미안해요."

그녀가 그에게 어렵게 말을 꺼냈다.

"다 내 잘못이에요. 상황이 좋지……."

"닥쳐."

이를 악물며 그는 이렇게 말을 하고 선수 대기실로 들어가 버렸다. 주아의 사과에 더 화가 나버린 그였다. 사과할 일은 만들면 안되는 것이었다. 그에게 그렇게 저돌적으로 나올 땐 그만한 마음의 준비가 되어 있어야 했다. 그렇게 심심풀이 땅콩으로 그를 만들어선 안 되는 일이었다.

경기가 시작이 되고 선수들이 입장을 해서 덕 아웃에 앉았다. 그리고 시구가 시작이 되었다.

"호준아, 좋겠다."

속도 모르면서 선수들이 그를 향해 말했고 관중들의 호응도 좋았다. 호준의 눈은 매섭게 주아를 보고 있었다. 그의 품 안에서 녹아들던 그녀의 부드러운 곡선이 그대로 드러난 옷에 굉장히 유연하게 다리를 높이 들어 올렸다.

"하!"

저도 모르게 어이없다는 듯 감탄사가 터져 나와 버렸다. 호준은 자신의 야구 모자를 내려 더 이상 주아를 보지 않았다. 시구 후에 경기가 시작이 되고 호준은 오로지 경기에만 집중을 하기 위해 노력했다.

다행히 오늘도 승리의 여신은 그의 편이었다. 경기가 끝이 나고 그는 자신의 차로 향했다. 모처럼의 서울 경기라서 숙소가 아닌 집으로 가기 때문이었다.

"호준아."

그를 부르는 유신의 표정이 그리 좋지 않았다. 아니 아주 창백했다. 뭐에 단단히 놀란 것 같았다.

"왜 그래?"

"네가 준 그거……."

그가 준 USB를 본 모양이었다. 그는 유신 대신에 자신의 차를 몰고 집으로 빠르게 향했다.

주아는 시구를 한 후부터 기분이 좋지 않았다. 호준을 만나게 될 거란 걸 알고 있었지만 그의 차가운 눈동자를 보고는 그 자리에서 얼어붙을 뻔했었다. 얼마나 그녀에 대한 증오가 강한지가 그대로 느껴지고 있었다.

"어때?"

선욱이 그녀 앞에 앉아서 염장을 지르고 있었다.

"오랜만에 본 소감 말이야?"

"……."

"좋았어? 아직도 짜릿하고 그래?"

"무슨 대답을 원하는 거예요?"

"그냥 궁금해서."

"지난 인연이에요."

"오올~."

선욱이 빈정거리기 시작하자 주아는 그를 째려보았다.

"왜 그렇게 따라 다니세요? 다른 애들 스케줄 없어요? 아니면 광고주들을 만나 광고나 좀 따오시던지……."

"감시 중이야."

"뭐요?"

"우리 소속사의 돈줄인 서주아가 헛생각하지 말라고."

"김 사장님."

"김 회장이야. 열 받게 한 번만 더 그렇게 부르면 쥐도 새도 모르게 사라질 줄 알아. 이것들하고 함께 말이야."

이번엔 진짜 안 좋은 일을 저지를 것 같은 느낌이 들 정도로 소름이 돋게 말하는 선욱이었다. 주아는 더 이상 선욱을 자극하지 않았다. 선욱 말고도 지금 그녀는 진우 때문에 하루하루가 힘이 들었다.

"오늘은 병원에……."

"지랄하지 마. 병원비 벌고 싶다며? 그럼 밤낮없이 벌어야 하는 거 아니야?"

한 달 전에 그 난리를 치고 나서부터 선욱은 그녀를 아주 타이트하게 굴리기 시작했다. 그 대신에 버는 돈은 정말 바로바로 정산을 해 주었기 때문에 주아는 몸이 가루가 되도록 일을 하고 있었다.

하지만 그 행사라는 것이 말이 행사지 톱스타가 할 만한 것이 아니었다. 정말 작은 마트의 사인회까지 다 잡아서 왔다. 크게 돈이 되는 행사는 두고 아주 싸구려 행사만 전전하게 해서 그녀를 엿 먹이고 있는 선욱이었다.

오늘도 다섯 개가 넘는 행사와 무대를 돌았다. 그 중간에 시구가 끼어 있었다. 그나마 오늘 벌이 중엔 시구가 제일 금액적인 면에선 좋았다.

"잠깐만 들릴게요. 진우의 상태가······."

"지랄하지 말고 오늘부터 나이트 무대에도 서니까 그런 줄 알아."

말귀가 통하지 않는 선욱은 그녀를 그렇게 쉴 새 없이 돌리고 있었다.

"집 근천데 내려 드릴까요?"

"아니, 요새는 너희들하고 동고동락하고 싶은 마음이 강해서. 무슨 일을 저지를지도 모르고."

며칠 전에 수호가 그의 사무실을 몰래 들어갔다가 걸리고 말았다. 주아가 심부름을 보냈다고 둘러대서 상황을 모면하긴 했지만 그때부터 선욱이 그들을 직접 감시하고 있었다.

수호가 왜 선욱의 사무실에 몰래 들어갔는지 주아도 알지 못했다. 뭔가가 있는 것 같은데 수호도 연정이도 아직 그녀에게 정확하게 말하지 않고 있었다.

"걱정하지 마시고 쉬세요."

수호가 선욱의 집 앞에 차를 대며 말했다.

"뭐야!"

"월드나이트는 길 건너에 있으니까. 누나 잘 모시고 갈게요."

"지랄하지 말고 출발해."

수호는 분명히 그를 내려놓고 그녀를 병원에 데려다줄 생각인 것 같았지만 어림없는 일이었다. 나이트 2군데를 돌면 새벽시간이고 그러면 중환자실은 면회 불가였다. 어차피 지금 시간이 아니면 오늘도 면회는 힘이 들었다.

선욱과 함께 나이트를 돌기 시작한 주아는 수호와 연정이 그녀때문에 선욱과 싸우지 않기를 바랐다. 다른 곳에 신경을 쓸 여유가 솔직히 없었다. 진우의 상태가 호전되길 바라는 마음뿐이었다.

"아직 두 달이나 남았는데……."

주아는 저도 모르게 창밖을 보며 중얼거리고 있었다.

그때였다. 주아의 핸드폰이 불안하게 울리기 시작했다. 왠지 받을 수가 없었다.

"누구 핸드폰이야?"

선욱이 자다가 깨서는 신경질적으로 말하고 있었다.

"언니……."

"……."

연정이 그녀를 불렀지만 주아는 그저 핸드폰만 바라보고 있었다. 언니라고 찍혀 있었다. 불길했다.

"제가 받을까요?"

"뭘 받아, 빨리 마지막 나이트클럽에나 가!"

때마침 마지막 클럽에 도착했고, 주아는 노래만 부르면 바로 병원으로 달려가리라고 생각하고는 불길한 마음을 뒤로하고 마지막 무대로 향했다.

웡~

새벽에 전화기가 아주 요란하게 울리고 있었다. 일어나 시계를
보니 2시가 넘은 시간이었다. 쉴 새 없이 울리는 전화를 받아 든
호준은 침대에서 벌떡 일어났다.

[정말 미안한데 우리 주아 거기 있나요?]

여자는 울먹이며 말을 하고 있었다. 주아의 언니인 모양이었다.

"왜 그러시죠?"

느낌이 좋지 않았다.

[주아 거기 있으면 병원으로 좀 빨리…….]

뒷말은 들리지 않았지만 그는 무슨 말인지 알 것 같았다. 주아
의 조카가 위급한 상황인 것 같았다. 아직 시간이 남아 있는 걸로
아는데 호준은 이런 생각을 하며 급하게 옷을 입고는 병원으로 향
했다.

차를 운전하는 손이 떨리고 있었다. 제발 무사하길 바라는 마음
뿐이었다. 저녁에 유신이 노트북에 틀어 준 장면은 정말 경악스러
운 장면이었다. 주아가 자신과 헤어진다는 말을 한 이유가 그 안
에 고스란히 들어 있었다.

거기에 온통 피투성이가 된 그녀의 얼굴은 잊혀 지지가 않았다.

"개자식!"

어떤 식으로든 김선욱을 가만히 두지 않을 생각이었다. 여자를 그것도 주아를 때리다니…….

주아의 매니저가 준 화면은 처음엔 문틈에서 촬영이 되었다. 작은 틈에 핸드폰을 대고 촬영을 한 것 같았다. 화질은 좋지 않았지만 그 안의 대화는 잘 녹음이 되어 있었다.

[아무래도 개인적으로 만나는 건 아닌 것 같아요.]

그녀가 그에게 마지막으로 전화를 했을 때였다. 그에게 한 말이 그대로 녹음이 되어 있어서 그는 다시 한 번 그날의 고통을 겪어야 했다.

[잘했어. 연기도 이렇게 잘해야 하는데 말이야.]

기막힌 건 그다음부터였다.

[이제 빨리 입금해요.]

그의 전화를 끊고 나누는 그들의 대화였다. 그녀가 그에게 그렇게밖에 말할 수 없는 이유가 드러났다. 선욱이 그녀에게 줄 돈을 볼모로 잡고는 그녀를 조종하고 있었다. 지금 주아에겐 진우의 치료비가 절실하게 필요한 상황이었던 것이다.

그렇게 화려한 스타가 병원 치료비 때문에 이런 상황까지 가다니 선욱에 대한 분노가 다시 한 번 일었다. 그리고 미친 듯이 소리치는 주아의 모습과 선욱의 폭행 장면이 고스란히 찍혀 있었다.

"후~."

한숨이 절로 나왔다. 운전대를 잡고 운전은 하고 있었지만 머릿속은 온통 주아가 맞는 장면뿐이었다. 여자를 때리다니 아주 짐승 같은 놈이었다. 그러는 사이에 그는 벌써 한국병원에 도착해 있었다.

어린이 병동 앞에 주차장에 차를 세우고 그는 암 병동 안으로 달리기 시작했다. 새벽 시간이라 조용할 줄 알았는데 의외로 사람들이 많았다. 중환자실에 도착한 그는 굳게 닫힌 문 앞에 서서 조용히 울고 있는 여자를 보고 있었다.

주아의 언니였다.

"진우는요?"

다른 말은 지금 필요하지 않았다.

"진우가 지금……."

그때 갑자기 의사 하나가 뛰어오고있었다. 아주 급한지 거의 전력 질주를 하고 있는 의사가 호준의 눈에 들어왔다.

"선생님, 진우는……."

직감적으로 그 의사가 진우의 주치의란 생각이 들었다.

"……."

의사는 아무런 답도 하지 않고 안으로 들어가 버렸다.

"무슨 일이냐고요?"

"진우가 갑자기 쇼크가 왔다고 했어요. 의식이 없다고도 했어요. 난 아직 진우하고 인사도 하지 못 했는데……."

호준이 울고 있는 주아의 언니를 안아 주었다.

"우리 진우가……."

"괜찮을 겁니다."

여자가 그의 옷을 다 적시도록 울고 또 울었다.

"언니!"

잠시 후에 화장도 지우지 못하고 완전히 피곤한 얼굴을 한 주아와 그 스텝들이 나타났다.

"어떻게 된 거야?"

"진우가 의식이 없어."

"뭐?"

누구 하나 말릴 틈이 없었다. 주아가 중환자실의 문을 두드리기 시작했다. 중환자실은 안에서 잠금이 되어 있어서 면회 시간이 아니면 들어갈 수가 없었다.

쾅쾅쾅!

"문 좀 열어 봐요."

답이 있을 리가 없었다.

"문 좀 열라고!"

주아는 마치 모든 것이 무너져 내린 사람처럼 절규하고 있었다. 가족은 주아를 지탱해 주는 끈 같은 것이었다. 그런데 지금 주아는 자신을 잡아 주던 끈이 끊어져 버린 것 같았다.

"안된다고! 난 진우를 봐야겠다고."

그녀의 소란에 대기실의 부모들이 다 나와 주아를 멍하게 보고 있었다. 그들은 아무도 주아를 말리지 않았다. 그게 어떤 마음인지 누구보다 잘 알고 있는 사람들이었다. 그리고 자신들도 어느 순간 주아처럼 절망할 수 있다는 걸 알기 때문에 그들은 말없이 주아를 보기만 했다.

그때 중환자실의 굳게 닫힌 문이 열리더니 의사가 나왔다. 그리고 주아와 가족들이 서둘러 안으로 들어갔고 오열하는 소리가 안에서 들려왔다.

그렇게 야구만을 사랑하던 에이스 진우가 13살 어린 나이로 세상을 등지고 하늘의 별이 되었다. 호준은 원정 경기 때문에 장례를 끝까지 함께할 수 없었지만 그래도 그가 할 수 있는 범위 내에서 그들의 옆을 지켰다.

주아는 말이 없었고 넋이 나간 모습이었다. 그 모습이 호준의 머릿속에 그대로 각인이 되어버렸다.

7. 스타와의 기막힌 deal

　슬픔도 기쁨도 영광도 환희도 시간 속에서 그렇게 한순간이 되어 흘러가는 것 같았다. 진우가 떠난 지 6개월이 되었고 주아는 거의 기계적인 삶을 살고 있었다. 계약 기간이란 게 그녀의 발목을 잡고 있어서 주아는 지금도 원수 같은 선욱과 같이 일을 하고 있었다.

　"언니, 괜찮아요?"

　"아니."

　솔직히 괜찮지 않았다. 춤추는 것도 노래하는 것도 사람들 앞에서 웃는 것도 모든 게 다 힘이 들었다. 어떻게 해서든지 이곳을 벗어나고 싶은 마음뿐이었다.

화가 뭉쳐서 가슴에 응어리로 남아 있었다. 주아는 요즘 자신도 모르게 가슴을 내리치는 이상한 버릇이 생겼다.

하지만 그녀보다 더 가슴을 내리치는 사람이 집에 있었다. 언니 윤수였다. 안 그래도 마른 사람이 이제는 뼈밖에 없었다. 거기다가 진서가 있기 때문에 마음 놓고 아들을 보낸 슬픔을 내비치지도 못하고 있었다.

아무렇지 않은 척 진우는 하늘에서 편안할 거라고 말하며 진서를 달래는 언니를 보면 주아는 억장이 더 무너져 내렸다.

아들을 잃은 어미의 슬픔 앞에 주아도 집에선 될 수 있으면 괜찮은 척하고 있었다. 솔직히 요즘은 집에 있는 것보다 행사를 뛰며 바쁘게 일하는 게 더 나았다. 정신없이 일하다 보면 조금은 진우에 대한 생각을 잊을 수 있기 때문이었다.

선욱은 여전히 주아의 목을 조르고 있었고 주아는 생각 없이 그에게 끌려다녔다.

하지만 곪은 상처는 언젠가는 터지기 마련이었다. 참고 참았던 분노가 주아를 폭발하게 만들었다. 주아와 선욱은 이제 사람들이 있어도 싸우기가 일쑤였다. 주아도 이젠 참기만 하지 않았다. 그래서인지 선욱은 주아에게 힘든 일만 시켰고 둘의 관계는 그렇게 악순환이 되고 있었다.

늦은 시간까지 행사가 잡혀서 녹초가 되어 있는 주아에게 아주 야릇한 무대 의상을 입힌 선욱이 어디론가 그녀를 데리고 갔다. 하도 기발한 곳에서 행사를 할 때가 많아서 주아는 별생각 없이 그를 따랐다.

요즘 연예인들과 유명 정치인과의 스폰서 문제가 연일 터지면서 몸을 사리는 사람들이 많아서 주아는 그쪽으로는 상상도 하지 않았다. 하지만 주아가 도착한 곳은 이름만 대면 알 수 있는 노(老) 회장의 별장이었다.

"여긴 왜 온 거예요?"

아무래도 느낌이 좋지 않았다. 외진 곳이기도 했지만 느껴지는 분위기가 집의 화려함에 비해 음산했다. 뭔가가 일어날 것 같은 느낌이었다.

"일하러."

이런 곳에서 무슨 일을 한단 말인가? 파티가 열리고 있으면 사람들이 북적일 텐데 이곳은 쓸데없이 조용했다.

"이런 거 안 하기로 하지 않았어요?"

혹시 성 접대를 하는 거라면 사양이었다. 지금 그녀의 상황을 알면서도 이런 일을 시킨다면 그는 정말 사람이 아니었다.

"그런 게 어딨어? 까라면 까야지. 너 이번엔 음반도 시원치 않아서 돈을 벌어야 할 것 아니야?"

거짓말이었다. 지금 주아가 버는 돈으로 빛나라 엔터가 유지된다는 말이 돌 정도로 그녀는 바쁘게 일을 했다.

"얼마나 더 그 돼지 같은 배를 불려 줘야 하는 건데?"

욱하는 마음에 주아가 소리쳤다.

"이게 또 쳐 돌아 가지고. 너 의상비만 해도 행사 몇 개 돌아선 답도 안 나와. 알아?"

그것도 거짓말이었다. 연정이가 말해 준 금액이 있는데 입만 때면 거짓말이었다. 하지만 오늘은 주아가 선욱의 차로 이동을 했기 때문에 수호나 연정의 도움을 받지 못했다. 선욱도 남자였다. 힘으로는 그를 당할 수가 없었다. 그녀의 손을 잡고 안으로 끌고 들어가는 바람에 주아는 정말 질질 끌려서 노 회장의 별장 안으로 들어갔다.

혼자 이렇게 겁 없이 따라오는 게 아니었다. 하지만 지금 상황으론 후회해 봐야 소용이 없었다.

안에는 사람들이 없었다. 휠체어에 앉아서 그녀를 보는 노(老) 회장이 있었고 그 옆에는 남자 한 명이 아주 음흉한 눈빛으로 그녀를 보고 있었다. 오늘은 뭔가 이상했다. 예전하고 다른 아주 이상한 분위기의 집이었다.

"회장님, 안녕하세요."

너무 두려워서 그녀가 먼저 인사를 건넸다. 이렇게라도 하지 않으면 불안감에 발작이 일어날 것 같았다.

"나를 아는군."

점잖은 가운데 음흉한 눈빛을 뿜어내고 있었다.

"그럼요, 우리나라에서 가장 부자인 분인데 모를 리가요."

"그런가? 고마워."

인자한 미소의 회장이었지만 방 안의 공기는 차갑기 그지없었다.

"회장님, 우리 주아를 예뻐해 주셔서 감사합니다."

"별말씀을 내가 오늘 주아를 부른 이유는 따로 있지. 내가 인사를 해야 할 분인데 특히 주아를 마음에 들어 하셔서……."

무슨 말인지 이해할 수가 없었다. 방 안에는 한가운데 의자가 있었고 그 뒤에는 커다란 침대가 있었다. 그리고 마치 관중처럼 회장이 맞은편에 앉아 있었다.

가장 의아한 점은 빈 의자가 세 개나 있다는 것이었다. 누가 또 오는 것 같았다.

"손님들이 오실 거야."

"네?"

왠지 그다음 말이 두려웠다. 그 두려움은 현실이 되었다. 그리고 주아가 너무나 싫어하는 사람이 그녀의 앞에 나타났다. 최 의원이었다.

"의원님."

"오랜만이야."

그러더니 이제와는 다르게 가면을 쓴 두 명의 남자가 방 안으로 들어와 자신이 자리에 앉았다.

"왜……?"

주아의 말은 철저하게 무시되고 있었다.

"좋은 시간 되십시오."

선욱이 그녀를 두고 밖으로 나가 버렸다.

"사장님! 김선욱!"

그녀가 악을 쓰며 불러도 선욱은 뒤돌아보지 않고 그 방을 나가 버렸다. 이게 무슨 일인지 몰라도 온몸에 소름이 돋았다. 왠지 이 곳을 벗어나기 힘이 들 것 같다는 생각이 들었다.

"걱정할 것 없습니다."

그러더니 회장의 곁에 있던 남자가 주아 옆으로 오더니 억지로 의자에 그녀를 앉혔다. 그리고는 음료수를 그녀에게 건넸다.

"드세요."

"싫어요. 안 먹어도 돼요."

그녀의 말에 그가 갑자기 주아의 입을 잡더니 음료를 입으로 부어 넣었다. 씁쓸한 액체가 그녀의 입안으로 들어왔다. 안 마시려고 발버둥을 쳤지만 소용이 없었다.

"그냥 즐기면 되는 겁니다."

쫙!

주아가 입은 야릇한 무대 의상의 상의가 그대로 찢겨 가슴이 그대로 드러났다. 하지만 약이 얼마나 독한지 그녀의 앞에 앉아 있는 남자들이 아주 흐릿하게 보이고 있었다. 그리고 그들의 얼굴이 악마의 얼굴로 보이기 시작했다.

"싫어."

싫다고 했지만 몸이 제대로 움직이지 않았다. 땅으로 몸이 꺼지는 느낌이었지만 목이 의자에 고정되게 묶여 있어서 쓰러지지도 않았다.

"뭐야……."

말도 어눌해지고 시야도 점차 흐려졌다. 남자들이 뭘 하는지는 모르겠지만 그들이 한꺼번에 옷을 벗은 것 같았다. 흐릿한 시선에 모든 게 살색이었다. 그중에 하나가 이렇게 말했다.

"약에 취한 건 싫어. 정신이 어느 정도 있어야지."

"그러다가 우리를 알고 말하면."

"여태까지 그런 적 있어?"

"우리의 얼굴을 모를 뿐 아니라 본인들이 창피해서 말할 수가 없지."

약은 수면제가 아니었다. 최음제였다. 몸이 말도 못 하게 뜨거워지고 질에서 애액이 폭포처럼 흘러나오고 있었다.

"왜 이런 일을……."

"재미있지 않아? 자극적이고."

최 의원이 그녀의 가슴을 빨기 시작했고 다른 누군가는 그녀의 온몸을 더듬기 시작했다. 왜 최 의원과 회장은 얼굴을 가리지 않았을까 하는 의구심이 생겼지만 그 이유를 알았다. 어차피 노 회장과 최 의원은 그녀가 잘 알기에 목소리만 들어도, 아니 그 형태만으로도 누군지 가늠할 수 있는 사람들이었다.

"좋아?"

몸이 의지와는 상관없이 달아오르기 시작했다. 그때 누군가 그녀의 질 안으로 손가락을 넣었다.

"끝내주는 여자야. 역대급이라고."

남자 3명이 그녀에게 달라붙어 온몸을 만지고 있었지만 주아는 저항할 수가 없었다.

"너부터 해."

남자들이 순서를 정하는 것 같았다.

"안 돼……."

어눌한 말투로 저항을 해 보았지만 그들에게 먹힐 리가 없었다. 이 장면을 회장은 아주 흥분한 채로 보고 있었다. 그는 분명히 관음증 환자 같았다. 변태들이 지금 그녀를 아주 농락하고 있었다. 끝까지 간다면 주아는 죽을 것만 같았다.

아니 여기서 살더라도 본인 스스로가 이 기막힌 일 때문에 세상을 등질 것 같다는 생각이 들었다.

그때였다. 갑자기 우당탕 소리가 나더니 경찰이라는 말과 함께 피하라는 소리기 들렸다. 그녀의 몸은 잠시 자유로워지고 누군지 모르지만 그녀의 몸을 무언가로 덮어주었다.

"누나."

수호의 목소리가 들렸다.

"언니."

이번엔 연정이었다. 마음이 놓인 주아는 그대로 정신을 놓아버렸다.

주아가 눈을 뜬 곳은 병원이 아니라 집이었다. 그녀의 방 안에 언니와 연정이가 앉아 있었고 그녀는 링거를 꽂은 상태였다.

"정신이 들어?"

"여긴……."

"집이야."

꿈이었나 싶었다. 하지만 꿈은 아니었다. 모든 기억이 꿈이라고 하기엔 선명했고 기억하고 싶지 않았다.

"우리가 쫓아가 봤어요. 아무래도 김선욱 그 자식하고 둘이 가는 게 불안해서."

수호와 연정의 목소리는 꿈이 아니었다.

"양평의 어마어마한 별장에 언니랑 들어가더니 자기만 나오는 거예요. 그래서 차에서 내려서 수호하고 제가 주변을 살폈어요. 그런데 경호원들이 하나도 없고 검은 차 5대만 있더라고요. 그래서 뭔가 이상하다고 생각하고 수호가 우리 급할 때 차 위에 붙인다고 사두었던 사이렌 킨 거예요."

경찰이 아니라 수호와 연정이었다.

"어떻게 그 개자식들을 죽여 버리지?"

윤수 언니가 울면서 거품을 물었다.

"옷을 제대로 입지도 않은 사람들이 막 뛰어나오더라고요. 그 다음에 우리가 집으로 들어갔죠. 언니가 약에 취해 있긴 했어도 크게 다친 것 같지 않아서 집으로 모시고 온 거예요."

"경찰에 신고하고……."

윤수 언니의 말을 주아가 잘랐다.

"아니, 이번엔 내가 가만히 안 있어."

"주아야 네가 뭘 할 수 있어."

"아니, 이번엔 김선욱이 살아있다는 걸 후회하게 만들어 줄 거야."

오늘의 이 치욕은 꼭 갚아줄 것이다.

다음 날 아침에 눈을 뜬 주아는 욕실에서 그 어느 때보다도 더 깔끔하게 몸을 씻었다. 더러운 놈들에게 몸을 빼앗기진 않았지만,

기분이 너무나 더러웠다. 몸을 정갈하게 한 그녀는 가지고 있는 옷 중에서 가장 비싼 명품 드레스를 골라서 입었다.

짧은 미니 탑 원피스는 마치 검은 피부처럼 그녀의 몸에 딱 달라붙어 있었다. 머리는 잔머리가 흘러 내려오게 무심한 듯 업 스타일로 연출했고 화장도 자연스러운 섹시함이 묻어나게 했다. 검은색 킬 힐은 그녀의 다리를 한없이 길어 보이게 만들었다. 버버리 코트를 걸친 그녀는 자신의 모습을 만족스럽게 보았다.

"몸도 안 좋은데, 어디 가게?"

"응."

"그냥 오늘은 집에 있어."

"아니, 이제 진짜 당하고만 살지 않을 거야."

"주아야."

언니가 말리는데도 주아가 밖으로 나왔다. 그리고 기다리고 있던 수호와 함께 어디론가 향했다.

"누나."

수호가 제법 의젓한 목소리로 그녀를 불렀다.

"왜?"

"연정이하고 우리는 걱정하지 말고 김선욱 회사에서 나와요. 나올 때 세무서에도 찌르고 경찰에도 찌르고 그냥 훅 가게 만들어요."

아주 이를 갈고 말했다. 수호가 보기에도 선욱은 인간이 아니었다.

"그렇게 쉽게 끝내기엔 김선욱이 너무 가버렸어."

"네?"

주아의 차가운 말에 수호가 놀란 눈치였다.

"이제 진짜 끝을 보겠다는 말이야."

"누나."

그녀의 얼음처럼 차가운 말에 수호는 더 이상 주아를 말리지 못했다.

"다 왔어요. 그런데 진짜 괜찮겠어요?"

"응, 먼저 가. 오래 걸려."

주아의 얼굴은 굳어 있었다. 주아는 이제 예전의 그녀가 아니었다. 차가움으로 자기 자신을 철저하게 봉인해 버린 주아였다.

주아는 밴에서 내려 몇 개월 전과 비교해서 하나도 변하지 않은 아주 높고 커다란 대문 앞에 섰다.

딩동!

"……."

답이 없었다. 하지만 대문 안쪽에선 그녀가 누구인지 알고 있는 게 분명했다. 잠시 망설이는 게 그녀에게까지 느껴지더니 문이 열렸다. 주아는 당당한 걸음으로 호준의 집 안으로 들어갔다. 시즌이 끝났고 호준은 이번에도 방어율 1위 자리를 놓치지 않는 명실상부한 대한민국의 최고의 투수 자리를 올해도 지켰다.

그의 연봉은 우리나라 최고였고 광고 수익만 해도 스포츠 스타로서는 몇 년째 1위였다. 그런 그의 집이 이렇게 멋진 건 어쩌면 당연한 일이었다. 그녀의 눈에 노천탕에서 올라오는 수증기가 보였다.

그가 저기 있음을 한눈에도 알 것 같았다.

또각 또각 또각

주아의 킬 힐이 경쾌한 소리를 내며 거실이 아닌 수영장 쪽으로 걸어갔다. 그런데 중간에서 호준의 매니저인 유신이 그녀를 저지했다.

"오늘은 죄송하지만 돌아가시는 게……."

유신이 정중하게 그녀를 돌려보내려 하고 있었지만 이렇게 돌아가려고 온 게 아니었다.

"들여보내 놓고 돌아가라고 하시니 기가 막히네요."

주아도 지지 않았다.

"제가 죄송해서 그런 거지. 강 선수의 뜻은 아닙니다."

유신도 밀리지 않았다. 다만 난처한 얼굴이었다.

"강 선수의 뜻이 어떤지는 제가 물어보죠."

"서주아 씨."

유신이 주아의 앞을 막았다.

"너무 하시네."

주아가 막아선 유신을 보며 말했다.

"호준 씨와 할 얘기가 있어요. 그게 그렇게 나쁜가요?"

어디서 이런 용기가 나오는지 오늘의 주아는 평소의 그녀가 아니었다.

"호준이에게 주아 씨는 지난 사람입니다."

유신이 현실을 말했다.

"알아요."

"그런데 뭘 원하십니까?"

주아가 그를 보며 매력적인 미소를 띠었다.

"딜을 하려고요."

"뭐요?"

"아주 슈퍼스타와 기막힌 딜을 한번 해보려고요. 거기에 계약서가 필요하다면 당신을 부르죠. 하지만 지금은 당신이 필요하지 않아요."

기막혀 하는 유신의 옆으로 유유히 걸어간 주아는 그녀가 짐작한 대로 노천탕에 몸을 담그고 있는 호준이 보였다. 여전히 섹시하고 여전히 잘생긴 얼굴로 그는 주아를 보고 있었다.

"오랜만이에요."

"……."

"할 말이 있는데 둘이만 있으면 안 될까요?"

그가 눈짓을 하자 유신이 거실로 들어갔다.

"말해."

최소한 쫓겨나지는 않았다.

"김선욱을 제거하고 싶어요."

"뭐?"

"김선욱을 죽여 버리고 싶지만 그건 너무 간단한 일이니까. 완전히 연예계에 발을 못 붙이게 하고 싶어요."

호준은 무표정한 얼굴로 그녀를 보고 있었다.

"7개월 전엔 아주 시원하게 차더니 이제 와서 도와 달라?"

"그땐 힘이 없었어요."

주아 또한 표정의 변화가 없었다.

"지금은 힘이 생겼나?"

"아뇨, 힘은 없지만 그보다 더한 분노가 생겨 버렸어요."

"분노?"

"네, 분노. 어린 나이 때부터 난 선욱을 따라다니면서 술 시중을 들어야 했어요. 재벌들, 정치인들까지 모두 다. 다행히 요령껏 내 몸은 지켰죠. 그건 누구보다 당신이 잘 알겠지만요."

"식상해."

그녀의 말을 단칼에 잘라 버린 그는 맥주잔을 단번에 비우고 자리에서 일어나려고 했다.

"기다려요. 다 안 끝났어요. 다 듣고 난 다음에도 식상하다고 느끼면 그때 가요."

주아의 말에 그가 다시 자리에 앉았다.

"난 처음으로 특별한 남자를 만났고 기뻤어요. 이 사람은 날 다르게 봐줬으면 좋겠다는 착각을 한 거죠. 모든 남자가 나의 섹시한 몸을 바라는데 난 그들을 원한 적이 없었죠, 그런데 어느 날 내가 원하는 남자를 알게 된 거죠. 그런데 그걸 다 깨닫기도 전에 김선욱이 그 사실을 먼저 알았고 그 남자에게 전화로 이별을 통보하게 강요했어요."

"……."

"난 진우의 수술비가 필요했고 돌봐야 할 사람들이 많았죠. 당신에게 손을 벌릴 줄도 몰랐을 만큼 난 순진했어요."

"순진이라……."

"그 남자에게 이별 통보를 하고도 얼마 후에 진우까지 잃게 되자 난 그저 폐인이었어요. 그가 하라는 대로 다 했죠. 왜냐면 그런 내겐 아직도 부양할 가족이 있고 돈이 필요했으니까. 그런데 어제 김선욱은 내게 하지 말아야 할 짓을 했어요."

뭔가가 이상했는지 계속 그저 남 이야기 듣듯이 흘려듣고 있던 호준의 표정이 바뀌었다.

"어제 난 남자 3명에게 당할 뻔했어요."

"뭐?"

"김선욱이 팔아넘겼죠. 최음제를 먹이고 3명이 동시에 날 덮쳤어요. 그런데 수호가 용기를 내서 날 구해줬고 오늘 이 자리에 있을 수 있는 거죠."

호준의 얼굴이 분노로 일그러졌다.

"개새끼!"

"맞아요, 김선욱은 개자식이에요. 아니, 그만도 못한 인간이죠."

그녀의 말에도 호준은 씩씩거리고 있었다.

"날 도와줘요."

"경찰에 신고해서……."

"아뇨, 내 말을 뭐로 들은 거예요? 그 방법은 너무 간단해서 싫어요. 그리고 형량도 그렇게 많지 않고 나와서도 일을 할 수 있으니 안 돼요."

"뭘 원하는 거야!"

호준은 화가 많이 나 있었다. 물론 그녀가 아닌 김선욱에게 말이다.

"김선욱이 망하는 거요."

"……."

호준이 어깨를 들썩이며 그녀를 보고 있었다.

"물론 공짜로 도와 달라는 건 아니에요."

그들의 시선이 공중에서 뜨겁게 얽히고 있었다. 이 노천탕에서 뜨거운 사랑을 나누었던 걸 그들은 기억하고 있었다.

"난 원하는 게 없어."

"있을 거예요. 지금도 간절히 원하는 얼굴인데요?"

그녀가 버버리 코트를 벗어버렸다. 11월의 추위가 그대로 느껴지고 있었다. 온몸에 소름이 돋았지만 주아는 그의 타는 눈빛에서 시선을 떼지 않았다.

"착각하고 있는 것 같군."

"아닐걸요?"

그녀가 옆구리에 있는 지퍼를 한 치의 망설임도 없이 내렸다.

지이익!

지퍼가 내려질 때 소리가 크다는 걸 처음으로 느낀 주아였다. 하지만 이상하게 떨림이 없었다. 집 안에서 혹은 거실에서 유신이 그녀를 보고 있을지도 모른다는 두려움도 없었다. 지금은 그저 눈앞에 호준만 보일뿐이었다.

"과감하군."

"때에 따라 선요. 지금 날 구해 줄 사람은 당신뿐이니까."

그녀의 드레스도 바닥으로 미끄러지듯이 떨어졌다. 지금 주아가 몸에 걸친 건 검은색 힐뿐이었다.

"마음에 드나요?"

그의 눈빛이 그날의 눈빛처럼 칠흑 같은 검은색으로 변해 있었다. 주아는 구두를 아무렇지 않게 벗고는 노천탕으로 걸어 들어갔다. 역시나 그날처럼 노천탕은 작았다. 연인들이 둘만의 밀회를 즐기기엔 그만인 장소였다.

"나도 한 잔 줄래요?"

그녀가 말하자 그가 맥주를 따라 그녀에게 건넸다. 몸은 따뜻한데 시원한 것이 들어가니 기분이 그만이었다.

"어때요? 내 제안이?"

주아는 호준의 안색을 살폈다. 제발 그녀의 제안이 먹혀야 할 텐데 걱정이었다.

"당신을 나에게 주겠다는 건가?"

희망이 보이기 시작했다.

"네, 평생 가져도 좋아요. 다 줄 거니까."

"자신이 그만한 가치가 있다고 생각해?"

"물론이죠."

다른 사람에겐 몰라도 호준에겐 꼭 그래야만 했다.

"김선욱을 그렇게 제거하고 싶나?"

"네."

"좋아."

주아가 그의 목에 팔을 감았다.

"그럼, 우리 약속의 증표가 필요하겠네요?"

그녀는 입술을 호준의 입술에 가까이 댔다. 하지만 키스를 하진 못했다. 호준이 그녀를 살짝 밀어냈기 때문이었다.

"내가 주아를 평생 가져도 된다는 말에 책임을 져야 할 거야."

"전 책임을 질 준비가 되어 있어요."

"그 말 후회하게 될 거야."

"그렇지 않을 거예요."

그가 으르렁거리며 그녀를 빨아대기 시작했다. 쪽쪽 거리는 소리가 요란하게 들릴 정도로 그는 그녀의 입술을 사정없이 공격하고 있었다. 주아도 오랜 기다림 끝에 오아시스를 만난 기분이었다.

역시 그와의 키스는 확실하게 뭔가가 달랐다. 키스만으로도 오금이 저릿할 정도로 강한 쾌감이 들었다. 아마도 육체적인 궁합은 단연 최고인 커플인 것 같았다. 그의 혀가 강하게 그녀의 입안을 휩쓸고 지나갔다. 오랜 목마름은 주아뿐만이 아니었다. 그 또한 다급하게 키스를 하고 있었다.

뭔가 저릿한 느낌이 들어 주아는 더욱 강하게 그의 목을 당겼다. 호준의 젖은 혀를 빨아들이며 주아는 이 미칠 것 같은 키스가 영원하길 바라는 마음뿐이었다. 물 안에서 더욱 빛을 발하는 그녀의 하얀 피부가 오늘은 더 밝은 빛을 내고 있었다.

그걸 그도 느끼는지 자신의 거친 손으로 그녀의 가는 어깨를 쓰다듬었다.

"으으음."

"역시 매끄럽군."

그리웠다는 의미가 담긴 말 같아 주아는 아주 듣기 좋았다. 그가 물속에서 마치 풍선처럼 부풀어 오른 가슴골에 입술을 가져다 댔다.

"핫, 아아앙."

처음엔 저도 모르게 그의 입술이 주는 감촉에 온몸이 으스스 떨렸다. 좋았다. 지금은 그저 비즈니스라고 생각하고 있지만 그녀의 몸은 달아오를 대로 달아올라 있었다. 하지만 호준은 뭔가가 달라졌다.

한없이 부드럽게 그녀를 밀어붙이던 예전의 호준이 아니었다.

"다른 놈들도 이렇게 흥분했어?"

"제 직업이 보여지는 것이니 어쩔 수 없죠. 누군가의 상상이 되는 것까지는 책임질 일이 아닌 것 같아요."

"어제 일에 가담한 놈들은 알아?"

"최 의원이 끼어 있었고 나머진 가면을 써서 얼굴은 모르지만 최 의원을 족친다면 알 수 있겠죠."

한참을 주아의 얼굴을 보던 그의 손가락이 핑크색 유두를 살짝 비틀었다.

"여기도 빨았나?"

의외의 질문이었지만 그가 어제의 일에 굉장히 화가 나 있고 신경을 쓴다는 걸 알았다.

"네, 만지긴 했으니까요."

"이제 기억에서 지워 버려. 내가 그 기억을 지워 줄 테니까."

그의 말을 이해하는 건 얼마 걸리지 않았다. 그녀의 유두를 마치 뽑을 듯이 강하게 빨아들이는 호준 때문에 주아는 진짜 더 이상의 생각은 할 수가 없었다. 그의 물기를 머금은 혀가 그 자리를 강하게 쓸어 올렸다.

노천탕의 물보다 그의 타액이 그녀의 유두 위에 더 많이 흐르고 있었다. 미칠 것 같은 쾌감 때문에 주아는 몸을 비틀었다. 하지만 호준의 강한 팔에 허리가 붙잡혀 이제는 더 이상 꼼짝을 할 수가 없었다.

"이렇게 강하게 해야 놈들의 기억이 사라지지."

그는 마치 그녀의 기억에서 그들의 모든 더러운 짓들에 관한 기억을 뿌리째 뽑아버릴 듯이 강하게 그녀를 빨아대고 있었다.

"아흐훗."

"남자들을 미치게 만드는 몸이야. 하지만 더 이상은 곤란해. 네가 말했듯이 이제 너의 몸은 내 거니까."

그의 손이 그녀의 풍만한 가슴을 쥐었다.

"다른 놈들은 꿈속에서나 상상할 법한 몸이지."

"아흐."

그의 손에 힘이 가해지자 주아의 아랫부분이 완벽하게 젖어 들었다. 지금은 물속이라서 소용없는 일이지만 말이다. 그가 갑자기 주아를 일으켜 세웠다. 그녀의 여성이 정확히 그의 눈앞에 있었다.

"여기도 손을 댔어?"

그녀가 고개를 끄덕이자 호준이 으르렁거리는 소리를 내며 그녀의 한쪽 다리를 노천탕의 가장자리에 올려놓았다. 그리고 주아가 비명을 지를 사이도 없이 그의 눈앞에 훤하게 드러난 여성을 삼켜 버렸다.

"아아아앙."

정신이 혼미해지기 시작했다. 주아는 다리에 힘이 풀리는 바람에 호준의 머리를 손으로 잡았다. 들어올 때까지 그녀는 대단한 마음가짐이었다. 이제는 자신의 모든 것을 걸고 오로지 김선욱에 대한 복수만 하리라고 생각했다.

그런데 한 가지 그녀가 계산에 넣지 못한 것이 있었다. 그건 호준과의 섹스를 그녀도 엄청나게 좋아한다는 것이었다. 몇 개월의 시간이 흐르는 동안 그 파급력을 잠시 동안 잊은 것이 오늘의 최대의 실수였다.

그냥 그가 주아를 보고 반하는 것만 계산에 넣었지 자신이 얼마나 그의 섹스에 흔들릴 것인지는 계산에 넣지 않았다. 명백한 실수였다.

"으으음."

그의 혀가 여성을 반으로 가르자 도저히 서 있기가 힘이 들었다. 그의 혀가 미친 듯이 그녀의 클리토리스를 핥아대고 있었다.

"아흐, 그만."

집요한 그의 혀끝의 움직임에 클리토리스가 뜨겁게 타오르는 것 같았다. 그들의 모습을 누군가 본다면 오롯이 주아만 보게 될 것 같았다. 그는 물속에 앉아 있었고 주아는 지금 자신의 모든 걸 보이며 서 있었다.

"미친."

저도 모르게 입에서 나온 말이었다. 진짜 그들은 미친 것 같았다. 이성이란 존재하지 않고 오로지 본능만이 꿈틀대는 공간이었다.

"아, 거기."

그가 혀로 질 안을 자극하자 극도로 예민해진 주아의 여성이 전기를 일으키듯이 찌릿거리고 있었다.

"여기도 깨끗하게 해 줄지."

그는 어제 그녀에게 있었던 일을 그녀의 기억에서 지우고 싶은 모양이었다.

"네가 원해서 한 일이 아니면 난 상관없어."

그가 불현듯이 이렇게 말을 내뱉었다.

"그건 재수 없이 똥 밟은 거니까. 하지만 네가 원해서 한 거라면 넌 이제부턴 후회하게 될 거야."

"이렇게 하는데 무슨 남자가 있겠어요."

"하긴……."

그의 다른 손이 그녀의 가슴을 다시금 손안에 넣었다.

"섹스로 지칠 때까지 먹어주지."

그의 말에 아랫배가 또다시 찌릿했다. 질 안을 손가락으로 넣어 그녀의 입에서 비명이 터져 나올 때까지 자극을 주었다.

"서로에게 솔직해지는 게 좋지. 주아에게 솔직한 면이 있다면."

"뭘 원하는 거죠?"

"어떤 섹스를 원하는지 말해."

"그럼 해 줄 건가요?"

그가 거친 숨을 내쉬며 그녀의 입술에 가까이 자신의 입술을 대고 아직 수영복을 입은 상태로 그녀를 자신의 페니스 위에 앉혔다. 그의 눈이 그의 코가 그의 입술이 마주 닿아 있었다. 그들은 서로의 눈을 피하지 않고 응시하고 있었다.

그의 눈이 검은색이라고 생각했는데, 가까이서 보니 그의 눈은 갈색이었다. 그 갈색의 눈동자 안에 그녀가 꽉 차 있었다.

"솔직히 말하면 당장 수영복 벗어요."

그녀의 손이 수영복 끝자락에 걸쳐져 있었다.

"그리고."

"빨리 넣어요."

"그다음엔?"

그들의 호흡은 여전히 거칠었지만 말을 하면서 더 거칠어지고 있었다.

"당장 들어……."

그의 입술이 참지 못하고 그녀의 입술을 삼켜 버렸다. 그동안의 키스로도 입안이 얼얼한데 지금은 더 미칠 것 같은 깊고 진한 키스를 하고 있었다. 두 사람의 입술이 타액으로 젖어 들고 있었다. 그의 손은 미친 듯이 자신의 수영복을 벗기고 있었다. 몸에 딱 붙어 있는 데다가, 물 안이라 벗기 힘든지 키스를 하고 있으면서도 욕을 내뱉고 있었다.

그 모습이 웃긴 주아가 그를 도와서 장애물을 벗겨버렸다. 그의 페니스가 물속에서 해방이 되었고 주아의 질 입구에서 멈추었다.

"헉헉, 안 넣고 뭐 해요?"

그의 페니스가 그녀의 질 안으로 정확하게 들어왔다. 그제야 주아는 만족감을 느낄 수 있었다. 그동안의 공백이 왜 그렇게 힘이 들었는지 주아는 알 것 같았다. 사랑하는 마음도 중요하지만 솔직히 이런 자극적인 끌림이 없다면 말짱 도루묵인 것이다.

"아아앙."

그가 넣은 페니스의 크기가 그녀를 둘로 가를 듯한 고통을 주긴 했지만 그래도 호준이 그녀 안에 꽉 찬 것 같아서 만족감이 들었다.

"아흐, 이상해요. 어쩌죠?"

이상한 느낌이지만 짜릿함이 그대로 느껴졌다.

"뭐가?"

"너무 좋아요."

느낌이야 어떻든지 그녀의 기분이 좋았다. 그럼 된 것이었다.

"헉헉, 그런데 그렇게 가버린 거야?"

그가 아직 응어리가 남았는지 한마디를 굳이 했다.

"그렇게 꼭 짚고 넘어가야겠어요."

"난 잊지 않아. 그러니 각오하라고."

힘든 시간은 맞을 것 같았다. 하지만 그 힘든 만큼의 대가가 꼭 있을 것 같다는 생각이 드는 주아였다.

"더 깊이 넣어 줘요."

어떻게 이런 말을 하는지 알 수 없었지만 주아는 자신이 느끼는 대로 편하게 말을 하고 있었다. 그리고 그녀의 손은 그와 연결이 되어 있는 부분으로 살며시 이동했다.

"연결이 되어 있는 상태에서 만져 보고 싶어요."

"뭐?"

"그냥 그렇다고요."

순간 머쓱해진 그녀가 말을 흐렸다. 그러자 그가 주아의 손을 잡아 연결이 되어 있는 부분에서 반쯤 나와 있는 그의 페니스를 잡게 했다.

"이렇게 큰 게 들어가다니 놀라워요. 손에 잡히지도 않아."

그가 그녀의 손을 빠르게 치우더니 움직이기 시작했다.

"더 이상은 말이 필요하지 않을 것 같아."

호준의 움직임이 아주 거세졌다. 그녀도 알았다. 호준이 왜 이러는지. 이건 다 호준이 그녀를 벌주기 위한 행동이었다. 그를 차버린 배신에 대한 응징 같은 것이었다. 그의 섹스는 부드럽지 않았다.

"아아악."

커다란 페니스를 오랜만에 받아들이느라 주아는 힘이 들었지만 그래도 이상하게 좋았다. 물이 첨벙거리며 격한 그들의 몸짓을 대신 말해 주고 있었다. 밝은 태양이 이렇게 내리쬐는 오전에 노천탕의 섹스는 아마도 길이 기억될 것 같았다.

"집 안에 우리 둘뿐인가요?"

거친 숨을 몰아쉬며 주아가 물었다.

"헉헉, 아니."

호준은 별로 신경 쓰이지 않는다는 투로 말하고 있었다.

"아, 유신 씨?"

유신은 들어 올 때 봤으니 별문제는 없을 것 같았다.

"옷을 벗을 땐 아무 상관하지 않은 것 같던데?"

"상관없어요. 갑자기 궁금해서."

"헉헉, 그래? 한 열 명쯤?"

순간 온몸이 얼어붙은 주아였다. 농담이길 바랐지만 그의 얼굴은 진지했다.

"농담이죠?"

"아니, 정확하게 12명 있어."

그가 노천탕의 사이드를 잡고 주아를 더욱 맹렬하게 공격하기 시작했다.

"거짓말 말아요."

"난 거짓말 안 해. 이렇게 만든 건 주아지 내가 아니야. 어제 집에서 파티가 있었어. 코리안 시리즈 우승 기념 파티지."

맞다. 어제 코리안 시리즈가 끝이 나는 날이었다. 그리고 뒤풀이 후에 이 집으로 선수들이 모인 것 같았다.

"하지만 미리 말해 줄 수 있지 않았어요?"

"말했다면 이렇게 되지 않았을까?"

"아뇨."

그렇진 않았을 것이다. 이렇게 하기 위해 그녀는 만반의 준비를 하고 왔으니까. 그녀의 대답을 들은 후에 그는 웃으며 그녀의 입술에 키스를 했다.

"확실히 자신이 원하는 걸 말하니 좋아."

호준의 얼굴에 물인지 땀인지 구별할 수 없는 액체가 흘러내리고 있었다. 그의 이마엔 오늘따라 힘줄 하나가 툭 튀어나와 그의 강한 인상을 더 강하게 만들었다.

"우리가 과연 처음처럼 좋을 수 있을까?"

"……."

"난 불가능할 거라고 봐."

주아는 아무런 말을 하지 않았다. 처음부터 그와 다시 좋아질 거라곤 생각하지 않았으니까 말이다. 하지만 확실한 건 그의 마음은 어떨지 몰라도 그녀의 마음은 지금 들어올 때와는 상당히 달랐다.

"으으윽."

그의 입에서 신음이 터져 나오고 있었다. 그도 몸만큼은 솔직한 것 같았다. 그녀를 거부할 수 없는 몸이었다. 그의 마지막 포효가 끝이 나고 그들은 한동안 말없이 노천탕에 앉아 있었다.

"일어나. 옷 입어."

"가라는 건가요?"

"아니, 밥 먹자고 배고파."

그가 자리에서 일어나 타올로 몸을 감쌌다. 그리고 그녀에게 타올 한 장을 건네주었다. 그리고 주아가 옷을 다 입을 때까지 의자에 앉아 그녀를 말없이 보았다.

"어제 그런 일이 있었는데 오늘 오다니 놀라운데?"

"분노가 조금이라도 더 타오르고 있을 때 오고 싶었어요."

"경찰에 고발하고 다른 문제를 처리해도 좋을 것 같은데?"

"성범죄 형량은 너무 적어요. 그 인간들은 더한 벌을 받아야 해요. 그리고 최 의원이나 거기 앉아 있던 대기업 오너 분이 가만히 두지는 않을 것 같았고요."

"왜 나지? 난 운동선수에 지나지 않는데?"

"인맥이 장난이 아니란 소린 들었어요. 연예계 쪽은 분명히 시끄러운 게 싫으니까 김선욱 편을 들 게 뻔해요. 난 다른 방면의 사람들이 필요해요."

"나도 조건이 있어."

"뭔데요?"

"가수 그만둬."

이 정도는 충분히 예상하고 있었다. 그가 만약에 이 얘기를 안했다면 서운할 뻔했다. 어떤 남자가 자기 여자를 그렇게 함부로 굴리는 곳에서 계속 일하게 하겠는가 말이다.

"그럴게요. 그런데 한 가지 부탁이 있어요."

"뭐지?"

"제 매니저 좀 당신 밑으로 두면 안 될까요? 제가 그만두면 걔 당장에 갈 곳이 없어요. 김 사장이 가만히 두지 않을 것 같아서요. 연정이는 우리 언니랑 헤어숍을 하게 하려고요."

"그러지. 나도 로드 매니저가 필요한 참이었고 그 친구 아주 마음에 들어. 이제 이야기는 다 끝났나?"

"네."

그가 앞장서서 안으로 들어갔다. 그가 왜 아무렇지 않게 노천탕에서 그녀와 섹스를 했는지 알 것 같았다. 선수들은 술이 떡이 돼서 거실 여기저기 운동 기구에 걸쳐져 있었다. 이건 뭐 완전히 헬스장에서 하는 회식 같았다.

"아주머니 저희 밥이요."

식사를 해 주시는 아주머니가 계셨다. 아주머니는 그녀를 보고는 완전히 당황하셨다.

"주아……."

"안녕하세요."

주아는 조금 뻘쭘했지만 아주머니가 차려준 아침 식사를 널브러진 선수들과 함께 먹었다. 오후가 돼서야 선수들은 그녀와 인사를 나누었다. 호준은 그 뒤로 별다른 말이 없었고, 주아 또한 그에게 더 이상의 말은 하지 않았다.

8. 공공의 적

    아침부터 선욱의 개인 핸드폰에 불이 나기 시작했다. 어제 가짜 경찰에게 속아 모두가 꽁지 빠지게 도망갔다는 말이었다. 최 의원은 어떻게 된 일이냐며 그에게 물었지만, 그로서도 알 수 없는 일이었다.

    최 의원에겐 주아의 입단속을 잘 시키겠다는 말을 하고는 전화를 끊었다. 그리고 주아에게 전화를 걸었다. 거사를 치르고 도망을 간 건지 아니면 다친 건지 물어봐야 했다. 그가 핸드폰을 들자 성희가 약에 취해 그의 페니스를 잡았다.

    "가만히 좀 있어."

    "싫어."

날이 갈수록 약에 취해 사는 성희였다. 약을 좀 조절을 하면서 먹여야 하는데 제정신이 돌아오면 그의 곁을 떠날 것 같아서 그는 성희가 원하는 대로 약을 주었다. 그게 선욱이 사랑하는 방법이었다. 그는 절대로 성희를 놓아주지 않을 것이다. 하지만 지금은 성희를 신경 쓸 여력이 없었다.

"저리 가."

그는 성희를 밀어내고 주아에게 전화를 걸었다.

"전화를 안 받아?"

벌써 수십 통을 했음에도 불구하고 주아는 전화를 받지 않았다.

"아이씨, 미친년. 그런다 이거지."

그는 성질을 참지 못하고 수호에게 전화를 걸었다.

"어디야?"

[오늘 쉬는 날이라서 집입니다.]

그랬다. 어제 주아를 별장에 데려다 놓고 오는 길에 그는 수호에게 오늘은 쉬라고 했었다.

"일정이 바뀌었으니까 주아랑 출근해."

주아 년의 얼굴을 보고 이야기를 해야 했다.

[한 달 만에 쉬는 거라 지금 주무실⋯⋯.]

"자긴 뭘 자? 얼른 연락해서 데리고 와."

수호와 전화를 끊은 그는 출근 준비를 하고 있었다.

"다녀올 테니까 제발 좀 얌전히 있어."

정신이 반쯤 나간 성희를 두고 그는 집을 나섰다. 여느 때와 다름없는 출근길인데 선욱은 오늘따라 왠지 좀 싸한 기분이 들었다.

"이상하네."

이런 생각을 하며 그는 사무실에 출근했다. 박 실장이 그에게 정중하게 인사를 했다. 그의 오른팔인 박 실장은 업무 능력이 뛰어난 사람이었다.

"드릴 말씀이 있습니다."

"들어와."

박 실장이 들어오자 선욱의 비서가 커피 두 잔을 가지고 들어왔다.

"무슨 일이야."

커피에 설탕을 듬뿍 넣으며 선욱이 물었다.

"검찰에서 우리 쪽도 수사가 들어오는 것 같습니다. 우리 쪽 걸그룹 중에 지난번에 탈퇴한 아이가 말썽입니다."

"못해서 잘린 것들이 아주 끝까지 속을 썩여."

"그래서 말인데 주아 씨 쪽도 문제가……."

주아란 말에 선욱은 뜨끔했다.

"주아가 왜?"

"지난번 최 의원 문제도 있고 이번에 최 의원이 원내 대표가 되면서 도덕성 문제가 다시 수면 위로 올랐습니다."

역시 말들이 많은 언론사들이었다.

"박 기자에게 연락해."

"박 기자가 문제가 아닙니다. 지금 검찰 쪽이 더 문제……."

"알았으니까 나가 있어."

어차피 검찰이 조사는 수박 겉핥기일 수밖에 없다. 증거가 없으니 말이다. 하지만 언론은 틀렸다. 이미지가 생명인 연예인들을 한 방에 훅 가게 만들 수 있기 때문이었다. 일반인들과 연예인들은 틀렸다.

그리고 그런 연예인들과 더불어 사는 기획사들은 더 타격이 심했다. 문 닫는 건 시간문제였다.

박 실장을 내보내고 아는 기자들과 전화 통화를 하면서 정보를 얻은 선욱은 아직 그에게까지 조사가 미치지 않았음을 여우처럼 눈치채게 되었다.

"그런데 왜 이 자식은 연락이……."

박 실장이 놀란 눈을 하고 들어섰다.

"우린 괜찮으니까 걱정하지……."

"그게 아니라 주아가 우리와 계약을 하지 않고 연예계 은퇴를 한답니다."

완전히 한 방 맞은 표정으로 박 실장을 보았다.

"누가 그런 헛소리를 해."

"방금 인터넷에 떠서 지금 검색어 순위 1등입니다."

"그럴 리가……."

그는 모니터에 뜬 인터넷 기사들을 보고는 두 눈이 아주 커진 상황이었다.

"뭐야, 누가 계약 해지한데? 빨리 주아 데리고 와."

어제의 일로 주아가 꼭지가 돈 모양이었다. 하지만 돈도 궁한 주아가 그런 일로 은퇴까지 하리라고는 생각지 못했었다.

"전화를 아무리 해도 연락이 안 됩니다."

"언니는?"

"언니 쪽도 전화를 받지 않습니다."

선욱이 자리에서 일어났다.

"어디 가십니까?"

"집으로 가야지. 그럼 앉아서 당해?"

"죄송합니다."

선욱은 자신의 애마인 벤츠에 올라 주아의 집을 향해 달리기 시작했다.

"이 미친년이 어제 일에 독기가 올라 아주 지랄이구만."

솔직히 어제의 일은 그동안 주아에게 당한 것에 대한 일종의 보복 같은 것이었다. 물론 주아가 그에게 돈을 벌어 준건 사실이었지만 소속사에서 가장 말을 듣지 않는 가수였다. 그런 주아에게 마음고생을 한 대가가 돈일 수밖에 없었다.

하지만 이제는 그의 스트레스가 되어버린 주아는 돈이 문제가 아니었다. 버릇을 고쳐야 했다. 그래서 주아가 가장 싫어하는 일을 시킨 것이다. 그런 모임에 나가는 아가씨들은 따로 있었다. 솔직히 여럿을 상대하거나 가학적인 섹스를 할 때는 전문적인 아가씨들을 보내는데, 어제는 상대가 높은 사람들이기 때문도 있지만 주아를 길들이기 위한 것이었다.

솔직하게 그들이 아가씨를 죽이는 모임은 아니었다. 관음증에 여럿이 하는 섹스를 원하긴 했지만 가학적인 섹스는 하지 않았다. 그런데 그걸 가지고 이 난리를 치다니 선욱이 오히려 더 열이 받았다.

주아는 길들이기 힘든 가수였다. 열을 내며 운전을 하다 보니 주아의 집이었다. 그가 차에서 내리려고 하자 기자들이 벌써 와서 진을 치고 있었다.

"이런 제장."

그는 다시 주아의 집으로 전화를 걸었지만 받지 않았다. 아직 정산을 볼 게 남아 있으니 연락이야 되겠지만 그래도 이건 정말 아니었다.

"지가 어떻게 나한테 이럴 수가 있어."

오히려 더 열이 받은 그는 다시 수호에게 전화를 걸었다.

"어디야?"

[아직 누나와 연락이…….]

"뭐? 빨리 알아봐."

[네.]

수호에게도 연락을 안 하고 일을 터트린 모양이었다.

"미친년."

그는 다시 운전대를 잡고는 사무실로 향했다. 도대체 주아는 어디에 있는 건지 알 수가 없었다.

그러는 와중에 그의 핸드폰은 지금 완전히 불이 난 상황이었다. 주아의 은퇴가 어떻게 된 일이냐며 난리 그 자체였다.

"아이씨!"

선욱은 지금 머리가 터질 지경이었다.

"집 구할 때까지 여기에 머무시면서 집을 새로 알아보세요. 안 그러면 시끄러워서 못 견디실 겁니다."

유신이 윤수를 보며 정중하게 이야기를 했다. 말주변이 없는, 아니 말하면 사람들이 무서워하는 호준을 대신해서 그가 대신 말하는 것이었다. 언론에 갑작스럽게 주아의 은퇴 사실을 발표하기 전에 호준을 대신해 유신이 윤수와 그녀의 딸 진서, 그리고 연정이까지 호준이 집으로 불러들였다.

"집은 이미 알아봤어요. 서울은 살기 힘들다고 주아가 시골에
도 전원주택 하나를 마련했거든요. 시골은 아니고 판교에요. 그리
고 거기에 헤어숍을 작게 차리려고요. 내년에 가려고 했는데 좀
빨라진 거죠."

별로 걱정하는 눈치는 아니어서 다행이었다. 유신의 시선이 자
꾸만 윤수를 향했다. 주아가 굉장히 화려하게 생겼다면 윤수는 반
대로 굉장히 단아하게 생긴 외모의 소유자였다. 유신은 자신도 모
르게 윤수를 자꾸만 힐끔거리며 보게 되었다.

"아저씨."

그의 맞은편에 앉아 있던 진서가 유신을 불렀다.

"어?"

엄마와 이모를 닮아 진서도 연예인을 할 만큼 예쁘게 생긴 아이
였다.

"왜 우리 엄마 자꾸 봐요?"

진서의 질문에 유신은 당황했다.

"내가? 언제?"

"진서야, 그렇게 버릇없이 구는 거 아니야."

엄마의 말에 예쁜 눈을 가진 진서가 새침하게 고개를 돌렸다.

"죄송해요. 우리 진서가 조금 직선적이라서……."

"아닙니다. 제가 말을 할 때 사람을 좀 빤히 바라보는 스타일이라서 진서가 오해했나 봅니다."

자신의 행동을 들킨 민망함을 이렇게 둘러댔다.

"그런데 집이 완전히 체육관 같아요."

"우리 강 선수는 운동밖에 모릅니다. 하지만 주아 씨 만나고 많이 변했습니다."

"좋은 일인 거죠?"

"선수로서는 좋을 게 없지만, 남자로서는 좋은 일이죠."

솔직한 마음이었다. 호준에게 이렇게 말하면 아니라고 길길이 뛰겠지만 지금 호준은 사랑을 하고 있는 게 분명했다. 호준의 눈빛만 봐도 유신은 알 수 있었다.

"1층은 이래도 2층엔 손님들이 쓰실 방이 많이 있으니까 걱정하지 마세요."

"감사합니다."

"그런데 김 회장이 우리한테 한 번은 찾아올 텐데 어쩌죠? 그 사람이 너무 무서워서……."

"걱정하지 마십시오. 제가 지켜 드리겠습니다."

"왜요?"

옆에 이제까지 가만히 있던 연정이 그에게 물었다.

"아니, 그러니까 호준이 그러라고 해서요."

"아."

자신도 왜 윤수에게 이렇게 친절하게 구는지 알 수 없었다. 윤수는 이혼녀에 아이까지 있고 거기에 그보다 네 살이나 많은 여자였다. 유신은 자신의 머리를 흔들며 정신을 차리기 위해 애를 썼다.

2층으로 윤수 일행을 보낸 유신은 아직 1층에 남아 있는 호준과 주아에게로 향했다.

"내용 설명하고 모두 올려보냈어."

"고맙다. 수고했어."

호준은 주아와 함께 운동 기구 위에 앉아 있었다. 말을 하면서도 호준은 습관적으로 기구로 운동을 하고 있었고, 주아는 요령껏 호준의 운동에 방해가 되지 않게 앉아 있었다. 유신의 생각에 둘은 어울리지 않는 듯 참 잘 어울리는 커플이란 생각이 들었다.

"다음은?"

"다음은 수호에게 들은 이야기가 있어."

"뭔데?"

"선욱이 마약을 한다는 것과 지하 녹음실에 누군가 있다는 거야."

"그래서?"

"오랫동안 나름 대로 증거를 모았는데 결정적인 건 그 안에 들어가서 확인을 할 수가 없었던 거지. 6개월 동안이나 확인하려고

애썼지만 지문으로 들어가는 문이라서 실패했나 봐."

호준이 전화기를 들었다.

"검찰 총장님, 안녕하십니까? 강호준입니다."

인맥의 끝판왕인 호준이었다. 야구를 사랑하는 사람들이 우리 나라엔 넘쳐 났고 그를 좋아하는 팬층은 다양했다.

"잘 지내시죠? 이번에 막내 아드님이 고교 야구팀 에이스라고 들었습니다만……."

그랬다. 이번 검찰총장의 세 명의 아들 중에 2명은 법조인이고, 막내아들은 늦둥이인데 운동을 한다고 들었었다. 그런데 그게 야 구였다.

"제가 한번 가서 봐주려고요."

이건 완전히 가문의 영광인 것이다.

"그런데 누가 저에게 제보를 했는데 연예인 소속사 대표가 마 약을 하고 사무실에 사람을 감금했다고 해서요. 김선욱이라고 빛 나라 엔터 대표요."

호준이 차분하게 자신이 원하는 걸 말하자 유신은 입을 벌리고 그를 바라보았다. 한 번도 그는 누군가에게 부탁이란 걸 한 적이 없었다.

어머니가 입원했을 때도 병원장이 직접 병실을 찾아와서 자신 의 입으로 열심히 치료하겠다고 말했지 호준이 직접 저렇게 나서서 말한 적은 없었다. 하여튼 주아와 얽힌 일들의 대부분은 호준답지 않은 면이 많았다.

"감사합니다. 일간 찾아뵙겠습니다."

전화를 끊은 호준의 모습을 넋 놓고 보고 있는 유신을 호준이 보고 있었다.

"왜?"

"너 같지 않아서."

남에게 아쉬운 소리를 한 적이 한 번도 없는 호준이었다.

"그래?"

그냥 그의 말을 웃어넘기며 그는 주아에게 자신을 믿고 따르라는 말만 했다.

"유신아, 당분간은 좀 살살 하자."

운동 스케줄을 좀 줄이라는 표현이었다. 시즌이 끝이 나면 대부분의 선수들은 휴식기에 들어가지만 호준은 그렇지 않았다. 더욱더 강도 높은 개인 훈련에 들어갔다. 하지만 가끔 TV출연이나 행사가 있으면 훈련을 유연하게 조정했다.

물론 아주 특별한 일이 아니고서는 훈련을 쉰 적은 없었다. 지독한 녀석은 어머니 수술 날에도 스트레칭을 하고 갔었다.

"알았다."

친구가 변하는 모습이 조금은 낯설긴 했지만 이제 좋은 짝을 만날 때라는 걸 그는 알고 있었다.

　선욱은 오랜만에 지하에 있는 작업실로 들어왔다. 오늘은 성훈의 노래를 추려서 새로운 걸그룹에게 줄 곡을 작업해야 했기 때문이었다. 계획은 그랬는데 주아가 갑자기 은퇴 선언을 하는 바람에 그의 머리가 뒤죽박죽이었다.

　"연락이 없어?"

　그러고는 완전히 외부와는 연락 자체를 끊어버린 주아였다.

　"배고파."

　"거기 김밥 있잖아."

　여전히 성훈은 속 터지는 소리만 하고 있었다.

　"김밥 없어."

　그러고 보니 그의 사무실에 그냥 두고 온 모양이었다.

　"김밥 없다고."

　성훈이 울려고 하고 있었다. 오랫동안 햇빛을 못 봐서인지 성훈의 피부는 점점 더 하얗게 변하고 있었다. 이젠 서번트 증후군 환자라기보다는 백색증 환자가 되어 가는 느낌이 들었다.

　"알았어, 기다려 가져다줄게."

　몇 년 쓰다가 버리려고 했는데 성훈의 곡은 아주 뜨거운 반응이었다. 그의 저작권 수입은 매년 1위였고 그는 성훈을 놓을 수가 없었다. 신경질은 났지만 지금은 그 어떤 때보다 정신을 집중해야 할 때였다.

"에이, 미친놈."

그때였다. 사무실로 남자들이 들어와 박 실장에게 뭔가를 내미는 장면이 목격되었다. 영장 같은 느낌이 확 들었다. 다행히 그들은 아직 선욱을 발견하지 못했다.

"어쩌지."

지금은 생각보다는 행동이 먼저였다. 재킷을 챙기고 지갑과 차키, 핸드폰을 빠르게 챙긴 그는 이럴 때를 대비해 만들어 두었던 비밀 문을 이용해서 밖으로 나가는 데 성공했다.

그는 경찰들의 눈을 피해 자신의 차에 오른 후에 집으로 향했다. 차 안에는 여권이나 해외로 도주할 때를 대비해서 챙겨둔 것들이 있긴 했지만, 결정적인 돈은 집에 있었기 때문이었다. 그는 차를 근처에 두고 걸어서 집까지 갔다.

다행히 경찰들은 없었다. 그는 집 안으로 들어가서 여전히 뻗어 있는 성희를 뒤로하고, 도피 자금을 금고에서 꺼내 자신의 차로 와서 부산 쪽으로 차를 돌렸다. 일단은 가면서 머리를 정리해야 할 것 같았다.

갑작스러운 일이라서 미처 준비하지 못한 상황이었다.

"여보세요? 최 의원님 접니다."

"툭!"

전화가 갑자기 끊어져 버렸다. 선욱과 거리를 두고 싶은 모양이었다. 선욱은 핸드폰을 조수석으로 신경질적으로 던져 버렸다.

"네들 이러다간 큰코다친다."

그가 입만 연다면 바닥으로 추락할 인간들이 너무나 많았다. 그들은 선욱이 얼마나 많은 은밀한 비밀들을 알고 있는지 모르는 것 같았다.

"알았어. 날 이렇게 토사구팽시킨다 이거지?"

위치 추적이 될 것 같아 그는 휴대 전화를 끄고 인천으로 차를 돌렸다. 근처에 있다가 여차하면 다른 나라로 뜰 작정이었다. 그는 라디오를 틀었다. 라디오에 그에 관한 이야기는 아직 흘러나오지 않았다. 인터넷을 봐야 하는데 지금 그의 차명 폰은 다 옛날 디자인들이라서 인터넷이 되지 않았다.

그는 박 실장의 명의로 된 핸드폰으로 박 실장에게 전화를 걸었다.

"여보세요?"

[회장님, 어딥니까? 아주 난리가 났습니다. 경찰이 다 압수해 갔어요. 약도 발견이 되고 안에 있던 사람까지…….]

성훈이 발견된 모양이었다.

"그래서?"

[저도 지금 경찰서에 와 있습니다. 기자들이 얼마나 왔는지 아주 난리 통입니다.]

"모른다고 해."

[알겠습니다.]

"그런데 경찰은 어떻게 알고?"

"제 생각엔 서주아 씨가 은퇴를 선언하면서 경찰에 흘린 모양입니다. 서주아 씨 말고 회장님과 척을 둔 사람은 없지 않습니까?"

전화를 끊고 그는 손톱을 깨물었다. 아직 박 실장은 그의 편인 게 분명했지만 많은 사람들이 그에게 등을 돌릴 게 분명했다.

"서주아, 네가 끝내 내 뒤통수를 쳐!"

마지막 그가 너무 주아를 약을 올리긴 한 모양이었지만 그래 봤자 그는 김선욱이었다. 서주아가 건드릴 만한 그렇게 만만한 인간이 아니었다.

선욱은 일단 사람들의 눈을 피해 인천에 있는 아는 동생의 집에 몸을 숨기기로 했다. 조금 있으면 수배령이 내려질 거고 재수가 없으면 공개 수배령이 내려질 수도 있는 상황이었다.

선욱에게 약을 대주는 공급책이기도 한 동생은 절대로 그의 위치를 발설할 수가 없을 것이다. 왜냐면 그가 잡힌다면 자신도 마약 판매책으로 잡혀 들어갈 것이기 때문이었다.

"형."

그를 보고는 동생이 소스라치게 놀랐다. 그곳을 찾아올 사람이 아니었기 때문이었다. 장난감 인형공장을 운영 중인 동생 규식은 인형을 파는 게 주된 목적이 아니었다.

"여긴 어떻게……."

규식은 놀란 얼굴을 숨기지 않고 물었다.

"숨을 곳이 필요해."

선욱은 당당하게 요구했다.

"형, 그건 우리가……."

"안 그러면 너도 걸고넘어갈 거야."

선욱을 인형을 보관하는 창고에 숨겨준 규식은 당분간은 이곳에서 나오지 말라고 했다. 커다란 창고 안에는 컨테이너 방과 작은 화장실이 전부였다. 춥기는 왜 그렇게 추운지 온몸이 떨리고 있었다. 난로가 있기는 했지만, 몸을 데우기엔 충분하지 않았다. 다행히도 사무실로 쓰던 공간이라서 노트북이 있었고 와이파이가 잡혀서 인터넷 접속도 가능했다. 그는 오늘의 뉴스를 검색하기 시작했다.

온통 그에 관한 기사가 도배를 이루었다. 회사에서 성훈이 밖으로 나오는 장면과 다량의 마약이 발견되었다는 기사도 있었고 그의 집에서도 다량의 마약과 성희가 발견되었다는 내용이었다.

그를 납치와 마약, 그리고 강간 등의 혐의로 공개 수배 중이라는 내용이었다.

"젠장."

선욱은 인터넷 기사를 보면서 이를 갈았다.

"반드시 죽여 버리겠어."

선욱은 몸을 부르르 떨며 자신의 죄를 반성하는 대신, 주아에 대한 복수를 다짐하고 있었다.

깊은 밤 주아는 호준의 2층 거실에 서서 밖을 바라보고 있었다. 며칠을 긴장 속에 살았더니 몸살 기운에 으스스 몸이 떨리고 있었다. 사흘이 흘렀지만 선욱의 소식은 그 어디에도 없었다.

"뭘 그렇게 생각해?"

"언니."

언니 식구들은 아직 호준의 집에 있었다. 비단 언니뿐 아니라 수호와 연정이도 이곳에 있었다. 아직 선욱이 잡히지 않았기 때문에 위험하다고 판단한 호준이 집 밖에 나가는 걸 허락하지 않았다.

"설마설마했는데 김선욱이 그렇게 무서운 인간인 줄 몰랐어. 지금도 그 생각을 하면 소름이 끼친다."

"나도. 아주 질적으로 떨어지는 인간이라고 생각하긴 했지만 그렇게 싸이코패스 같은 인간일 거란 생각은 못 했어."

주아도 언니의 말에 맞장구를 쳐주었다. 그리고 그건 진심이었다. 주아를 왜 그런 변태적인 모임에 데려갔는지도 이제야 알 것 같았다. 돈이면 다른 사람이 어떻게 되는 상관이 없는 인간이었다. 인간이 아닌 짐승이었다.

그런 김선욱과 12년을 일했다는 게 스스로도 대견할 지경이었다. 따지고 보면 그녀는 12년을 위험 속에서 잘 버틴 것이었다.

"너는 괜찮았어?"

"어?"

"이상한 일을 당한 건 아니고?"

"……."

"언니한테 솔직하게 말해 그리고 이번엔 김선욱이 잡히면 빛을 못 보게 만들어야 해."

"언니."

"네 옆엔 가족이 있어. 그리고 강 선수도 있잖아. 진짜 널 아끼는 것 같더라."

언니가 아는 게 다가 아니란 말을 해 주고 싶었다. 하지만 그럴 수 없었다. 호준은 이제 그녀의 실질적인 주인이 된 것이었다. 김선욱이 서류상의 주인이었다면 이제 호준은 그녀의 모든 면에서 주인인 것이었다.

"맥주 한 잔 할까?"

"아니."

"강 선수는?"

"유신 씨하고 무슨 볼일이 있다고 했어. 늦을 거야. 그러니까 언니는 먼저 들어가서 자."

"알았어."

언니가 들어가고 한참이 지나도 주아는 그 자리에 서서 밖의 풍경을 보고 있었다. 2층에서 보는 호준의 집 정원은 일반 정원이 아니라 학교 운동장 같은 느낌이었다. 잔디밭에 트랙이 깔린 운동장은 그가 얼마나 노력하는 선수인가를 말해 주고 있었다.

주아와 호준은 같은 방을 쓰고 있진 않았다. 호준의 옆방을 주아가 쓰고 있었고 그 옆에는 윤수 언니와 진서. 그 맞은편 방은 연정이가 쓰고 끝 방은 수호가 쓰고 있었다.

2층에는 주방은 없었지만 바와 거실이 있어서 손님들이 생활하기에 불편함은 없었다.

오전에 아주머니가 오셔서 음식까지 다 만들어 주시고 청소하는 업체에서 일주일에 한 번 대청소를 하고, 나머진 가정부 아주머니가 해 주셨다. 특별히 그녀가 할 일은 없었다. 진짜 휴식다운 휴식을 취하긴 하는 데 마음이 편진진 않았다.

그래서 내일은 호준의 어머니, 병문안을 가볼 생각이었다. 호준은 아직 집 밖으로 나가지 말라고 하는데 그녀의 마음이 무거워서 견딜 수가 없었다.

그때였다. 1층의 정원을 호준이 걸어 들어오는 게 보였다. 그녀의 창 앞에서 호준이 걸음을 멈추더니 주아를 올려다보았다. 오랜만에 명품 슈트를 걸친 그는 야구복을 입었을 때와는 다른 모습이었다. 오늘은 마치 패션 광고를 찍고 온 모델 같은 모습이었다.

"멋지네."

저도 모르게 중얼거리는 그녀와 호준이 시선은 여전히 얽혀 있었다. 워낙 큰 키라서 그런지 그가 1층에 있었지만 바로 옆에서 보는 느낌이었다. 잠깐 딴생각을 하는 사이에 그가 사라졌다. 아마 집 안으로 들어온 모양이었다.

주아는 내려가서 그를 맞이할 생각이었지만 그가 더 빨랐다. 그녀가 2층 계단 쪽으로 갔을 때 그는 벌써 2층에 다 올라와 있었다.

"다녀오셨어요?"

"응."

별말은 없었지만 둘 사이엔 어색한 기운이 흐르고 있었다. 노천탕에서 뜨거운 사랑을 나눈 후부터 그들은 대화가 거의 없었다. 식구들이 바로 들어왔고, 김선욱 사건이 터지면서 둘은 서로 이야기를 나눌 시간이 없을 만큼 바빴다.

"오늘은 달라 보여요."

솔직한 말이었다.

"CF 촬영이 있었어."

"아."

갑자기 머릿속에 그가 모델처럼 포즈를 취하는 장면이 떠오르고 있었다.

"수호는 유신이가 데리고 갔어. 둘이 할 이야기가 많은가 봐."

유신의 밑으로 수호가 들어갔다. 호준의 엔터 쪽 일은 수호가 맡아서 하고 스포츠 쪽은 유신이 계속해서 맡기로 했다고 했다. 그동안은 호준이 귀찮아서 방송 쪽의 일은 안 했는데 이제 수호가 들어옴으로써 방송 쪽에 섭외도 많이 들어올 것 같다고 했다.

"밥은 먹었어요?"

"응."

시간이 12시가 넘었다. 밥을 먹을 시간은 아니었지만 특별하게 할 말이 없어서 그녀가 물은 것이었다.

"쉬세요."

"알았어. 주아도 쉬어."

그는 무덤덤하게 그녀의 옆을 스치듯이 지나갔다. 주아는 서운한 마음이 들었다. 그래도 한집에 있는데 조금은 부드럽게 대해 주었으면 좋겠다는 생각이 들었다. 주아도 자신의 방으로 들어와서 잘 준비를 했다. 가운을 벗고 슬립 차림으로 주아는 침대에 누워 잠을 청했다.

불을 끄자 왠지 마음이 불안해졌다. 가위에 눌릴 것처럼 무서운 마음이 들어 주아는 불을 다시 켰지만 불을 켜면 잠을 못 자는 까

닭에 그녀는 베개를 들고 언니의 방으로 갈 생각을 했다. 어쨌든
지 잠을 자야 하니까 말이다.

베개를 들고 방을 나와 언니의 침실로 가서 문을 열었는데 방문
이 잠가 있었다. 그건 연정의 방도 마찬가지였다. 주아는 이대로
방에 들어간다면 뜬눈으로 밤을 샐 것 같았다. 생각다 못한 주아
가 그의 방문 앞에 섰다.

매번 염치없이 신세를 지고 있으니 한 번 더 신세를 진다고 해
서 달라질 건 없을 것 같았다.

철컥!

다행히 그는 문을 잠그고 있지 않았다. 방을 보니 아무도 없었
다. 샤워 소리가 나는 걸 보니 그는 지금 욕실에 있는 모양이었다.
주아는 자신도 모르게 그의 침대 안으로 들어가서 누웠다. 그래도
이 침대는 익숙한 침대였다.

포근한 소재의 침대보 안으로 쏙 들어간 주아는 염치가 없지만
잠을 청했다. 자고 있는데 밀어내지는 못할 거란 생각이 들었다.

"참 뻔뻔해."

그녀는 스스로에게 이렇게 말을 하고는 눈을 감았다. 그런데 참
이상하게 잠이 스르르 왔다. 언제 잠이 들었는지도 모르게 그녀는
그렇게 남의 침대에서 잠이 들어버렸다.

툭툭!

샤워를 마치고 머리를 수건으로 말리며 침실로 들어온 호준은 불을 끄고 침대에 누우려다가 깜짝 놀라 자리에 멈춰 섰다. 자신의 침대 위에 주아가 누워서 잠을 자고 있었다. 호흡이 고른 걸 보니 잠이 든 게 분명했다.

"어이도 없고 염치도 없고."

그는 이렇게 말을 하며 침대의 중앙을 차지하고 있는 주아를 슬쩍 옆으로 밀었다. 그리고 그 옆에 등을 돌리고 누워 잠을 청했다.

"참 별난 성격이야."

그는 구시렁거리기 시작했다. 시즌 중이었다면 그녀를 깨워서 방으로 돌려보냈을 것이다. 그만큼 컨디션이 중요하기 때문이었다. 하지만 지금은 시즌도 아니었기 때문에 굳이 자는 사람을 깨우고 싶지 않아서 옆으로 밀어내 그의 자리만 확보했다.

눈을 감았지만 잠이 쉽게 오지 않았다. 그의 뒤에서 세상모르고 잠을 자는 미녀 때문에 그러기도 했지만, 오늘 하루 종일 그가 경찰서에 가서 들은 얘기는 기막힘 그 자체였다.

"후~."

그는 오늘 일을 이 한숨으로 다 표현해내고 있었다. 아침에 일어나자마자 그는 유신과 함께 경찰서부터 들렸다. 오후에는 CF의 추가 촬영이 있어서 오전에만 시간이 있었기 때문이었다.

그가 경찰서 안에 들어서자 조용하던 경찰서가 술렁이기 시작했다. 슈퍼스타의 등장에 모두가 놀란 것이었다.

"여긴 무슨 일로······."

강력팀 이 실장이 놀란 얼굴로 그를 맞이했다.

"김선욱 사건 때문에 왔습니다."

"아, 예."

그가 주아의 남자친구임은 세상이 다 아는 사실이었다.

"앉으세요."

의자를 직접 그에게 가져다준 팀장이 직접 그에게 사건의 전말을 브리핑해 주었다. 옆에서 듣고 있던 수호의 입술에 경련이 이는 게 보였다. 아마 사람 같지 않은 그의 행동에 놀란 것 같았다.

"그의 사무실에 있던 남자는 어떻게 됐습니까?"

"아 성훈 씨는 어머니께서 보호하시겠다고 데리고 가셨습니다. 도박 중독에 걸린 아버지가 선욱에게 돈을 받고 판 모양입니다. 성훈이라는 남자는 계속 거기서 학대를 받으며 작곡만 한 것 같아요. 서번트 증후군인가 뭐 그런 병을 앓고 있다고 하더라고요."

아주 기가 막힌 상황이었다.

"성희는요?"

옆에 있던 수호가 성희라는 여자에 대해 물었다.

"지금 병원에서 약물치료 중입니다. 거기다가 보호자가 없어서……."

"성희가 누구야?"

그가 수호에게 물었다.

"빛나라 소속사의 배우입니다."

"거긴 가수만 있는 회사 아니야?"

"몇 안 되는 연기자죠. 그런데 어느 날 그만두고 나갔다고 김선욱이 그랬는데 자신의 집에 감금시켜 놓았던 겁니다. 짐승 같은 놈."

"진짜 짐승 같은 짓은 거기서 이루어졌지만, 아직 조사 중이어서 다음에 알려 드리죠."

팀장은 친절하게 그가 묻는 말에 거의 다 대답해 주었다.

"마약 하고 감금밖에 혐의가 없습니까?"

"현재로는 그렇습니다만."

"알겠습니다. 아마 내일이면 횡령이 추가될 겁니다. 세무조사도요."

호준이 팀장을 보며 말했다.

"그리고 소속사 연예인들에게 접대를 시켰다는 혐의도 추가해야 할 겁니다."

그는 이렇게 말을 하고는 자리를 떠났다. 일단 형사적인 면에서는 선욱도 완벽하게 벗어날 방법이 없었다. 하지만 형량은 선욱이 알고 있는 높은 분들을 이용해서 얼마든지 줄일 수 있었다. 하지만 이번엔 쉽지 않을 것이다.

주아의 뒤에 선욱보다 발이 넓은 그가 버티고 있으니까 말이다. 돈이 없고 힘이 없으면 당하는 법이지만 주아는 이제 그 둘을 다 가진 셈이 없다.

"국세청장님께 직접 전화를 하셨습니까?"

경찰서를 나오는데 수호가 물었다.

"그래."

"대단하십니다."

"어떻게 해서든지 다신 연예계에 발도 못 붙이게 해야지."

"맞습니다."

수호가 격하게 동의했다.

"야, 무슨 조폭 같아."

유신이 그들의 대화를 듣고 있다가 말했다.

"그래, 난 보스, 수호는 똘마니, 유신이 넌 중간 보스해라."

"뭐?"

그의 농담에 유신이 발끈했다.

"진정하고 촬영장까진 얼마나 남았어?"

"2시간이요."

서울에서 파주까지 가려니 시간이 걸렸다.

"촬영을 왜 이틀이나 하는 거야?"

그가 불만이 가득한 투로 말했다.

"그야, 네가 시즌 중이었으니까 오래 촬영을 못 해서 그런 거지."

"……."

이제야 이유를 알게 되었고 호준은 더 이상 구시렁거리지 않았다. 대신 눈을 감고 모자란 잠을 청했다.

"매니저님, 진짜 우리 주아 누나 괜찮을까요?"

"왜?"

"아니 다들 집에 있는데 경찰에 신변 요청이나 그런 거 해야 하지 않나 해서요. 남자들이 이렇게 다 집을 비우고 있는데……."

"경호원 붙여 놨어."

"네?"

"그럴 줄 알고 호준이가 경호팀 붙여 놨다고."

"진짜 강 선수님은 짱이십니다."

"우리 호준이가 얼마나 속 깊은 놈인데. 무뚝뚝해서 그렇지, 속은 부드러워."

"네, 그러신 것 같아요. 우리 주아 누님처럼요."

아주 누님이 입에 붙은 놈이었다. 하지만 호준은 그런 수호가 귀여웠다. 눈을 감고 있는데 잠은 오지 않았다. 그동안 주아가 당했을 일을 생각하니 잠이 쉽게 오지 않았다.

"으으음."

주아의 뒤척임에 그는 생각에서 깨어났다. 무슨 여자가 잠꼬대하고 그러는지 몰랐다. 하지만 이내 그는 몸이 그대로 굳어버렸다. 주아가 뒤에서 손을 그의 허리에 둘렀기 때문이었다. 그리고는 그의 등에 바짝 붙었다.

"으으음, 짜증나."

지금 누가 할 소리를 하고 있는지 몰랐다. 주객이 전도된 상황이었다.

"추워."

이제 12월이 가까워져서 그런지 11월이라도 추운 날씨였다. 그렇긴 해도 방은 그렇게 춥지 않았다.

"추워,"

그녀의 몸이 가늘게 떨리고 있었다. 그는 몸을 돌려 주아를 자신의 품에 안아 주었다. 그가 안고 있는데도 주아는 잠에서 깨지 않았다.

"으으음."

그녀가 그의 품 안으로 파고들었다. 춥긴 추운 모양이었다. 호준은 조금 엉거주춤한 자세를 하고는 그녀의 이마에 손을 올려 보앉다. 약간의 열이 있었다.

그의 손에 반도 안 되는 작은 이마에, 그는 투박한 자신의 손을 얹어 놓았다. 병원에 갈 정도는 아닌 것 같았다. 아마 며칠 동안 말은 하지 않았지만 마음고생을 한 덕에 몸살감기를 앓는 모양이었다.

"그런데 왜……."

주아가 잠이 깰까 봐 그 뒷말은 입안으로 넣어버린 그였다. 그동안 주아는 혼자 힘으로 모든 걸 해결해 왔던 것 같았다. 언니의 식구들과 그의 스텝들의 생계가 그녀의 어깨에 지워진 무거운 짐이었다.

다른 그 누구에게도 나눠줄 수 없었던 오롯이 혼자 지고 갈 삶의 무게가 주아에겐 너무나 힘이 들었던 것 같았다.

"그러니 이렇게 병이 나지……."

솔직하게 그는 아직 주아를 용서하지 않았다. 다만 그는 주아가 자신에게 말했던 계약은 철저하게 지켜 주리란 생각이었다.

"난 약속은 지켜."

아무도 듣고 있지 않지만, 그는 이렇게 또 한 번 그녀와의 약속을 지키겠다고 다짐했다. 그녀가 자신을 주겠다고 하며 과감한 제안을 했을 때 솔직히 그는 하고 싶지 않았다. 하지만 한 가지 그가 그녀를 허락한 건 아직도 그의 안에선 주아의 육체를 원하는 마음이 아주 간절히 자리 잡고 있었기 때문이었다.

마음은 모르겠지만 그녀의 육체는 가지고 싶다고 억지로 자신을 합리화한 그는 주아의 제안을 받아들였다.

솔직히 김선욱이 마음에 들지 않기도 했다. 예전에 그는 선수들이나 유명인들과 술자리를 자주 가졌다. 그리고 그들에게 연예인들을 소개시켜 주는 브로커 역할을 했다. 그런 그에게 주아의 이야기를 들은 적이 있었다.

아주 부르기만 하면 달려오는 가벼운 여자로 묘사했다. 호준은 그때부터 선욱을 나쁜 인간이란 생각을 했었다. 어떻게 자신의 소속사 식구를 저렇게 가볍게 안주 거리로 만들까 라는 생각을 했었다.

그의 말을 듣고 난 사람들은 모두 주아를 마치 자신들이 겪은 것처럼 아주 가벼운 여자로 만들어 버렸다.

"으으응."

약을 먹일까 하다가 그는 다시 주아를 자신의 품 안에 꼭 끌어안았다.

"손이 많이 가는 여자야."

호준은 거의 뜬눈으로 밤을 새울 것 같아서 주아가 깊이 잠이든 걸 확인하고는 자신의 방에서 나와 거실 소파에 몸을 뉘었다. 차라리 여기가 마음 편하게 잠을 잘 수 있는 공간인 것 같았다.

. 9. 위기의 순간

시간은 흘러 벌써 크리스마스가 이틀 앞으로 다가왔다. 성탄절 느낌의 집을 꾸미고 싶어서 주아는 남대문 시장에 가서 언니와 함께 크리스마스용품을 잔뜩 구매했다. 언니 식구들도 아직 호준의 집에 계속해서 머물고 있었다.

선욱이 잡혀야 안심하고 움직일 텐데 여건이 그렇지 못했다.

"이건 병원에 가져다가 장식하면 좋겠다."

작은 크리스마스트리를 들며 주아가 말했다. 누워계셨지만 호준의 어머니는 다행히 건강을 회복 중이셨다.

"그럼 이건 집에 놓자. 호준 씨가 운동 마니아인 건 알겠지만 집이 무슨 스포츠 센터 같아."

"맞아."

두 여자가 정신없이 물품을 고르는 사이 그들의 뒤로 모자와 마스크를 쓴 남자가 그녀들을 보고 있다는 사실을 주아와 윤수는 모르고 있었다.

"다 샀어?"

"응, 트리는 다 된 것 같아."

"그럼 다음은 뭔데?"

"내일 먹을 음식 재료 사야지. 수호랑 유신 씨 그리고 호준 씨까지 남자만 셋인데 많이 사야 할 것 같아."

"하긴."

연정인 지금 집에서 진서와 함께 트리에 달 과자 주머니를 만들고 있었다.

"과자하고 사탕은 안 모자란지 전화해봐."

"모자라면 벌써 전화 왔겠지."

지은과 윤수는 마트까지 가서 장을 본 후에 집으로 들어갔다.

"이사 오신 것 같아요."

많은 짐을 보고 유신이 말했다.

"이거 다 유신 씨 주려고 산 거예요."

언니의 말에 유신이 귀까지 빨개졌다. 주아가 보기에 유신은 언니에게 분명히 관심이 있어 보였다. 하지만 둔한 언니는 그런 유신이 그냥 귀여운 동생으로만 보이는 것 같았다.

"아, 아 그래요."

아무리 둔해도 다 알 것 같은 반응인데 언니는 유신의 얼굴은 보지도 않고 그에게 가장 큰 트리를 들고 가라고 넘겼다.

"진짜 언니 눈치 꽝이다."

"내가?"

"그래."

유신이 트리를 안고 들어간 후에 주아가 윤수에게 말했다. 그래도 윤수는 주아의 말을 한 귀로 흘려보내고는 다른 짐을 챙기기에 바빴다. 저녁때까지 2층에서 여자들은 바쁘게 크리스마스를 준비하고 있었다.

"난 칠면조 그런 거 못 하는데."

"우린 미국 사람이 아니야. 닭 요리로 합시다."

언니는 요리를 기가 막히게 잘했다. 다만 자신감이 없을 뿐이었다.

"여긴 가정부 이모도 있는데 그 이모 진짜 요리 잘하잖아."

"언니가 한 게 더 맛있어."

용기를 주었지만 언니에겐 별로 효과가 없었다.

"우리가 마무리할 테니까 언니는 요리를 하세요."

2층 거실이 그럴싸하게 변했다.

"이제 사람 사는 집 같네."

진서가 이렇게 말을 하자 모두가 한바탕 웃었다.

"진서야, 이제 사람 사는 집 같아?"

"응, 전에는 문화센터 같았거든."

그러고 보니 거실이 문화센터 같은 느낌이 들기는 했다.

"맞네, 역시 아이들 보는 눈은 다르다니까."

화기애애하게 트리를 만드는데 갑자기 진서가 그녀의 뒤로 숨었다. 호준이 온 모양이었다. 진서는 덩치가 커다란 호준을 보면 뒤로 숨었다. 어린아이가 보기엔 그가 무서운 모양이었다. 사실 무섭다기보다 아직은 부끄러운 모양이었다.

"예쁘죠? 크리스마스 분위기를 좀 내 본 거예요."

"예뻐, 그런데 다음부턴 나가지 마."

호준은 아직 그녀들이 움직일 때가 아니라고 생각하고 있었지만, 시장이나 마트는 사람들이 많은 곳이고 그들은 낮에 움직이니 별문제는 없을 것 같았다.

"낮이고 사람들도 많았어요."

"그래도."

"네."

더 이상은 말을 하지 않았다. 거의 한 달 전쯤 그의 침대에서 잠을 청하고 아침에 일어나 보니 그녀는 혼자였다. 그래서 그 후로 주아가 그를 피해 다녔다. 그렇게 싫다는데 굳이 들이대고 싶진 않았다.

그리고 사람들이 너무 많았다. 남들의 눈에 결혼도 안 한 커플이 한방에서 지내는 건 보기 안 좋을 것 같았다. 그가 샤워를 하기 위해 올라가고, 주아는 식구들과 같이 크리스마스 인테리어를 마무리 짓고 있었다.

"하나, 둘, 셋."

점등식이 시작되었다. 오기 싫다는 호준까지 억지로 데리고 와서 점등식을 했다. 불을 다 끄고 꼬마전구의 불을 켜자 마법처럼 집 안에 무지개색의 별이 반짝이고 있었다.

"와!"

진서가 소리를 쳤고 모두들 미소 지으며 아름다운 크리스마스 트리의 매력에 빠졌다.

"고생하셨습니다. 예뻐요."

역시 유신이었다. 그녀들의 수고에 감사하다는 말도 했다.

"역시 집에 여자가 있으니 좋네요."

유신은 이렇게 예쁘게 말하는데 정작 집주인은 가만히 서 있기만 했다. 진짜 속을 알 수 없는 남자였다. 불을 켜고 다들 각자의 방으로 흩어지자 낮의 수고가 허무하게 느껴졌다. 사실 파티는 내일이었다. 오늘은 그냥 기분만 낸 것이었다.

주아는 방으로 들어가지 않고 커피 한 잔을 타서는 소파에 앉아 크리스마스트리를 조금 더 감상하고 있었다. 텅 빈 커다란 거실에 덩그러니 그녀 혼자 앉아 있었다. 혼자 조용히 이렇게 있어 본 적이 없어서 조금 어색하긴 했지만 그래도 마음이 편해지는 게 좋았다.

"왜 혼자 있지?"

호준이 맥주 캔을 들고는 그녀의 옆에 앉았다.

"커피 마시려고요."

주아가 커피잔을 들어 보였다.

"그러면 잠이 안 오던데?"

"오늘 한 잔도 못 마셨거든요."

"중독이야."

"맞아요, 커피 중독."

"……"

갑자기 둘 사이의 대화가 뚝 끊기자 어색한 침묵이 흘렀다. 그가 맥주를 넘기는 소리만 조용한 정적을 깨고 있었다.

"고마워요."

"뭐가?"

"이렇게 오래 가족들을 머물게 해줘서요. 안 그랬으면 불안해서 이렇게 예쁜 트리도 만들 생각 못 했을 거예요."

"……."

그는 그녀의 고맙다는 말이 어색한지 맥주만 연속해서 마시고 있었다.

"고맙다는 말 받을 자격……."

다음은 그의 입술에 막혀 나오지 못했다. 맥주를 들지 않은 다른 한 손이 그녀의 얼굴을 감싸고는 깊은 입맞춤을 하고 있었다. 놀라긴 했지만 아주 기분 좋은 키스였다. 그의 혀가 집요하게 그녀의 입술을 열고 들어왔다.

거의 한 달 만에 하는 키스에 주아는 섹스 때보다 더한 자극을 받고 있었다. 그의 혀가 미친 듯이 그녀를 삼키고 있었다.

탁!

그가 키스를 하면서 맥주를 테이블 위에 놓고 그녀의 커피잔도 테이블 위에 놓았다. 신기할 정도로 그는 정확하게 테이블에 두 개의 음료를 놓았다. 자유로운 그의 손이 그녀의 가슴을 잡았다.

그의 손길은 평소와 같겠지만 그녀가 느끼는 느낌은 평소의 것이 아니었다. 완전 전기 충격기가 그녀의 가슴에 놓인 것처럼 그녀는 찌릿함을 느끼고 있었다. 상의 안쪽으로 들어온 그의 손이 주아의 탱글탱글한 가슴을 잡았다.

"주아야!"

언니가 부르는 바람에 둘은 빛의 속도로 떨어졌다.

"어, 언니. 왜?"

둘이 나란히 소파에 앉아 있자. 이럴 땐 눈치 빠른 언니가 미안해했다.

"아니, 같이 있는 줄 모르고……."

"괜찮아, 왜?"

"진서한테 줄 선물이 안 보여서."

"그거 내 가방에 있어."

그녀가 소파에서 일어나려 움직이자 언니가 앉으라는 시늉을 했다.

"그래? 내일 받아도 돼."

그녀가 자리에서 일어났다.

"내가 줄게."

언니가 어쩔 줄을 몰라 하며 그에게 머리를 숙여 인사를 했다. 주아는 호준의 표정을 보지 않기 위해 일부러 그쪽으로 고개도 돌리지 않았다. 그녀의 방에 들어온 언니가 미안해했다.

"괜찮아, 얘기 중이었어."

"그래서 그렇게 립스틱이 사방에 번지셨어요?"

언니가 놀렸다.

"못 본 척하지."

"난 못 본 척했어. 호준 씨 입술도 장난이 아니던데?"

언니가 놀란 이유를 알 것 같았다. 시장에 갈 때 화장하기 싫다고 입술에만 붉은 립스틱을 발랐었다. 그걸 생각하지 못하고 정신없이 키스를 했으니 엉망이 된 게 당연했다.

"여기."

클렌징 티슈로 립스틱을 지우며 주아가 언니에게 진서의 선물을 건네주었다.

"티슈 한 장 더 빼서 호준 씨 닦아 줘라."

"언니!"

"고맙다. 방해해서 미안하고."

언니가 얄밉게 말을 하고는 방으로 갔다. 주아는 망설이다가 티슈 한 장을 뽑아 거실로 나갔지만 그는 보이지 않았다.

"창피했겠지."

그는 지금 키스한 걸 후회하고 있을지도 모른다. 주아는 씁쓸한 미소를 지으며 방으로 다시 들어갔다.

선욱은 겨울을 별로 좋아하지 않았다. 추위를 원래 잘 타는데 약물을 오래 투여하다 보니 추위를 더 강하게 느끼게 되었다. 요즘은 날씨가 춥고 미세먼지가 가득한 세상에 감사하고 있었다.

모자와 마스크를 해도 전혀 의심을 받지 않아도 되니 말이다. 선욱은 모자와 마스크까지 하고 동생의 차로 서울에 왔고, 며칠째 주아 주변을 맴돌고 있었다. 집에는 경호하는 사람들이 있어서 들어갈 수가 없었고 밖에서 마냥 기다렸다.

어제는 기회가 있었지만, 옆에 언니가 있어서 주아만 잡을 수가 없었다. 하지만 언젠가는 그에게 기회가 올 거란 생각이 들었다.

"혼자만 나와."

그는 차 안에서 먹고 자면서 주아를 기다렸다. 그리고 마침내 기회를 잡았다. 주아가 혼자서 차를 몰고 집 밖으로 나왔다. 그는 주아의 차를 따라갔다. 주아가 도착한 곳은 한국병원이었다.

트리를 들고 차에서 내린 주아는 트리와 커다란 가방을 가지고 병원으로 들어갔다. 누가 병원에 입원한 모양이었다.

"조카는 죽었는데……."

그때 일을 생각하니 또다시 화가 치밀어 올랐다. 조카의 병원비 때문에 그에게 대들던 주아의 모습이 떠올랐기 때문이었다.

한참을 기다린 후에 주아가 주차장에 모습을 드러냈다. 그는 주아가 오길 차 뒤에서 기다리고 있었다. 마취제를 묻힌 손수건도 준비한 상황이었다.

"빨리 와."

선욱은 미소를 지었다. 어차피 죽을 바엔 저승길 동무를 데리고 갈 생각이었다. 아무것도 모르는 주아는 자신의 차를 향해 걸어오고 있었다. 주아는 혼자서 운전을 잘 안 하고 다니는데 이건 분명

하늘이 내려준 기회였다.

뭐가 좋은지 연신 생글거리는 주아가 차 문을 열고 차에 타려 할 때, 선욱이 그녀의 뒤로 가서 입을 손수건으로 막고 기절시킨 후에 주아를 뒷좌석으로 밀어 넣고 아주 빠르게 테이프로 손을 묶었다. 그리고 미리 준비한 천으로 그녀를 덮어버렸다.

"아주 완벽하게 나이스 데이야."

선욱은 웃으며 주아를 싣고는 인천으로 향했다.

"모든 게 아주 환상적이야."

선욱은 보통 사람의 눈빛이 아닌 광기를 머금은 눈빛으로 변해 있었다. 모든 게 다 주아의 탓이었다. 그녀는 언제나 그의 모든 걸 방해하기만 했다. 그래서 용서하기가 힘이 들었다. 주아를 깔끔하게 죽여 버린 후에 자수할 생각이었다.

어차피 도피는 힘이 들었다. 감옥에서 20년 정도 썩고 나면 다시 세상 밖으로 나올 수 있었다. 20년쯤은 금방 갈 세월이었다.

"난 지극히 긍정적이야."

선욱은 너무 자기 자신을 사랑했다. 지나친 자기애가 문제였지만 그는 제대로 인지하지 못했다. 인천에 도착할 때까지 멍청한 경찰은 그를 알아보지 못했다. 창고로 다시 돌아온 선욱은 주아를 의자에 묶어 놓고는 불을 지를 휘발유를 준비했다. 그리고 동생이 만들어 둔 인형들을 모닥불에 장작처럼 주아 주변으로 동그랗게 만들어 놓았다.

그리고 휘발유를 인형에 부었다. 이제 불만 댕기면 되는 일이었다.

"찰싹찰싹."

얼굴을 세게 때렸는데 주아는 일어나지 않았다.

"빨리 일어나!"

하지만 주아는 아직 약에 취해 깨어나지 않고 있었다.

"잠든 채로 죽으면 고통을 못 느끼잖아."

선욱은 주아의 앞에 쭈그리고 앉아 있었다. 일어나기를 기다리고 또 기다렸다. 하지만 주아는 일어나지 않고 있었다. 라이터를 계속 껐다가 켜기를 반복하던 그의 손이 거칠게 떨리기 시작했다. 라이터를 도저히 켜지를 못하고 있었다.

"어, 이건 아닌데……."

그는 침대 안에 숨겨 두었던 약을 찾았다. 얼마 남지 않은 약이었다. 그런데 침대 매트 밑에 있어야 할 약이 없었다. 누군가 그의 약을 훔쳐간 게 분명했다. 침대를 미친 듯이 들추기 시작하던 그는 급기야 매트리스까지 칼로 다 뜯어내기 시작했다.

"어, 어디 있는 거야?"

호흡이 거칠어지기 시작했다. 주사를 맞아야 하는데 지금 아무것도 그의 눈에 띄지 않았다. 그런데 바로 그때 그의 눈에 침대 끝에 끼어 있는 봉투가 보였다.

"여, 여기 있었네."

그가 팔에 주사를 서둘러 놓았다. 떨리던 몸이 조금 진정이 된
것 같았다. 창고 안에 있으면서 그는 이제까지 맞던 양보다 많은
약의 마약을 투약했었다. 그래서 오늘은 거의 쇼크 상태가 올 뻔
했었다.

"하아, 하."

숨을 고르던 그는 여전히 기절해 있는 주아를 보고 있었다.

"일어나!"

소리를 쳐도 꼼짝을 하지 않았다. 마취제를 너무 강하게 한 것
같았다. 이제 더 이상 기다리고 싶지도 않았다. 빨리 저년을 죽여
버리고 싶었다.

탁!

라이터에 불을 켠 그가 주아 앞으로 라이터를 던지려던 그때,
앉아 있던 주아가 그를 향해 달려들었다. 손목을 묶었던 테이프를
땐 모양이었다. 미친 듯이 그를 향해 달려드는 주아 때문에 라이
터가 바닥으로 떨어졌다.

"미친년이 어딜……."

그가 주아의 머리채를 움켜잡았다. 아무리 그가 약에 취해 있어
도 남자였다. 힘으론 여자 하나쯤은 얼마든지 제압할 수 있었다.

"아악!"

"죽어봐, 이년아. 네가 이렇게 만들었어."

화가 머리끝까지 난 선욱은 주아의 머리를 아래위로 흔들어 댔다. 약에 취한 그의 힘은 주아의 머리를 다 뽑아낼 기세였다. 그가 땅에 떨어진 라이터를 발견하고는 몸을 숙여 라이터를 집으려고 했지만 주아의 저항이 만만치가 않았다.

"가만히 안 있어?"

"아아악!"

아주 발악을 하며 소리를 질러대는 주아였다. 그의 손에 드디어 라이터가 잡혔다. 이걸 붙이기만 하면 그때였다. 갑자기 주아가 그를 단단히 끌어안았다.

"그래, 그럼 같이 죽어."

주아의 몸에 묻어 있는 기름이 그의 옷에도 스며들었다. 라이터를 잘못 켰다가는 그도 함께 타게 생겼다.

"저리 안 가!"

그가 주아의 몸을 떼어내기 위해 주아의 등을 강하게 쳤지만 주아는 꿈쩍도 하지 않았다. 아주 독한 년이었다.

"조금 더 빨리."

유신의 화려한 운전 실력이 오늘은 제대로 발휘하지 못하고 있었다.

"빨리!"

"정신없으니까 좀 가만히 있어."

호준은 지금 정신이 없었다. 그저 주아가 무사하길 바라는 마음뿐이었다. 언니와 함께라도 움직일 줄 알았는데 어머니가 입원한 병실을 혼자 찾은 주아였다. 그는 운동 중이었고 그녀가 나갔는지조차도 몰랐었다. 하지만 전화를 해도 받지 않은 그녀가 걱정된 윤수가 유신에게 말했고 유신은 주아의 차에 미리 부착해 두었던 위치 추적 장치로 위치를 추적해서 지금 주아가 있는 인천으로 향하고 있었다.

"왜 인천이지?"

도저히 그 이유를 알 수가 없었다. 협박 전화가 없는 걸로 봐서는 선욱의 짓이 확실했다. 유괴나 납치의 경우에는 차라리 돈을 요구하는 협박 전화가 나은 법이었다. 납치범들에게 전화가 없다는 건 생명이 위험하다는 소리와 같았다.

"제발 더 빨리 밟아."

"알았으니까 좀 가만히 있어. 1년 치 딱지는 오늘 다 끊고 있으니까."

인천에 도착하기까지 1년은 걸린 것 같았다. 이렇게 힘들게 온 건 처음이었다. 인천의 소래포구의 끝자락에 커다란 창고가 보였다. 포구라서 바다만 있을 줄 알았는데 공장들도 많았다. 여하튼 호준은 처음 와보는 곳이었다.

그들보다 현지의 경찰이 먼저 도착해 있었고 사건은 종료가 되어 있는 중이었다. 공장은 불이 나서 반쯤 타고 있는 상황이라서 소방차들까지 가세하는 바람에 아주 복잡했다. 하지만 호준의 눈은 주아만을 찾고 있었다.

"여기 여자는……."

호준은 입을 다물었다. 까맣게 타버린 사람이 들것에 실려 나오고 있었다.

"아아아아아."

얼마나 고통스러운지 신음을 계속해서 내고 있었다. 온몸에 화상을 입어 몹시 괴로워하고 있는 사람은 분명히 선욱이었다.

"주아는……."

그가 선욱의 모습을 보고 너무나 놀란 나머지 말을 잇지 못하고 있는 순간 경찰차에 앉아 있는 주아가 보였다.

"주, 주아야."

그는 주아의 안전을 확인하기 위해 경찰차 쪽으로 향했다.

"주아야."

까만 재를 뒤집어쓰고 앉아 있던 주아가 그를 보더니 울음을 터트렸다.

"괜찮아."

더 이상 무슨 말을 해 줄 수가 없었다. 놀란 그녀를 그저 달래 줄 수밖에 없었다. 다행히 주아는 놀라서 그렇지 크게 다친 곳은 없어 보였다. 지금은 오히려 호준이 더 놀란 것 같았다. 경찰의 배려로 그는 경찰차에서 그녀를 자신의 차에 태우고 근처 경찰서로 향했다. 조사가 끝이 날 때까지 호준은 주아를 안고 있었다.

어찌나 떠는지 그녀를 놓아둘 수가 없었다. 유명인들이 등장하자 경찰서는 술렁였고 주아의 사고 소식에 기자들이 몰려들어 그 또한 떼어내느라 힘이 들었다. 호준은 주아를 집으로 데리고 가지 않았다.

유신에게는 집안 식구들에게 잘 말하라고 하고 그녀를 호텔로 데려갔다. 안정이 필요한 것 같았기 때문이었다.

스위트룸에 도착한 호준은 주아를 데리고 욕실로 들어갔다. 탄 냄새가 많이 나는 옷을 벗기고 그는 주아를 따뜻한 물이 가득한 욕조에 들어가게 했다. 그리고 그가 나오려는데 주아가 그의 옷을 잡았다.

"같이 있어 줘요."

경찰에서 조서를 꾸밀 때를 빼고 처음 한 말이었다.

"알았어."

그가 옷을 벗고 주아의 뒤로 들어가서 그녀를 안아 주었다. 머리에서 탄 냄새가 심하게 났다. 그는 주아의 머리에 샴푸를 하기 시작했다. 남의 머리를 감겨주는 건 처음이었다. 그것도 여자의 머리를 말이다.

풍성한 그녀의 긴 머리에 거품까지 더하니 손에 닿는 느낌이 너무나 좋았다. 허브 향의 샴푸 냄새가 탄 냄새를 많이 중화시키고 있었다. 샤워기로 머리를 헹궈주고 비누로 그녀의 몸을 닦아 내는데 호준은 깜짝 놀랐다.

"내가 그 미친 새끼를 죽여 버리겠어."

자세히 보니 주아의 온몸이 멍투성이였다. 그가 너무 열이 받은 건 구두 자국이 그녀의 어깨에 그대로 나 있었다. 누워 있는데 밟은 것 같았다. 머리카락이 조금 타서 그렇지 화상은 없었다.

"아프지 않아?"

"쑤시지만 뼈가 부러지거나 한 것 같진 않아요."

의외로 주아는 차분하게 말하고 있었다.

"그러게 왜 혼자 갔어?"

"미안해요. 내가 생각이 짧았어요."

"죽을 뻔했어."

생각하기도 싫은 최악의 상황이 될 뻔했었다.

"알아요."

"진짜 말을 너무 안 들어. 이러면 계약에 맞지 않는다는 건 알아?"

"……."

주아가 그를 슬프게 바라봤다.

"앞으로 한 번만 더 이런 일이 있으면……."

"안 그래요. 다시는 안 그럴 거예요."

그렇게 말을 하며 그녀가 그의 품으로 파고들었다. 지난번에 아
픈 날처럼 그녀는 그의 품 안으로 들어왔다.

"오늘 당신이랑 자고 싶어요."

오늘 일을 생각하면 미워 죽겠는데 호준은 주아를 살며시 안았
다.

"오늘은 힘들어."

"싫은 건 아니고요?"

"아니."

"그럼 우리 섹스해요. 부탁이에요."

뭔가를 확인하고 싶은 마음인 것 같았다. 무슨 의미인지 모르는
건 아니지만 그는 주아가 너무 힘이 들 것 같다는 생각이 들었다.

"내일 해."

"싫어요."

주아가 또 고집을 부렸다.

"또……."

"오늘이 마지막 고집이 될 거예요."

그는 차마 더 이상은 거절할 수 없어서 알았다고 고개를 끄덕였다. 그녀의 부드러운 살은 곳곳이 부어서 그의 손에 걸리고 있었다. 얼마나 격렬한 몸싸움이 있었는지 알 수 있었다. 주아를 커다란 타올로 싸서 그는 꼼꼼하게 물기를 닦아준 다음에 화장대 앞에 앉혔다.

위잉~

드라이의 따듯한 바람으로 그는 주아의 다치고 상처 난 마음까지 따뜻하게 감싸며 말려 주고 있었다.

"다시는 혼자 다니지 마."

그는 또 한 번 강하게 강조했다.

"알았어요."

주아의 힘없는 소리가 그는 마음에 들지 않았다. 그녀를 침대에 눕히고 그는 조심스럽게 그녀의 옆에 누웠다. 방금 목욕을 시킬 때 보니 주아는 지금 살이 스쳐도 많이 아파하는 것 같았다.

"괜찮겠어?"

"네."

그녀의 입술이 대답과 동시에 그의 입술에 닿았다. 힘은 없었지만 강하게 그를 원하는 그녀였다. 서로의 혀가 강하게 얽혀 들어갔다. 처음부터 서로에 대한 강한 욕구가 그대로 드러나고 있었다.

주아의 혀가 그의 아랫입술을 핥고는 그 자리를 빨기 시작했다. 마치 키스에 굶주린 여자 같았다. 선욱이 도대체 주아에게 무슨 짓을 했기에 이러는지 궁금했다.

"그 자식이 도대체 어떻게 한 거야?"

"나중에 다 얘기할 테니까. 지금은 나만 봐요."

"부러질 것 같아서 할 수가 없어."

"괜찮으니까……."

호준은 주아의 말을 자신의 입술로 막았다. 더 이상 그녀가 자신에게 사정하게 하고 싶지 않았다. 그도 강하게 그녀를 원하고 있다는 걸 말해 주고 싶었다. 그녀의 목젖 깊숙한 곳까지 혀를 밀어 넣은 호준은 강하게 그녀의 혀를 빨아들였다.

마치 그녀를 모두 다 빨아들일 듯이 그는 절박하게 주아의 혀를 빨았다.

"으으음."

그녀의 입에서 신음이 터져 나오고 있었다. 큰일을 겪은 만큼 주아는 그를 강하게 원하고 있었다. 호준도 주아를 강하게 원했지만 주아의 몸 상태를 생각하지 않을 수가 없었다. 호준은 격하게 하던 키스를 조금 부드럽게 하기 시작했다. 그녀의 가는 목선을 따라 그는 혀로 쓸어내렸다.

그의 혀에 그녀의 맥박이 그대로 느껴지고 있었다. 주아가 얼마나 흥분을 했는지 알 수 있었다. 목을 타고 내려온 그의 혀는 주아의 풍만한 가슴에서 멈추었다. 그녀의 가슴에 얼굴을 묻고 호준은 자신의 거친 숨을 천천히 내쉬고 있었다.

이 순간에도 주아의 가슴은 호준에게 굉장한 자극제였다. 그녀의 유두를 오늘은 조금 조심스럽게 빨았다.

"으으응."

주아가 불만을 표했다.

"오늘은 살살해야 해."

"싫어요. 강하게 빨아 줘요."

"주아야."

"정신을 못 차릴 만큼 해줘요. 아까 일을 잊고 싶어요. 그 자식이 나의 머리채를 잡고 흔들었어요. 내 몸에 불을 지르려고 했다고요. 난 살기 위해 필사적으로 그 자식과 싸워야 했어요. 진짜 모든 걸 잊고 싶어서 그래요."

그녀의 말에 호준은 주아의 다리를 거칠게 벌렸다. 그리고 이미 젖어 있는 그녀의 여성에 손가락을 거칠게 넣었다.

"그래, 내가 잊게 해 주지."

"……."

"나도 내가 느꼈던 공포를 잊고 싶어."

주아를 영영 보지 못 할까 봐 그는 두려웠다. 말은 하지 않았지만 주아는 그에게 많은 의미가 있었다. 주아의 여성과 그의 손가락 사이에서 질척이는 소리가 들렸다.

"아아앙."

주아가 허리를 들어 올리며 그의 손가락을 더 깊게 넣어달라고 하고 있었다. 그는 손가락을 빼고는 그 자리에 자신의 페니스를 넣었다.

"아악!"

그녀의 입에서 비명이 터져 나왔다.

"으윽."

그의 입에서도 신음이 나왔다. 오랜만의 결합에 그들의 몸이 뜨겁게 반응하고 있었다. 그녀가 물고 있는 그의 페니스는 지금 아우성이었다. 호준은 미친 듯이 허리를 움직이기 시작했다.

주아도 자신의 허리를 돌리며 조금이라도 그를 더 받아들이려고 노력하고 있었다. 섹스할 동안 둘은 너무나 솔직했다. 서로의 온몸을 어루만지며 미친 듯이 원하고 있음을 몸으로 말하고 있었다.

둘은 말이 필요치 않은 몸의 대화를 나누고 있었다. 호준은 주아의 솔직한 몸이 너무나 좋았다. 주아는 그를 받아들일 때 두려움이나 부끄러움이 없었다. 항상 대담하게 그에게 뭘 원하는지 말하고 있었다.

오늘 주아가 원하지 않았다면 그는 절대로 주아를 안지 않았을 것이다.

"주아야."

"호준 씨."

그의 몸짓이 격해질수록 그들은 서로의 이름을 불렀다. 호준은 솔직하게 주아를 마음껏 탐할 수는 없었다. 그녀의 몸 상태가 그리 좋은 편은 아니었기 때문이었다. 그래서 그는 빠르게 섹스를 끝내고 그녀를 안았다.

"왜요?"

주아가 약간 실망이라는 투로 그에게 물었다.

"뭐가?"

"너무 빨리 끝내버려서……."

"자고 내일 더 해. 내가 피곤해."

호준이 주아를 안았다. 그러자 어김없이 주아가 그의 품에 쏙 들어왔다.

"참 잘 파고들어."

"네?"

"지난번 밤에 내 침실에 들어왔을 때도 그랬고……."

"그날 같이 잤어요?"

"샤워하고 나와 보니 누워 있길래. 난 그냥 옆에서 자려고 했지. 그런데 주아가 자꾸 파고드는 거야, 춥다고. 그래서 안아줬는데 아픈 것 같아서 자는 거 보고 나는 소파에서 잤어."

"왜 말하지 않았어요?"

그녀가 이해가 가지 않는다는 투로 말했다.

"뭘?"

"같이 잔 거."

"우린 아무 일도 없었어. 그냥 안고 잔 거지."

"그러니까. 그거."

"뭘 그런 것까지 말해."

호준은 주아를 이해할 수가 없었다. 그냥 잠깐 안고 있었을 뿐인데 그게 그렇게 중요한 일인가 라는 생각이 들었다.

"난 당신이 날 무시하고 나갔다고 생각하고 나 혼자 삐져서……."

사건의 전말은 그런 거였다. 눈을 떠보니 덩그러니 침대에 혼자 있었으니 자존심이 몹시 상하신 것이었다.

"그렇진 않아. 내가 주아를 무시할 이유가 없지. 어서 자자. 말은 내일 하고."

"알았어요."

호준은 힘들었을 주아를 자신의 품에 꼭 안고 그렇게 밤새 잠을 이루지 못하고 생각에 잠겼다.

10. 계약의 힘

정신이 없었던 한 해의 마지막 날이었다. 아직 거실엔 그녀와 언니가 만들었던 트리가 그대로 있는데 이제 집 안에선 언니와 식구들을 찾아볼 수가 없었다. 선욱이 병원의 중환자실에서 오늘내일하고 있는 상태였기 때문에 언니는 일산에 새로 산 집으로 들어갔다.

연정이도 일산 언니네로 가서 주아는 요즘 아주 쓸쓸했다. 물론 하루에도 수십 번씩 전화하긴 했지만 말이다. 그래도 매일 붙어 있던 때와는 달랐다. 거기다가 호준이 그녀를 집 안에서 꼼짝도 못 하게 하니 더 그랬다.

"저기 오늘은 뭐할 거예요?"

"헉헉, 뭐가?"

운동을 하고 있는 그의 옆에 서서 그녀가 물었다.

"병원……."

"준비하고 나와."

"네?"

"병원 가자고."

"운동은요?"

그는 빨리 준비하고 나오란 말만 반복했다. 운동은 바로 올 스톱이었다. 유신은 머리를 흔들며 자리를 피해 주었다. 왜 그렇게 주아의 건강에 집착을 하는지 알 수 없었지만 호준은 병원의 병자만 나와도 바로 나갈 채비를 했다.

이건 대단한 일이라고 유신이 그랬다. 무슨 일이 있어도 운동은 빠지지 않는다는 호준이 그녀와 병원을 가기 위해서 운동을 빠진다는 것이었다.

"호준 씨, 저 수호랑 다녀올게요."

"……."

"호준 씨!"

"놔두세요. 강 선수 고집 아무도 못 꺾어요."

그렇게 병원을 다녀온 그들은 병원을 갔다가 나오는 동안 아무 말도 하지 않았다. 주차장으로 가기 위해 엘리베이터를 기다리는 중이었다.

"화났어요?"

요즘 부쩍 말수가 줄어든 그였다.

"아니."

"꼭 화난 사람 같아요."

"아니야."

"그럼 됐고요."

주아도 더 이상은 묻기 싫었다.

"잠깐만요. 비켜 주세요."

급하게 환자를 이동시키는 것 같았다. 그런데 그 환자의 얼굴 끝까지 침대보가 덮혀있었다. 그리고 침대 끝에는 김선욱이라고 쓰여 있었다. 놀란 주아는 고개를 돌렸다.

"왜?"

"아니에요."

차마 그 이름을 말할 수가 없었다. 잘못 본 것 같지는 않았다. 김선욱이 죽은 걸까? 주아는 그날의 끔찍했던 일이 다시 떠올랐다. 그녀는 끝까지 선욱의 몸을 놓지 않았다. 그리고 라이터를 그녀가 빼앗았고 앞만 보고 달리기 시작했다.

그리고 인형에 불을 붙여 선욱을 향해 던졌다. 선욱은 인형에 맞아 온몸에 불이 붙기 시작했고 주아는 창고의 문을 닫아버렸다.

선욱의 고함 소리가 아직도 귀에 들렸다.

주아의 몸에도 인화 물질이 묻어 있었지만 천만다행으로 불이
붙지는 않았다.

"주아야."

"네?"

"왜 그래? 무슨 일 있어?"

"아니에요. 사람을 잘못 본 것 같아요."

병원을 나온 주아는 기분이 아주 묘했다. 김선욱이 죽었다면 진
짜 이상할 것 같았다.

윙~

전화벨이 울렸다.

"여보세요?"

그는 전화를 받고는 바로 끊었다.

"왜 그래요?"

"김선욱이 죽었다는데?"

"아까 내가 본 게 맞네요. 잘못 본 줄 알았거든요."

둘은 한동안 말이 없었다. 좀 이상한 기분이 들었다. 그들은 점
심때가 되어서야 집에 도착했다. 빈속에 기분도 그렇고 해서 주아
는 바로 방으로 향했다. 하지만 호준은 그녀만 내려 주고, 볼일이
있는지 집으로 들어오지 않았다.

언니에게 전화가 왔다.

"왜?"

[뭐 하나 해서 했지.]

"가정부 아주머니와 마지막 날을 보냅니다."

[뉴스 들었어? 김선욱이 죽었다더라.]

"응, 들었어. 기분이 그래."

[너, 괜찮은지 전화해 본 거야.]

"괜찮아."

[강 선수는?]

"운동."

어딨는지 모를 때 쓰면 좋은 핑계였다.

[내일 둘이 같이 와.]

"상황 봐서 전화할게."

전화를 끝내고 주아는 침대 속에 들어갔다. 뭔가 섭섭한 마음이 들었다. 물론 그녀는 이미 호준의 것이었지만 그는 주아가 원하는 답은 아직 하지 않았다. 뭔가 명확한 정리가 필요했다. 그녀는 그의 그림자 같은 존재인 건지 아니면 지난번처럼 그와 결혼을 하는 건지 아무 말 없는 그에게 묻고 싶었다.

이렇게 집에서 멍하게 있을 수만은 없었다. 주아는 예쁘게 옷을 입고 오랜만에 화장도 하고 그를 기다렸다. 나갔던 그는 5시쯤에

귀가했다. 그리고 그녀를 보더니 처음으로 한 말이 준비하라는 말이었다.

"준비요?"

"응, 지금 정도면 아주 충분해. 옷만 검은색 드레스로 입어."

그렇게 말하며 그녀에게 커다란 박스 하나를 주었다. 주아는 멍한 표정으로 상자를 열어 보았다. 그 안에는 가격이 억 소리가 나는 블랙 미니 탑 드레스가 들어 있었다.

"이건······."

거기에 세트로 밍크코트까지 있었다. 모르긴 몰라도 지금 그녀가 들고 있는 옷값을 합치면 소형차 한 대 값은 넘었다.

"빨리 시간 없어."

그의 말에 얼떨결에 옷을 갈아입은 주아는 머리만 살짝 업 스타일로 바꾸었다.

"중요한 자리예요?"

"응, 엄청."

주아는 클러치까지 맞춘 그의 센스에 감탄을 할 뿐이었다. 주아는 준비를 마치고 나온 그의 모습에 또 한 번 감탄했다. 턱시도를 입은 그의 모습은 처음이었다. 슈트발이 대단하단 건 알았지만 턱시도까지 이렇게 잘 어울릴 줄은 꿈에도 생각하지 못했었다.

"우리 어디 가요?"

"이리와."

묻는 말에는 답이 없고 그녀의 목에 진주 비드 목걸이만 걸어준
호준이었다.

"뭐에요?"

"목걸이, 난 다이아보다 진주가 여성스러워서 좋더라고."

4월의 탄생석은 다이아몬드였고 6월은 진주였다. 그런데 4월
이 생일인 주아에게 다이아몬드 대신에 자신이 좋아하는 진주를
선물한 것이다. 그 말의 의미를 군이 이해하자면 이런 뜻이 아닐
까 라는 생각이 들었다.

"고마워요."

"예뻐."

왜 이렇게 친절한지 의심이 되긴 했지만 주아는 중요한 모임에
같이 가는구나 정도로만 생각했다.

"오늘 혹시 골든 글러븐가요?"

"지났어. 골든 글러브 시상식은 12월이야."

"······."

야구는 잘 모르는 주아였다.

"공부해야겠어요."

"당연히 해야지."

그는 이렇게 말을 하고는 주아를 데리고 어디론가 갔다.

"미안한데 말해 주면 안 돼요?"

"……."

결국 차에서도 이야기를 못 들은 주아는 입을 내밀고는 밖에만 쳐다보고 있었다.

"여긴……."

그들이 도착한 곳은 한강이 한눈에 내려다보이는 서울호텔이었다. 그들이 호텔의 레스토랑에 들어서자 사람들의 시선이 다 그들에게로 향했다.

"여기는 왜?"

"오늘 마지막 날이니까. 둘이서 보내고 싶었어."

무뚝뚝하게 던진 한마디에 주아는 감동을 했다.

"그냥 이렇게 돈쓰지 말고……."

"돈은 쓰라고 버는 거야. 그런 거 신경 쓰지 마. 그리고 우리의 계약 조항에는 주아를 위해 돈을 쓰는 것도 들어 있어."

"오, 난 은행과 계약을 한 듯."

"맞아."

"난 농담인데 그렇게 진지하게 받아치면 내가 할 말이 없잖아요."

"난 진심이야."

그녀의 손을 잡은 그가 사람들의 시선을 받으며 가장 좋은 자리에 앉았다.

"와, 한강이 다 보여요."

"여기는 처음인가?"

"네, 전 전국에 안 가본 곳은 없는데 다 공연만 해서 놀러 가 본 곳은 없어요. 한강도 이렇게 높은 곳에서 본 건 처음이에요."

처음으로 누군가에게 한 이야기다.

"너무 어린 나이에 연예인이 된 아이들을 보면 전 참 안쓰러워요. 좀 누릴 것 다 누린 다음에 시작해도 늦지 않는데 라는 생각이 들어요. 하지만 요즘 데뷔하는 나이가 자꾸 어려지니 전 할머니 나인 거죠."

"예쁜 할머니군."

"고마워요."

저녁은 코스요리였다. 이런 식의 요리를 먹어 본 적이 없어서 그녀는 그가 먹는 걸 보며 눈치껏 먹고 있었다.

"오늘 고마워요."

"뭐가?"

"이렇게 잘해 주니까요. 알아요. 왜 이러는지."

주아는 스테이크를 야무지게 먹으며 말했다.

"내가 여러 가지 일을 당한 게 불쌍한 거죠?"

"난 불쌍한 여자에게 이렇게 돈을 쓰지 않아."

"미안해요."

"아니야."

그가 화가 난 것 같았다. 포인트는 그게 아니었는데 그를 화나게 하고 말았다. 뭔가 그에겐 자꾸 미안한 마음이 들었다. 그러면서도 그에게 말하면 다 해결이 될 것 같은 믿음이 있었다. 그건 남녀 간의 사랑과는 차원이 다른 문제였다.

호준은 주아에겐 비빌 언덕이자 버팀목이었다. 방법이야 어쨌든 인정하지 않을 수 없었다. 조용히 식사하는 그의 모습을 보며 주아는 속으로 생각했다. 이 남자를 사랑한다는 걸 부인하기가 이렇게 힘든 일이구나 라고 말이다.

남자를 사랑하게 될 일은 없을 거라고 호언장담하던 그녀였다. 남자들은 그녀를 사랑할 수밖에 없지만, 그녀의 마음을 그렇게 훔친 남자는 없을 거라고 생각했다. 지금 생각해 보면 어디서 그런 자신감이 나왔는지 알 수 없지만 말이다.

"왜 웃지?"

"아니에요. 제가 자신감이 지나쳤나 봐요."

그녀는 그의 표정을 보고 또 한 번 웃었다.

"매력 있어요. 호준 씨."

"칭찬인가? 고맙군."

"사실이에요. 잘생기고 매너 좋고 여자한테 잘하고 세상 최고의 남자죠."

"잘생겼다는 말은 굳이 부인하지 않아도 되고 나머진 아니야."

그가 얄밉게 말하고 있었다. 본인이 잘생긴 건 아는 모양이었다.

"오늘 여기 온 건 아주 좋은 것 같아요. 기분이 그동안 좋지 않았는데 많이 풀렸어요."

그는 그저 주아를 볼뿐 말이 없었다. 커피를 마시는 동안 주아는 처음으로 밖의 풍경을 마음껏 감상했다.

"오늘 마지막 날인데 불꽃놀이는 안 하나?"

이런 곳에서 불꽃놀이를 본다면 진짜 환상적일 것 같았다.

"이따가 할 거야."

"그거 보고 가고 싶다."

이건 진심이었다. 불꽃놀이가 펼쳐지는 시간에 그에게 고백하고 싶었다.

"볼 거야."

"정말이에요?"

"응."

주아는 아주 밝은 비소로 그에게 감사의 표시를 했다. 오늘은 처음으로 마음 편하게 웃으며 모든 걸 즐길 수 있었다. 그와 함께.

창밖에 한강이 흐르고 그 위에 유람선들이 화려한 조명을 켜고 유유히 다니는 게 내려다보이고 있었다. 서울에 그렇게 오래 살았으면서 이렇게 멋진 광경을 편하게 볼 여유가 없었다. 레스토랑에서 주아가 한 말처럼 그도 이렇게 뭔가를 편하게 볼 시간이 없었다.

바쁘게 살았고 앞으로도 그렇게 살 것 같았다. 하지만 그의 품 안에 있는 여자 때문에 호준은 조금 다르게 사는 것도 나쁘지 않을 것 같다는 생각이 들었다. 바깥 풍경을 보고 있는 주아의 머리 위에 그의 턱을 대고 있으니 마음이 편안해졌다.

주아와 시간을 보낼수록 그는 편안함을 느꼈다. 주아를 처음 보았을 때 그는 이상하게 심장이 두근거리며 불편한 마음을 가졌다. 여자를 안고 싶다는 마음이 그에겐 불편한 마음이었다. 운동을 하면서 생각하지 말아야 할 것 중에 하나가 여자였다.

집중하는 일을 하는 만큼 그는 다른 것에도 꽂히면 그만큼 집중을 하게 되고 자신이 그럴까 봐 멀리할 것들을 정해두고 대부분은 조심하며 살았다. 하지만 그의 품에 안겨 밖을 바라보고 있는 주아는 좀 달랐다.

지켜주고 싶은 마음이 자신도 모르게 들어버렸다. 호준은 자기 자신밖에 모르는 삶을 살았다. 운동만 열심히 하면 모두가 그를 떠받들어 주었다. 그의 부모님까지 말이다. 하지만 지금 주아는 그가 봐주지 않으면 힘든 삶을 살아가야 했다.

그게 너무나 안타까웠고 자신도 모르게 그녀를 돕고 있었다. 그의 손이 주아의 가는 허리를 감쌌다.

"고마워요."

"뭐가?"

"오늘 날 위해서 해 준 것, 그리고 그동안 날 위해 해 준 모든 것들이요."

"……."

주아는 진심을 담아 이야기하고 있었다.

"내가 해 주고 싶어서 한 거야. 신경 쓰지 마."

"한 가지 물어봐도 돼요?"

그의 품에 얌전히 안겨 있던 주아가 그를 올려다보며 말했다. 주아의 맑은 눈동자 안에 그가 고스란히 담겨 있었다.

"우리의 계약은 어디까진 가요?"

"기간을 말하는 거라면 주아가 평생이라고 말하지 않았나?"

"맞아요. 그러니까 난 평생 당신의 노예가 되는 건 맞아요. 왜냐면 당신은 내 조건을 다 충족시켜 주었으니까요. 그런데 난 뭘 하면 되냐는 거죠."

"뭔가를 해야만 하는 건가?"

"그러니까 역할?"

요점을 지나 돌려 말하는 모습이 상당히 귀여웠다. 그는 주아가 뭘 원하는지 알고 있었다. 사실 오늘 그 말을 하기 위해 이 자리를 마련한 것이다. 하지만 한 가지 주아가 그에게 말하지 않은 것이 있었다.

주아의 입을 통해 그를 향한 주아의 진심을 말하지 않으면 그도 주아가 듣고 싶어 하는 말을 하지 않을 생각이었다.

"역할?"

"아, 아니에요."

주아가 말을 하려다 말았다. 호준은 꼭 오늘 그녀의 마음을 듣고 싶었다. 그렇지 않으면 그가 준비한 모든 게 다음으로 미뤄져야 하는 상황이 된다. 그는 1월 말부터 미국으로 전지훈련을 떠나기 때문에 마음이 급했다.

주아가 그를 살짝 밀더니 그에게서 벗어나려 했다.

"와인 한 잔 더 마실까?"

"아뇨."

조용한 목소리였지만 그녀가 삐졌음이 바로 느껴지고 있었다. 그가 주아의 손을 잡아끌었다.

"악!"

놀란 주아가 소리를 질렀지만 그의 품 안에 폭 안겨 있었다.

"뭐 해요?"

"이거."

그의 달아오른 입술이 주아의 입술을 강하게 삼켜 버렸다. 저항하는 주아의 입을 벌리고 혀를 밀어 넣자 주아는 더 이상 저항하지 않았다. 입안 구석구석을 핥으며 그는 주아와의 키스가 그의 영혼까지 흔들고 있다는 걸 인정하지 않을 수가 없었다.

좋았다. 그녀의 타액이 그의 입안으로 흘러 들어가는 것도 좋았고 그녀의 부드럽고 말랑한 혀가 그의 혀를 감을 때도 좋았다. 그녀의 치열 사이로 살짝 삐져나와 있는 애교 섞인 어금니도 좋았고 그녀의 모든 게 그를 매료 시키고 있었다.

한 여자와 이렇게 오랜 기간을 만난 적이 없었다. 그리고 한 여자와 두 번을 잔 적이 없는 그는 자꾸만 만지고 싶고 먹고 싶은 주아가 참 이상했다. 그를 이토록 무섭게 사로잡는 그녀가 두렵기까지 했다.

"으으음, 핫."

그녀의 입에서 신음이 터져 나왔고 그의 자제력의 끈이 툭하고 끊어져 버렸다. 호준은 그녀를 안아 들고는 침대로 가기 전에 더 진한 키스를 했다. 깃털만큼이나 가벼운 그녀를 안아 든 호준은 소파 위에 그녀를 안고 그대로 앉았다.

그녀에게 준, 첫 번째 고백의 기회였다.

"날 어떻게 생각하지?"

"좋아해요."

원하는 답이 아니었다. 그는 다시 주아의 입술에 거친 키스를 했다. 오답에 대한 벌이었다. 그는 주아의 드레스 지퍼를 정확하게 찾아 단번에 드레스를 벗겨버렸다. 지금 주아가 입은 건 팬티스타킹과 구두가 전부였다.

"으으음."

주아가 그의 목을 양팔로 끌어안고는 강한 키스로 답을 하고 있었다. 자신은 소파에 앉고 주아는 그의 앞에 세운 호준은 팬티스타킹과 구두를 한꺼번에 처리했다. 그녀의 멋진 몸이 그의 모든 걸 사로잡고 있었다.

새하얀 피부가 조명과 달빛에 그대로 드러나고 있었다. 호준은 그녀의 허리를 잡고 자신의 얼굴 가까이 그녀를 끌어당겼다. 그녀의 여성이 향긋한 내음과 함께 그의 코앞에 있었다.

무성한 검은 숲이 그를 유혹하는 듯이 당당하게 자리했다. 호준은 손가락으로 숲을 해치고 들어가 그녀의 젖은 질 안으로 손가락을 집어넣었다.

"아아앙."

그가 손가락으로 질벽을 긁어내리자 주아가 자지러지는 듯 신음을 냈다. 호준은 갑자기 웃음이 나왔다. 자신이 이렇게 여자에게 홀린 적이 있었던가 하는 생각이 들었기 때문이었다. 주아는 마녀가 따로 없었다.

대중들도 그녀의 무한한 매력으로 홀렸지만, 지금은 마운드의 악마를 홀려 버렸다. 그녀의 움직임 하나하나가 그에겐 기쁨이 되어버렸다. 호준이 주아를 다시 안아 들고는 유리벽에 기대게 했다. 마치 그녀가 하늘에 떠 있는 것 같았다.

"아름다워."

"……."

주아는 웃음으로 그를 두 번째 유혹했다. 그녀의 웃음에 풍만한 가슴이 출렁이고 있었다. 마치 환상 속의 여인이 그의 앞에 있는 것 같았다. 호준은 주아를 유리벽과 그사이에 가두고는 주아의 입술에 자신의 입술을 댔다.

"날 어떻게 생각하지?"

"진심으로 좋아해요."

약했다. 그가 원하는 답이 아니었다. 그는 주아의 입술을 강하게 삼켰다. 호준의 흥분한 페니스가 주아의 배를 찌르고 있었다.

"으으으응."

그는 자세를 살짝 낮춰서 주아의 여성에 자신의 페니스를 비볐다. 그녀의 애액이 그의 페니스를 적시고 있었다.

"오늘은 여기서 이 멋진 야경을 보며 주아를 먹어 치울 거야."

그가 주아의 한쪽 다리를 들어 올리며 그녀의 질에 페니스의 끝을 맞추었다.

"으윽."

그는 온 힘을 다해 단번에 주아의 안으로 들어갔다. 그녀의 질은 그를 미치게 만들 정도로 타이트했다.

"아아아앙."

허리를 움직일 때마다 느껴지는 황홀함은 점점 더 큰 자극을 원하고 있었다. 그녀와 같이 누릴 수 있는 극한의 쾌감을 느끼고 싶은 호준이었다.

그의 움직임이 점점 더 거칠어졌고 주아는 유리벽에 김이 서리게 만들 정도로 온몸이 땀으로 젖어 들었다. 마지막으로 그가 주아에게 물었다.

"날 어떻게 생각하지?"

"좋아해요."

그녀는 이번에도 그의 기대에 미치지 못하는 답으로 실망을 안겼다. 호준은 주아를 돌려세우고는 뒤에서 그녀의 질로 자신의 페니스를 넣었다.

"아악!"

유리벽을 짚으며 그녀가 비명에 가까운 신음을 냈다. 그때였다. 갑자기 주변이 환해지더니 밖에서 불꽃놀이가 시작되었다. 새해가 온 모양이었다.

"사랑해요."

갑작스러운 그녀의 말에 그가 깜짝 놀라 동작을 멈추었다.

"사랑한다고요. 늦게 말해서 미안해요. 하지만 지금 말하고 싶었어요."

주아는 그에게 고백할 때를 기다린 것이었다. 그의 마음을 다 알면서 그녀는 여우처럼 굴었다.

그래도 속없이 기쁜 마음에 호준은 열심히 허리를 움직였다. 그녀의 반응은 최고였다. 김이 서린 창에 두 사람의 손이 서로 얽혀 있었다.

"아아앙, 호준 씨."

"더 해달라고 해."

"깊게 넣어 줘요."

그는 주아를 안아 들고는 침대에 눕혔다. 그리고 그 위로 자신의 몸을 겹쳤다. 그리고 그의 페니스를 그녀의 여성에 문지르기 시작했다. 주아는 입술을 깨물며 신음을 참았다.

"참지 마. 보고 싶어 너의 흥분한 모습."

그의 말에 주아가 부끄러운지 얼굴을 살짝 돌렸다. 그 모습이 너무나 사랑스러워 보였다.

"아직 대답 안 했어요."

"뭘?"

"우리의 계약."

"……."

그녀의 말에 그는 침대에서 내려왔다. 그의 갑작스러운 행동에 주아는 당황한 것 같았다.

"그, 그러니까……."

뒷말을 차마 하지 못 하고 울먹이는 것 같았다. 더 이상 그녀를 애태우면 안 되겠다는 생각이 든 그는 재킷에서 뭔가를 꺼내 들었다. 그리고 그녀의 손가락에 끼워주었다.

"이, 이거는……."

주아의 눈에서 눈물이 흘러내렸다.

"사랑해. 그리고 결혼해 주겠어?"

"……."

자신이 생각해도 대답하기 곤란할 만큼 참 멋없는 물음이었다.

"흑흑흑."

주아는 말도 하지 못하고 울기만 했다.

"흑흑, 그러니까 지금 나를 놀리는 거죠?"

"난 이렇게 비싼 반지를 선물하며 놀리지 않아."

그가 내민 반지는 5캐럿짜리 다이아 반지였다.

"진짜예요?"

"응."

그는 자랑스럽게 말했지만 돌아 온건 강 스파이크였다.

"당장 가서 물러요. 이게 얼마나 비싼데 겁 없이 써요?"

그녀의 말에 당황스럽기도 했지만 기분이 나쁘지 않았다.

"주아 씨, 신랑 될 사람 입장에선 그리 비싼 건 아닙니다. 반지는 마음에 듭니까?"

"흑흑, 네."

그녀는 이렇게 말하며 눈물은 흘리지만 입가에 미소가 가득한 채로 말했다.

"예뻐요. 그런데 진짜 사람을 이렇게 놀라게 하는 법이 어디 있어요."

"아까 주려고 했는데 나도 듣고 싶은 말은 들어야 손해가 없을 것 같아서 말이야."

"말로 해야 알아요? 딱 보면 모르게?"

"그건 내가 할 말이군. 그렇게 노심초사하면서 당신 일을 다 처리해 주는데 그게 감정 없이 되는 일이라고 생각해?"

"그렇긴 해요."

눈물을 쉴 새 없이 쏟아 내면서도 그녀는 그의 말에 꼬박꼬박 대꾸했다. 그는 귀엽게 조잘거리는 그녀의 앵두 같은 입술을 다시금 그의 입술로 덮어버렸다. 달콤한 맛이 입안 전체에 퍼지는 것 같았다.

"이제 내 거네요?"

"아마도."

"내가 가진 것 중에 이게 가장 좋은 것 같아요."

그녀의 손이 그의 페니스를 가볍게 쥐었다.

"이게 아니고?"

이번엔 그가 그녀의 여성을 손안에 쥐었다.

"사랑해요."

갑자기 그녀가 선제공격을 퍼부었다. 호준은 언제나 받으면 되로 갚아 주는 스타일이었다.

"내가 더 사랑해."

그리고 주아의 다리를 벌려 자신의 거대한 페니스를 질 안으로 밀어 넣었다. 그리고 얼마나 그녀를 사랑하는지 알려 주기 위해 거친 움직임을 시작했다. 침대 헤드를 잡고 있는 그의 팔에 힘이 들어가자 팔뚝의 힘줄이 바깥으로 나올 듯이 툭하고 튀어나왔다.

"하아, 하아."

그녀의 숨소린지 그의 것인지 모를 만큼 숨소리가 거칠어지며 그의 동작도 절정을 향해 달리고 있었다. 호준의 가슴이 거친 숨과 함께 들썩이고 있었다. 주아는 그의 등에 자신의 손톱자국을 내며 격한 반응을 보이고 있었다.

"호준 씨……. 흡."

그녀가 그의 이름을 부르자 순간 참을 수가 없었던 호준이 그녀의 입술을 거칠게 차지했다. 주아는 그를 광기 어리게 만드는 재주가 있었다. 위험할 만큼 섹시한 여자가 주아였다.

그녀의 가슴이 그의 움직임에 따라 아래위로 흔들리며 그를 미치게 만들었다. 마른 몸에 비해 상당히 풍만한 가슴을 가진 주아였다.

"수술한 거야?"

순간의 궁금증을 못 참고 물었다.

"아뇨."

"다행이군."

뭐가 다행인지 몰라도 그녀의 가슴이 가짜가 아니란 게 너무 안심이 되었다. 이렇게 비현실적인 크기의 가슴이 자연 그대로라는 게 놀라웠다. 마지막을 향해 거칠게 움직이던 호준이 마침내 그녀 안에 그의 분신을 쏟아 냈다.

"오늘 아이가 생겼으면 좋겠어."

갑자기 그녀를 닮은 딸이 있었으면 좋겠다는 생각이 든 호준이었다.

"네?"

"그러면 새해에 생기는 아이잖아."

"못 말려요."

주아가 피식 웃었다.

"남자아이면 야구를 시킬 거고 여자아이면 가수를 만들 거야."

"반대인 상황이면 어쩌려고요?"

"여자도 소프트볼 시키면 돼. 남자가 가수하면 골치 아픈데……."

"왜요?"

"너무 여자들이 많은 건 안 좋을 것 같아."

호준의 말에 주아는 웃음 지었다.

"나 같은 딸 나와서 남자들을 주렁주렁 달고 다니면 어쩌려고요."

"그건 안 될 말이지."

벌써부터 호준은 바짓바람을 일으키고 다닐 아빠처럼 보였다.

"난 호준 씨가 벌써부터 걱정이에요."

다시 한 번 유리창에 불꽃이 시작되었다.

"아까 건 아니었어요. 지금이 진짜네요."

핸드폰으로 시간을 확인한 주아가 말했다.

"사랑해요."

"나도 사랑해."

둘은 서로를 끌어안고 서서 불꽃을 보며 각자의 소원을 빌었다. 그리고 주아는 하늘의 별을 보며 진우를 생각했다. 그녀의 이런 행복한 모습을 봤다면 제일 좋아할 사람이 진우였다. 주아의 눈에 눈물이 흘러내리고 있었다.

퍽!

글러브에 들어간 공이 마치 창이 과녁에 꽂히듯이 강하게 들어왔다.

"스트라이크!"

우렁찬 목소리가 운동장을 가득 채우고 있었다. 효신초등학교 야구부에 모처럼 스타가 떴다. 운동장 중앙에는 커다란 현수막이 붙어 있었다.

〈제1회 오진우 야구 교실.〉

그 밑으로 프로 야구 선수 강호준이 쓰여 있었다. 이번엔 시즌이 끝난 상황이라서 구단의 다른 선수들까지 와서 효신초등학교 학생들뿐 아니라 희망하는 다른 학교 야구부들도 많이 참석을 했다.

"좋아, 어깨에 힘 빼고. 다음."

퍽!

"볼 던질 때 어깨에 너무 힘이 들어가잖아. 너희들은 저기 서서 팔목 훈련."

"네."

말이 초등학교지 완전히 군대 같았다. 돌 위에 올라간 아이들이 끈에 매달린 바벨을 감아올리는 운동을 하기 시작했다. 옆에서 봐도 힘들어 보였다. 운동장에서는 외야수 아이들이 런닝 펑고를 받고 있었다.

코치가 공을 방망이로 쳐주면 대각선으로 달리면서 받는 훈련
이었다. 한쪽에선 운동장에 사다리 같은 선을 긋고는 육상선수처
럼 그곳을 다리는 훈련을 하고 있었다. 한마디로 정신이 없는데
학부모들까지 몰려 운동장은 발 디딜 틈이 없었다.

"진우 어머님 감사합니다. 진우도 지금 저희와 함께할 겁니다."

감독님이 울컥했는지 말을 잇지 못하셨다.

"그럼요. 저도 그럴 거라고 생각합니다."

"운동장에 뿌릴 소금도 감사합니다."

"그건 우리 주아가 한 겁니다."

겨울에 땅이 어는 걸 방지하기 위해 소금을 뿌리고 중장비 차로
운동장을 다지는데 그걸 주아가 해 주었다. 이게 다 진우를 잊지
말아 달라는 뜻이었다. 그래서인지 야구부실 안에는 진우의 사진
이 감독의 사진보다 더 크게 걸려 있었다. 그 정신없는 와중에도
그녀와 사진을 찍고 싶어 하는 사람들에게 진우를 말하며 잊지 말
아 달라는 부탁을 하고 사진을 찍어 주었다. 주아는 진심으로 이
곳에 조카가 있다고 생각했다.

"주아야."

호준이 그녀를 불렀다. 주아는 눈치껏 선수들의 커피를 챙겨서
들고 갔다.

"감사합니다."

일일이 다 인사를 하며 커피를 나눠주고 있는 주아에게 키 큰 남학생이 찾아왔다. 사진을 찍어달라는 소린 줄 알았는데 그 학생이 그녀의 손에 돈을 쥐어 주었다.

"이게 뭐야?"

천 원짜리, 오천 원짜리, 만 원짜리가 섞여 있는 10만 원이었다.

"진우에게 빌린 돈입니다."

"뭐?"

녀석이 울기 시작하자 주아도 함께 울었다. 무슨 영문인지도 모르는데 자꾸 눈물이 나왔다.

"그거 스파이크 값이에요."

"야구화?"

"네, 제 신발이 너무 낡아서 친구들이 놀렸는데 진우가 자기 용돈 모은 걸로 제 신발을 사 줬거든요. 나중에 프로 가면 꼭 갚으라고 했는데 기회가 없어서……."

올해 중학교에 입학하는 졸업생이었다. 그녀도 아는 얼굴이었다. 갑자기 커서 잘못하면 못 알아볼 뻔했다.

"승철이던가?"

"네? 네."

"받은 걸로 할게."

"그건 싫습니다."

승철이는 완강하게 거절을 하더니 운동장으로 사라졌다. 황당한 얼굴로 돈을 가지고 서 있던 주아는 언니에게 돈을 주었다. 언니는 말없이 한동안 돈을 쥐고 울었다. 너무 아까운 아이가 세상을 떠났다.

나중에 이 이야기를 했더니 호준이 승철이가 프로에 입단할 때까지 후원을 해 주기로 했다는 이야기를 들었다. 인연은 이렇게 만들어지는 것 같았다. 이게 하늘에서 진우가 바라는 일일 수 있었다.

훈련을 마친 주아는 수고한 구단 선수들에게 술을 대접했다. 모두가 주아와 함께 하는 시간을 즐거워하는 분위기였다. 며칠 있으면 전지훈련을 떠나는 호준만 빼고 모두 분위기가 상당히 좋았다.

"러브 샷이라도 해야 하는 거 아닙니까?"

"삼겹살에 무슨 러브 샷이냐?"

그가 핀잔을 주어지만 그래도 할 건 다했다. 러브 샷을 하며 주아는 처음으로 얼굴을 붉히는 호준을 보았다. 아주 귀여웠다.

"전지훈련 같이 가십니까?"

"아뇨."

그에게 방해가 될 것 같아 그녀가 가지 않겠다고 말을 해 놓은 상황이었다.

"우리 강 선수 매일 밤마다 허벅지를 찌르게 생겼습니다."

선수들이 놀리는데도 호준의 표정은 그리 밝지 않았다. 아마도 그녀의 결정에 화가 많이 난 모양이었다.

"제가 가면 방해가 될 뿐이에요."

"아닐 걸요."

회식을 마친 주아는 말이 없는 호준의 뒤를 따라 걷고 있었다.

"호준 씨 오늘 고마웠어요."

"……."

이제 대꾸조차 없었다.

"고마웠다고요."

"……."

단단히 삐친 것 같았다. 유신의 말로는 한 번도 가족들이 그와 함께 전지훈련을 간 적은 없다고 했다. 집에 도착해서도 그의 표정은 여전히 굳어 있었다.

"꿀물 한 잔 줄까요?"

"……."

그녀는 꿀물을 타서 그에게 건넸다. 그러자 정말 유치하게도 그는 꿀물만 받아 들고 2층으로 올라갔다.

"나랑 말 안 해요?"

"……."

결혼 전인데도 이런데, 결혼 후에는 어떨지 벌써부터 걱정이었다. 주아는 자신의 잔을 들고 조용히 그의 뒤를 따랐다.

"나중에 어쩌려고 저러는지……."

그녀가 침실에 들어서자 먼저 그녀의 눈에 띄는 건 호준이 멍하게 서서 그녀의 여행용 가방을 보고 있다는 것이었다.

"너무 많나? 이것도 무게로 가나요?"

"……."

"진짜 말 안 해……."

주아의 입술이 그의 입술에 의해 차단이 되었다. 그의 혀가 미친 듯이 그녀의 입안에서 춤을 추고 있었다.

"으으음."

"진짜 같이 가는 거야?"

"네, 생각해 보니까. 당신 성적이고 뭐고 내가 당신 없인 못 살 것 같아서요."

"우와!"

좋기는 좋은 모양이었다. 그녀를 안아 들고 한참이나 빙그르르 돌린 호준이 기분 좋은 얼굴로 물었다.

"같이 가는 거지?"

"저거 풀기도 힘들어요."

"언제 쌌어?"

"오늘 아침에요."

그가 선수들을 만나 효신초등학교로 가는 사이에 그녀는 짐을 대충 꾸렸었다.

"사랑해."

"너무 애기 같은 거 알아요?"

"아니."

그래도 호준이 좋아하니 다행이었다.

"열심히 해야 해요?"

"유신이 같이 굴 거야?"

"더할 걸요?"

그녀의 웃음에 그도 같이 웃었다. 너무나 엄청난 사람과 만나 남들처럼 소소한 행복을 누리는 주아는 이것만으로도 만족했다. 벌써부터 연예계로 복귀하라는 말들이 나오고 러브콜도 많이 받았지만 그럴 마음은 현재로서는 거의 없었다.

그저 보통 사람으로서의 행복을 누리고 싶을 뿐이었다. 호준과 함께 말이다. 하늘이 별이 오늘 따라 유난히 반짝였다. 그녀의 유일한 사랑인 호준의 눈빛처럼.

··· THE END ···

에필로그

침대 하나, 책상 하나 그리고 온통 야구 장비뿐인 방안은 온통 땀 냄새로 가득했다. 어제도 운동을 하고 들어와 그대로 쓰러진 이 방의 주인은 침대에 누워 꿈쩍을 안 하고 있었다. 번데기처럼 이불을 돌돌 말고는 숙면 중이었다.

"일어나 운동 가야지."

"……."

아버지의 말에도 그는 대꾸도 하지 않고 이불을 머리까지 뒤집 어쓰고 있었다.

"야! 안 나와!"

한계에 도달한 아버지는 소리 소리를 지르고 계셨다.

18살 호준은 요즘 뒤늦은 사춘기로 몸살을 앓고 있었다. 내년에 있을 드래프드(프로구단 선수지명)에도 지장이 있을 만큼 연습에도 무기력했다. 그나마 다행인 건 아직은 성적을 유지하고 있었고 고 2기 때문에 아직 시간은 좀 있었다.

쾅!

"내 이놈을 그냥!"

야구방망이를 들고 들어 온 아버지를 보자 그가 자리에서 엉거주춤하게 일어나 양말을 신으려 했다.

"냄새나, 씻어."

"……."

호준은 여전히 입을 다물고 욕실로 들어갔다.

"아이고 속 터져. 저놈이 안 그러다 왜 저러는 거야?"

"호준이라고 매일 야구만 하는데 안 질리겠어요? 그리고 사춘 기인 것 같아요."

"나이가 몇 살인데 사춘기야?"

아버지의 목소리가 집안을 쩌렁쩌렁 울리고 있었다.

"에이!"

한바탕 난리를 치고 시작하는 아침이었다. 오늘은 프로야구 개 막전이 있는 날이라서 작년도 청룡기 우승을 한 호준의 학교 야구 부가 개막식 초대와 시구를 맡게 되었다. 호준의 선배가 시구자였고 호준은 선배를 도와주는 자리였다.

그의 목표인 구단의 불펜에 들어가 볼 수 있는 기회였다. 무기력함으로 채워진 호준이었지만 지금 만큼은 호준의 눈빛이 살아났다. 불펜에서 시구 연습을 하는 선배 지원의 모습을 보며 솔직히 좀 부러웠다.

"아, 아, 아. 아~."

갑자기 불펜 옆에 선수들이 사용하는 복도에서 이상한 소리가 나서 호준은 슬쩍 그곳으로 가보았다. 거기엔 요즘 한창 뜨고 있는 여가수 미미가 서 있었다.

"아아아."

목을 풀고 있는 모양이었다.

"언니."

신기한 듯 미미를 보고 있던 호준은 심장이 쿵하고 크게 뛰는 걸 처음으로 느꼈다. 물병을 미미에게 내미는 여자에게 호준의 시선이 완전히 고정되어 버렸다. 나이는 많이 어려 보이는데 큰 키에 아주 섹시한 옷을 입고 있었다.

"연예인이다."

지원 형이 시구 연습을 마쳤는지 어느새 호준의 옆으로 와서 미미를 보고 흥분했다.

"가서 사인받아 와."

"제가요?"

"그럼, 내가 가?"

언제나 이런 식이었다. 호준은 종이가 없어서 야구공 하나를 들고 미미에게로 다가갔다.

"저기 사인 좀 부탁드립니다."

옆에 서 있는 소녀 때문에 심장이 두근거렸지만 그는 미미에게 나름 당당히 말했다.

미미가 공에 사인을 하건 말건 호준의 시선은 소녀에게 가 있었다. 작은 얼굴에 빛나는 눈을 가진 소녀에게 호준은 첫눈에 반해 버렸다. 하지만 소녀는 호준을 보고 있지 않았다. 땅바닥에 뭐라도 떨어졌는지 바닥만 보고 서 있었다.

"주아야!"

누군가 그녀를 불렀고 그의 아름다운 소녀는 그의 곁에서 사라졌다.

"여기."

미미가 사인을 한 공을 호준에게 주었다.

"감사합니다."

호준은 미미에게 인사를 하는 중에도 눈은 소녀가 사라진 방향을 보고 있었다.

선배에게 사인볼을 준 호준의 관심은 이제 아까 그 소녀에게 가 있었다. 하지만 개막전 행사가 시작하기까지 소녀는 보이지 않았다. 오늘 애국가는 미미가 부르는 것 같았다. 그리고 아까 그 소녀는 미미의 스텝 정도로 보였다. 호준은 기웃거리며 소녀를 찾았지만, 어디에도 보이지 않았다.

"이거."

지원 형이 그에게 연습용 야구공 하나를 주었다.

"여기에 마음에 드는 선수 사인받아."

고맙게도 형이 공과 네임펜을 그에게 주었다. 아까 미미에게 사인을 받아준 것에 대한 보답 같은 것이었다. 하지만 지금 호준의 관심은 선수보다는 소녀였다.

행사가 끝이 나고 개막전 경기가 시작되었다. 호준은 잠시 화장실을 가려고 하는데 비상구 쪽에서 노랫소리가 들렸다. 저도 모르게 비상구 계단의 문을 연 그는 아까 그 소녀가 춤을 추며 혼자서 노래를 부르는 게 보였다.

처음 듣는 노래를 흥얼거리며 격한 춤을 추는 여자의 모습을 보면서 호준은 잘은 모르지만 미미보다 훨씬 더 유명한 가수가 될 것 같다는 생각이 들었다.

"뭐야 너."

넋을 잃고 자신을 보고 있는 호준을 본 소녀가 아주 당돌하게 말했다.

"가수야?"

호기심에 호준이 물었다.

"아직 아니야."

"잘하는데?"

그녀가 대답 대신에 너무 아름다운 미소를 그에게 지어 보였다.

"저기 나 싸인 좀 해줄래?"

지원 형이 준 공이 아주 요긴하게 쓰이고 있었다.

"어?"

당황한 기색이 역력한 소녀는 얼굴이 붉어졌다. 그리고 수줍게 그가 내민 야구공에 사인을 해 주었다.

"이름이 뭐야?"

"걸그룹으로 나갈 거야. 팀 이름 걸스 팝이야."

사인볼에는 걸스 팝 주아라고 써 주었다. 그때 누군가 그녀를 불렀다.

"고마워. 사인 처음 하는 거야. 넌 첫 번째 내 팬인 거야. 알았지?"

소녀는 아주 당돌했다. 하긴 그렇지 않으면 많은 사람들 앞에서 춤추고 노래하는 게 쉽지는 않을 것이다.

"응."

호준은 강하게 고개를 끄덕이며 사라지는 그녀를 보았다.

"걸스 팝 주아."

그렇게 호준은 주아의 팬이 되어버렸다. 얼마 후에 걸스 팝이
아닌 솔로로 데뷔한 주아를 호준은 프로가 되기 전까지 열렬히 좋
아했다. 팬 카페에 등록은 못 했지만, 아버지 몰래 그의 방 안 곳
곳에 주아의 사진이 있었고 사춘기 소년들이 그렇듯이 호준은 주
아의 사진을 가슴에 품고 매일 밤 잠이 들었다.

그는 주아의 열렬한 팬이었지만 사람들에게 드러내지는 않았다.
그리고 그는 프로 선수가 돼서 유명해 지면 주아가 애국가를 부르
고 그가 선발투수로 나가는 개막전을 생각하며 열심히 노력했다.

그렇게 프로에 입단을 했고 그는 날마다 승승장구를 했지만, 주
아를 만날 기회가 거의 없는 그였다. 거기에 매일 그녀에 관한 이
상한 소리만 듣게 되다 보니 솔직히 그는 주아에 대한 애증이 생
겨 버렸다.

그렇게 그는 매일 밤을 설치게 했던 주아를 점점 잊어 가고 있
었다.

미국으로 전지훈련을 가기 전에 주아는 어머니의 병원을 찾기
로 했다. 그와 결혼을 하기로 하고 많은 일이 있었지만 이상하게
호준의 어머니는 언제나 주아의 편이었다. 그게 너무나 감사했고
부모님이 안 계시는 주아로서는 어머니가 그녀의 친정 엄마 같다

는 생각이 들 정도로 좋았다.

"어머니."

"주아 왔구나."

노란색 튤립이 마르기 전에 항상 새 꽃으로 갈아 드리는데 이번 엔 노란색 튤립을 구하기가 어려워서 노란 장미를 가져온 주아였 다.

"어머니, 튤립이 없었어요."

"괜찮아."

"그래도 색깔은 맞췄어요."

"고맙구나."

어머니는 언제나 인자한 표정으로 그녀를 반겨 주셨다.

"이제 몇 개월간 못 보는데 마음이 안 좋아요."

"걱정하지 말고 다녀와."

"그런데 아버님은요?"

언제나 어머니와 함께 계시는 분이 보이지 않자 주아가 물었다.

"여기만 계시면 좀이 쑤시는 분 아니니. 그래서 요 앞에 초등학 교 야구부에 가서 아이들 훈련하는 거 보셔."

그 말을 들으니 아버님도 안쓰럽다는 생각이 드셨다.

"하긴 저도 조카 때문에 야구에 빠졌는데 이제 호준 씨 때문에 더 빠져 버렸어요."

"호준이가 너한테 빠진 것만 할까?"

"네?"

"너 몰랐어? 호준이가 네 팬이었던 거."

"설마요?"

"고등학생 때 늦게 찾아온 사춘기를 네 음악 들으면서 극복했다. 하긴 음악이라기보다 사진으로 말이다."

언뜻 이해가 가지 않았다.

"주아 네가 걸스 팝이라고 싸인해 준 거 아마 호준이가 가지고 있을 걸?"

"걸스 팝이요?"

주아는 너무 놀라서 하마터면 자리에 주저앉을 뻔했다.

"그래 걸스 팝이라고 쓰여 있었어."

"어머니가 걸스 팝을 어떻게 아세요?"

그 그룹은 연습만 했지 만들어지지 않았고 주아도 한 번도 언론에 이야기한 적이 없는데 신기하게 어머니가 알고 계셨다. 주아는 야구선수에게 싸인해 준 기억이 있었다. 첫 사인이었고 키가 무지막지하게 큰 선수였다.

그런데 야구 모자를 깊게 눌러쓰고 있어서 솔직히 얼굴은 기억이 나지 않았다. 그런데 그 사람이 호준이었다.

"말도 마라. 호준이 아버지가 사진 다 가져다 버린다고 난리 쳐서 내가 그 사진하고 CD를 숨기느라고 얼마나 애를 먹었는 줄 아니? 지금 생각해 보니 그것도 추억이네."

"그래서 어머님이 저를 반대하지 않으셨군요."

"뭐랄까? 가랑비에 옷 젖은 듯이 그렇게 나도 네가 좋아지더라."

"감사해요."

"우리 호준이 첫사랑이 주아 너니까. 그 점만 잘 알고 우리 호준이 잘 부탁한다."

"네, 어머니."

"난 네가 잘 할 거라고 믿어."

주아는 어머니를 꼭 안았다. 아들이 좋아한 여자를 어머니는 남들이 뭐라 하든 믿어 주셨던 것이다.

"감사하고 또 감사해요."

"뭘, 이제 네가 내 딸인데……."

그렇게 한참을 두 여자는 호준의 어린 시절 이야기를 했다. 집으로 돌아온 주아는 혹시나 싶어 호준의 개인 창고에 들어가서 옛날 호준이 쓰던 물건들을 찾는 데 성공했다. 진짜 박스 하나에 그녀의 사진이 가득했다.

"이런데 그렇게 싫은 척을 해?"

그녀를 좋아했다는 증거와 그리고 문제의 사인볼까지 찾은 주아는 호준이 집에 들어오기를 기다리고 있었다.

　오늘은 여기저기서 인터뷰 요청이 많아 바쁜 하루였다. 그의 로드 매니저인 수호와 유신이 아주 바쁜 시간을 보내는 데 일조하고 있었다.

　"훈련 전인데 너희 둘 때문에 아주 컨디션이 제로야."

　"또 왜?"

　그가 투덜거리자 운전석 옆자리에 앉아 있던 유신이 물었다.

　"집에 주아가 혼자 있다고."

　"알아, 우리 셋 중에 너만 여자 친구 있는 것도."

　"아닙니다. 저도 연정이 있습니다."

　"그래, 좋겠다."

　유신이 완전히 삐져 있었다. 수호와 연정이는 이번에 사귀기로 한 모양이었다.

　"여자를 사귈 시간을 줘."

　"너도 주변에서 찾아."

　"……."

　유신이 대답하지 않았다. 호준이 볼 때 유신은 윤수에게 마음이 있었다. 하는 짓이 그가 주아에게 하는 것과 같았다.

　"왜 대답이 없냐?"

"……."

"우리 처형을 준형이 선배에게 소개시켜 줄까 하는데……."

호준이 미끼를 던졌다.

"닥쳐."

"왜, 지랄이야? 남의 처형 가지고. 준형이 형이 어때서? 잘생겼지 돈 많지."

"이혼했잖아."

"우리 처형도 이혼했어."

"안 돼."

"미친놈."

유신인 분명히 처형 윤수에게 마음이 있었다.

"우리 진서 있는데 괜찮겠어?"

"어."

순간적으로 말이라서 유신도 놀란듯했지만 차 안에 있는 누구도 더 이상의 말은 하지 않았다.

"도착했습니다."

"둘 다 일산으로 가겠구먼."

호준이 알만 하다는 듯 말하고는 차에서 내려 집으로 들어갔다. 주아가 오전에 병원에 다녀갔다는 소리를 아버지에게 전해 들었다. 어른들이 모두 주아를 예뻐하시는 것 같아 다행이라는 생각이 들었다.

집으로 들어가니 1층엔 아무도 없었다. 주아가 문 앞에서 반겨 줄 거라 기대했는데 조금 실망이었다.

"주아야!"

그는 큰소리로 주아를 부르며 2층으로 올라갔다. 주아는 2층에 도 보이지 않았다.

"어디 갔나?"

아니다. 주아의 차가 그대로 있었다. 침실로 들어간 호준은 그 자리에 그대로 얼어붙고 말았다. 주아가 실오라기 하나 걸치지 않 은 채로 창가에 있는 큰 의자에 앉아 있었다.

"왔어요?"

"어? 어."

바보가 된 듯 말을 더듬기까지 했다. 주아의 모습을 보고는 안 그럴 남자는 아무도 없을 것이다. 그리고 이렇게 섹시한 여자가 그의 여자였다. 주아는 긴 웨이브 머리를 길게 풀어 양쪽 가슴을 커튼처럼 가리고 있었고 다리를 꼬고 앉아 그를 촉촉한 눈으로 바 라보고 있었다.

저물어 가는 노을이 마치 조명처럼 그녀를 빛내주고 있었다.

"오늘 무슨 날이야?"

"아주 중요한 날."

그녀가 이런 이벤트까지 벌일 정도면 중요한 날인데 도통 기억이 없었다.

"300일인가?"

"땡!"

머리를 아무리 굴려도 생각나는 게 없었다. 그런데 그녀가 야구공 하나를 꺼내서 손 위에 올려놓았다. 마치 인어가 커다란 진주를 꺼내 든 것 같았다.

"주아야."

답답한 마음에 그녀의 이름을 불렀다.

"이거."

휙!

그녀가 공을 그에게 던졌다.

"기억 못 하네. 재미없어."

"⋯⋯."

기억을 못 하는 게 아니었다. 잠시 잊고 있었다. 그런데 어떻게 주아가 이 공이 있다는 사실을 알았는지 궁금했다.

"이걸 어떻게⋯⋯."

"내 첫 번째 팬이 아주 귀한 성물을 너무 험하게 보관하고 있더라고요."

"그게 아니야⋯⋯."

"아니긴."

주아가 갑자기 의자에서 일어나려 했다. 하지만 이번엔 호준이 빨랐다. 마치 베이스 스틸을 하듯 빠르게 그녀를 잡았다.

"어떻게 안 거야?"

그가 주아를 안아 들고는 물었다.

"어머님이 아주 상세히 당신의 사춘기에 관해 말해 주셨죠. 내 사진으로 버텼다는 중요 정보도 주시고."

"맞아."

"그럼, 내가 첫사랑인가?"

"아니, 마지막 사랑이지."

"훗, 좀 멋졌어요."

"나야 항상 멋지지."

그의 입술이 그녀의 입술을 덮었다. 그리고 혀로 그녀의 입안 깊숙이 들어와 그녀를 차지하기 시작했다.

"오늘 너무 예뻐."

둘의 입술이 붙은 채로 그가 주아의 입술위 에서 말하자 주아가 몸을 부르르 떨었다.

"난 항상 예뻐요."

"빙고."

침대 위에 주아를 내려놓은 호준은 급하게 옷을 벗어 던지고는 바로 그녀의 옆으로 누웠다. 인어 같은 주아의 몸을 굳은살투성이의 손으로 만지는 게 미안한 마음이 들기는 했지만 그래서 그녀의 아름다운 곡선은 그에겐 유혹 덩어리였다.

"훈련은 제대로 할 수 있을까?"

"아마도 어려울 것 같아."

그가 주아의 가슴골에 손가락을 넣으며 말하자 주아의 손이 그의 페니스를 살며시 잡았다. 갑작스러운 주아의 손길에 그는 깜짝 놀랐지만 그대로 두었다.

"가지 말까요?"

"아니."

주아가 그를 향해 미소 지었다.

"저도 꼭 갈 거예요."

주아의 손이 아래위로 움직이며 그의 페니스를 극한의 상황까지 몰아가고 있었다.

"위험해."

"난 익스트림이 좋아요."

호준이 순간적으로 주아의 위로 올라갔다.

"난 지금 무엇보다 주아를 빨리 먹고 싶어."

"얼마든지."

오늘 주아는 상당히 공격적이었다. 주아의 입술이 그의 입술을 먼저 삼켰다. 그의 목에 팔을 두르고 그녀는 신음을 내며 그의 입술을 빨아들였다. 서로의 혀가 입안에서 얽히며 서로의 타액이 그 어느 때보다 강하게 오가고 있었다. 침대 위의 둘은 서로를 안으며 한 몸이 되어 있었다.

"호준 씨, 빨리요."

오늘따라 주아가 굉장히 적극적으로 그를 원했다. 그녀는 스스로 다리를 벌리고 그의 허리를 감았다. 그의 페니스가 자연스럽게 그녀의 질 앞에 있었다. 주아는 엉덩이를 들어 그의 페니스를 자극하기 시작했다.

"주아야."

그는 저도 모르게 그녀의 엉덩이를 잡았다. 자꾸 이렇게 자극하면 들어가기도 전에 그의 분신들이 밖으로 나올 것 같았다. 그는 주아의 엉덩이를 강하게 잡고는 단번에 그의 페니스를 그녀의 안으로 밀어 넣었다.

"으윽."

미칠 것 같았다. 페니스가 그녀의 안에서 단단히 붙잡혔다. 주아의 질은 점점 더 타이트해지는 느낌이 들었다. 그래서 그는 주아에게 빠져나올 수가 없었다. 어릴 때 그의 몽정의 대상이 주아였다. 하지만 그는 그것까지 주아에게 말하진 않을 것이다.

주아는 그가 얼마나 그녀에게 빠져 있는지 여우처럼 잘 알고 있었다.

"더 깊이."

그녀의 명령에 호준은 오늘도 충실히 복종하고 있었다. 허리를 빠르게 움직이며 주아의 흔들리는 가슴을 잡았다. 그의 모든 피가 아래로 몰리고 있었다. 절정을 향해 가는 두 사람의 거친 호흡이 방안을 가득 채우고 있었다.

"으으윽."

"하아하아항."

그의 분신들이 그녀의 안으로 모두 쏟아져 나오고 땀에 젖은 그가 주아의 몸 위에 그대로 쓰러졌다.

"헉헉, 멋졌어요."

그녀는 이렇게 말을 하고는 그의 등을 손으로 쓸어내렸다.

"빨리 결혼하고 싶어."

"전지훈련 끝나고 우리 어머님 아버님 앞에서 그냥 조용하게 했으면 좋겠어요. 아니면 혼인신고만 했으면 좋겠어요."

"왜?"

"그냥 이제 사람들의 시선을 받는 게 좋지 않아서요."

"서운할 텐데……."

"그냥 우리 예식에 쓸 돈은 혈액암에 걸린 친구들에게 기부해요."

마음까지 예쁜 주아였다.

"하지만 멋진 웨딩 사진은 찍고 싶어요."

"알았어."

"오늘 호준 씨의 추억이 담긴 박스 안에 내 사진이 가득한 걸 보고 사진은 남는구나 라는 생각이 들었거든요."

"그래, 미국에 가서 최고의 사진 작가에게 부탁할게."

"고마워요."

주아가 그의 품 안에 쏙 들어왔다. 그리고 피곤했는지 잠이 들어버린 주아를 호준이 내려다보았다. 그러다 옆에 놓인 주아의 사인볼을 한참 보았다. 그의 질풍노도의 시기를 견디게 해 준 공이었다. 지금도 그에겐 또 다른 변화의 시기가 찾아왔다. 그가 가정을 꾸려 가장이 되는 시기가 그것이었다.

하지만 지금 그의 품엔 사인볼보다 더한 행운의 여신이 있었다. 그는 이 여인과 함께라면 또 다른 변화를 잘 이겨 낼 것 같았다.

"사랑해."

"으으음."

여전히 잠이 들어 있는 미녀를 보며 그는 흐뭇한 미소를 지었다.

외전

5월도 이제는 무더웠다. 봄, 가을이 이제는 사라진 듯했다. 호준의 집은 오늘 아주 정신이 없었다. 외부인들의 출입이 거의 없던 이곳에 사람들의 행렬이 줄을 잇고 있었다. 유신은 손님들을 맞이하느라 정신이 없는 호준을 대신해서 안팎으로 정신없이 뛰고 있었다.

"주례 선생님 단상에 놓을 꽃이 안 보여요."

연정의 얼굴이 사색이 되어 그에게 물었다.

"그거 어제 하우스 웨딩 팀이 단상 아래에 놓아둔다고 했잖아."

"죄송해요."

유신의 목소리가 그다지 곱지 않자 연정이 꼬리를 내리며 단상

쪽으로 뛰어갔다. 결혼 당일임에도 불구하고 다들 정신이 없었다. 유신이 처리하지 않으면 안 되는 일이 많았다.

"유신아."

"아버지."

호준의 아버지가 바쁜 유신을 격려하기 위해 오셨다.

"네가 우리 호준이 때문에 고생이 많다."

"아닙니다."

"오늘만 지나면 주아가 널 많이 도와줄 거다."

"네."

"주스 정도는 주아가 챙기지 않겠니?"

유신의 맛없는 건강 주스를 이야기하시는 것이다. 아버지를 보내고 나자 본 식이 시작되었다. 확실히 연예인이라서 그런지 주아는 정말 아름다웠다. 호준이 녀석이 기를 쓰고 달려들 만했다.

호준은 아주 입이 귀에 걸린 상황이었다. 호준이 저렇게 정신 못 차리고 좋아하는 모습은 처음 보았다. 아마도 오늘은 넷이서 버진 로드를 걷기 때문일 것이다. 주아가 쌍둥이를 임신했다.

미국 전지훈련에서 호준은 훈련도 열심히 했지만 밤일도 아주 끝내줬던 모양이었다. 그래서 시즌 중에 결혼식을 급하게 올리게 된 것이다. 주아의 배가 날이 갈수록 불러왔기 때문이었다. 손님들도 적게 초대했는데도 구단 선수들이 거의 참석을 하다 보니 넓은 정원에 사람들로 아주 꽉 차 있었다.

"형님, 쉐프께서 아무리 생각해도 음식이 부족할 것 같다고 하시는데요."

수호가 다급하게 말했다.

"재료가 동이 날 때까지 만들라고 해. 필요한 건 빨리 사다 드리고."

"네."

그의 손에 들린 체크리스트가 빈 공간이 없을 정도로 꽉 차있었다. 하우스 웨딩업체에 의뢰를 하고 그들이 하는 걸 보니 속이 뒤집어질 것 같았다. 그래서 유신이 직접 나서게 된 것이었다.

뭐든지 완벽해야 하는 유신이었다. 현악 3중주의 부드러운 선율이 식장의 분위기를 잡아 주고 있었고 하얀 백합 장식도 고급스럽게 잘 되어 있었다. 모든 게 완벽했다.

"아저씨."

갑자기 그의 슈트를 당기는 손길이 느껴져 유신은 옆을 보았다. 드레스 차림의 진서가 그를 불렀다.

"진서야, 무슨 일이야?"

그가 마음속에 품은 여자의 딸이었다.

"잠깐 얘기 좀 해요."

엄마와는 다르게 진서는 주아처럼 당찬 구석이 있는 아이였다.

"왜, 우리 꼬마 숙녀님이 나를 다 찾으실까?"

"부탁이 있는데 우리 엄마 병원에 좀 데려다주세요."

"어?"

"오다가 한복에 다리가 걸려서 넘어졌는데 다리를 다친 것 같아요."

"뭐?"

유신이 바로 식장으로 들어가려고 하자 진서가 잡았다.

"엄마, 지금 안 움직여요. 결혼식 끝나고 이모 몰래 가 주세요."

"알았어, 고맙다."

"이건 제가 고마운 거예요."

갑자기 유신의 온 신경이 윤수에게로 가 있었다. 미국으로 전지훈련 가기 전에 사실 윤수에게 고백했다가 대차게 거절을 당한 유신이었다. 그 후로 윤수는 그를 아예 상대해 주지도 않았다.

마음에 상처를 받긴 했지만 윤수의 입장을 이해 못 하는 건 아니었다. 이혼녀에 연상녀. 거기다가 딸까지 있는 여자라서 그를 가까이 할 수 없다는 건 잘 알고 있었다. 하지만 그 모든 걸 그가 다 이해하겠다는데 거절을 했으니 그 상처가 너무 컸다.

예식이 끝나고 사진 촬영이 이어졌다. 정말로 윤수는 절뚝거리고 있었다. 유신은 한숨이 절로 나왔다.

"이봐요."

이벤트 회사 팀장을 손으로 부른 유신은 다음 순서부터는 그에게 꼼꼼하게 챙기라는 말을 하고는 사진 촬영이 끝난 윤수에게로 다가갔다.

"윤수 씨."

"어, 유신아."

아무렇지 않은 듯이 대답하는 윤수의 이마에 땀이 맺혀 있었다.

"잠간 나 좀 봐요."

"왜?"

"급한 일이에요."

"오늘은 내가 급한 일이……어머!"

유신이 윤수를 그 자리에서 안아 들었다. 사람들의 시선이 단번에 그들에게로 향했다.

"유신아!"

호준이 그를 불렀다.

"왜?"

"처형은 왜 안아 들고 난리야?"

"잠깐 병원에 다녀올게. 다리를 삐끗한 거 같아."

"처형 다쳤어요?"

놀란 호준이 물었다.

"아니, 오다가 넘어져서……."

"얼른 다녀오세요."

호준이가 걱정스러운 얼굴로 윤수를 보았다.

"다녀올게."

그는 이 한마디만을 남기고 윤수를 안고 주차장으로 가서 자신의 차에 올려놓았다. 그동안 윤수는 아무런 말을 하지 않고 있었다.

"밥은 먹고 일하는 거예요?"

"……"

"너무 말라서 무게감을 하나도 못 느꼈어요."

"유신아……."

"화나니까 아무 말도 하지 말아요."

그가 차를 운전해서 근처 병원으로 갔다. 병원에서는 근육이 놀란 것 같다며 물리치료를 해주고 보조 깁스를 해주었다.

"당분간 헤어숍은 연정 씨 혼자 하라고 하세요."

돌아오는 길에 유신이 윤수에게 말했다.

"괜찮아."

"괜찮기는 뭐가 괜찮아요? 자꾸 이러고 다니니까 신경 쓰여 죽겠어요."

"신경 꺼."

끼이익!

그가 도로변으로 차를 뺐다.

"뭐 하는 거야?"

놀란 윤수가 그에게 소리쳤다.

"사람이 우습게 보여요? 하라면 해요."

그가 화를 내자 윤수가 유신의 얼굴을 말없이 봤다.

"며칠 쉴 거죠?"

윤수가 고개를 끄덕였다.

"내가 거절해서 아직도 화났니?"

윤수도 그게 신경이 쓰인 모양이었다.

"화내지 마. 너같이 멋진 남자는 좋은 여자들을 만날 자격이 충분해. 나 같은 늙은 여자 말고."

"서윤수!"

유신이 처음으로 윤수에게 반말을 했다.

"내가 어리다고 우스워? 나이가 많고 적은 게 뭐가 그렇게 중요해. 내가 서윤수, 네가 좋다는데."

"……."

"남자 대 여자로 내가 서윤수를 좋아한다고."

대낮이었다. 하늘에 태양이 아주 강렬했고 길가에 사람들이 지나다녔고 그의 차는 진한 선팅도 되어 있지 않았다. 그런데 그는 어느새 윤수의 입술을 머금고 있었다. 이렇게 될 거라곤 유신도 생각지 않았다.

꿈속에서만 윤수와 키스를 했는데 실제로 자신도 모르게 윤수의 입술을 머금고 있었다.

"으으음."

윤수가 그의 가슴을 주먹으로 치고 입술을 빼내려 하고 있었다. 하지만 이미 시작된 일이었고 유신도 물러설 수 없는 상황이었다. 윤수의 입술은 생각보다 더 달콤했고 유신을 매료시키는 그 무언가가 있었다.

그녀의 부드러운 입술을 거칠게 빨아들이던 유신은 자신의 혀를 윤수의 입안을 밀어 넣기 시작했다. 안전벨트가 걸리적거리자 유신은 신경질적으로 자신의 안전벨트를 풀어 버리고 윤수의 입안을 샅샅이 훑어 내리기 시작했다.

부드러운 윤수의 혀를 빨아 당기기도 했다. 유신은 자신의 혀를 그녀의 입안 깊숙이 목젖까지 넣었다.

"으으음."

이제 윤수도 그에게 반항하는 걸 멈추었다. 그녀의 손이 얌전히 그의 가슴에 놓여 있었다. 입술을 놓기 싫었지만 대낮에 계속해서 이러고 있을 순 없었다.

"예식 끝나고 잠깐 얘기 좀 해요."

"진서 때문에 안 돼."

윤수는 아까와는 다르게 아주 얌전해져 있었다.

"그럼 내가 일산으로 갈게요."

"어?"

"진서 재우고 얘기해요."

"할 얘기 없어."

"난 많아요. 더 이상 힘들게 하지 말아요. 진짜 화낼 수도 있어요."

그 후로 윤수는 아무런 말도 하지 않았다. 그들이 돌아오자 한창 피로연 중이었다. 화려한 드레스를 입은 주아와 달리 윤수는 친정어머니를 대신해서인지 단아한 한복을 입고 있었다. 하지만 유신의 눈엔 윤수만 보였다. 주아가 아무리 아름답다고 해도 유신의 눈엔 윤수가 가장 아름다워 보였다.

"아저씨!"

넋을 놓고 윤수를 몰래 훔쳐보고 있는데 진서가 또 그의 상의를 잡아당겼다.

"아까는 고마웠어요."

"아니야."

"싫은 건 싫은 거고 고마운 건 고마운 거니까."

"넌 내가 싫어?"

그의 질문에 진서가 뽀로통한 표정을 지었다.

"엄마를 그렇게 울리는 남자를 좋아할 수가 없죠."

"내가 엄마를 울려?"

"네."

결코, 단 한 번도 윤수를 울린 적은 없었다.

"없는데. 우리 아가씨가 잘못……."

"사귀자고 했다면서요? 엄마가 연정이 이모랑 술 마시면서 하는 말 들었어요. 남자가 뭐 그래요? 좋으면 끝까지 밀어붙여야지."

완전히 진서에게 한 방 먹었다.

"내가 밀어붙여도 돼?"

진서가 고개를 끄덕였다.

"고맙다."

"고마울 것까지야."

진서가 아주 쿨 하게 말하고는 자신의 엄마가 있는 쪽으로 향했다. 아주 마음에 드는 아이였다. 예식이 끝나고 그는 일산으로 향했다. 뒷정리를 해야 했기 때문에 10시가 넘은 시간에 일산에 도착할 수 있었다. 오랜만에 윤수의 집에 왔다. 그가 고백하기 전엔 수호와 함께 자주 왔었는데 요즘은 그럴 수가 없었다.

"진서는요?"

집 안이 너무 조용해서 물어 보았다.

"자, 연정이는 수호 만나러 나갔고."

유신은 수호에게 오늘 절대로 연정이를 집에 보내지 말라고 했다. 이해력이 아주 빠른 수호가 알겠다고 대답했었다. 그러니 오늘은 윤수와 자연스럽게 편안한 시간을 가질 수 있을 것 같았다.

"커피 마실래?"

"아뇨, 소주 주세요."

"술은 집에 없어."

그가 일어나려는 윤수의 팔을 잡았다.

"사실 아무것도 필요 없어요. 내가 필요한 건 다른 거니까."

"유신아."

"처음부터 좋았어요. 내가 본 여자 중에 가장 예뻤어요."

윤수는 유신이 본 여자 중에 가장 아름다운 여자였다. 주아가 호준에게 가장 아름다운 여자이듯이 윤수는 유신에게 그런 존재였다.

"자꾸만 눈길이 갔고 어느 순간부턴가 사랑하게 됐어요."

"윤수야, 그냥 호기심인 거야. 사랑이랑 헷갈리지 마."

"나 때문에 울었다면서요."

"……."

"진서가 그랬어요. 엄마 울리지 말라고. 진서가 오히려 더 어른 같아요."

진서의 이야기에 윤수는 그대로 얼어붙어 버렸다.

"난 윤수 씨 포기 안 해요."

"유신아 세상은 그렇게 만만치가……."

유신은 자신의 옆에 앉은 윤수의 입을 자신의 입으로 막았다. 윤수는 더 이상 저항하지 않았다. 얌전한 그녀의 입술을 강하게 빨아들이던 유신이 윤수를 안아 들었다.

"뭐 하는 거야?"

"진서 깨요."

"김유신!"

"내 이름이 왜 장군 이름인 줄 알아요? 이렇게 저돌적으로 여자를 공격하라고 아버지께서 지어 주셨죠."

"말도 안 돼."

"거짓말이에요. 하지만 오늘은 진짜 담판을 지을 예정이에요."

그가 그녀의 침실 문을 열고는 그녀의 침실 안으로 들어왔다.

"여긴 처음이에요. 이 방에 너무나 들어오고 싶었었는데……."

갑자기 울컥하는 마음이 들었다. 그동안 윤수 때문에 했던 마음고생들이 생각났기 때문이었다.

"생각해 보니 윤수 씨는 아주 나쁜 여자네요."

그녀를 품에 안으며 그가 말했다.

"내가 왜?"

"나를 이렇게 마음 졸이게 했으니까."

유신은 다급하게 윤수의 입술을 차지했다. 그의 손은 벌써 윤수의 상의 아래로 들어가 있었다.

"으음, 이렇게 가슴이 큰지 몰랐어요."

"……."

"예쁜데 섹시하기까지 하니 내가 복 받은 게 틀림없죠?"

유신은 말은 이렇게 하고 있었지만 마음은 그 어느 때보다도 급했다. 섹스를 하는데 이렇게 떨어보긴 처음이었다. 손끝이 저릿할 정도로 떨리고 있었다.

"사랑해요."

"유신아."

"지금은 답을 원하는 게 아니에요. 내 마음이 그렇다는 거지. 그러니까 윤수 씨도 노력해 봐요."

"……."

유신이 그녀의 옷을 빠르게 벗겨냈다. 윤수의 몸은 감탄이 절로 나올 정도로 환상적이었다.

"아름다워요."

유신의 윤수의 유두를 거칠게 물었다. 아이를 둘이나 낳았다는 게 믿어지지 않을 정도로 탄력이 있는 몸이었다.

"노력해 볼 거죠?"

"아흑."

그녀의 질 안에 손가락을 밀어 넣으며 그가 물었다.

"대답해요."

"아흐, 알았어."

유신은 살며시 미소를 지었다. 윤수는 이제 그의 것이었다. 갑자기 세상을 다 가진 기분이 들었다.

"사랑해요."

그가 윤수를 침대에 눕히고는 바로 자신의 페니스를 그녀 안으로 밀어 넣었다. 윤수는 그의 페니스를 강하게 조이며 유신을 만족시키고 있었다. 확실히 좋았다. 그냥 사랑이라는 감정이 없이 육체만 탐할 때와는 차원이 다른 황홀함이 있었다.

"미칠 것 같아."

윤수의 입에서 신음과 함께 나온 말이었다. 그녀는 허리를 휘며 미친 듯이 반응하기 시작했다. 그리고 유신을 침대 위로 밀어트리며 위치를 바꾸었다. 윤수는 그의 위에서 열정의 리듬을 타며 허리를 흔들기 시작했다.

윤수는 지금 유신의 혼을 쏙 빼놓고 있었다.

"윤수 씨."

그의 입에서 윤수의 이름이 나오며 그들은 마지막을 향해 달리고 있었다. 윤수는 그가 본 여자 중에 가장 섹시했다. 그의 위에 앉아있는 윤수의 풍만한 가슴을 손으로 주무르며 유신이 말했다.

"우린 끝까지 갈 거예요."

"유신아."

"나 믿죠?"

"응."

"고마워요."

그가 윤수의 입에 키스하며 둘은 마지막 절정을 맛보았다. 유신은 윤수를 품에 안으며 생각했다. 이 여자를 끝까지 놓지 않을 거라고 말이다. 둘은 행복한 미소를 지으며 그렇게 꿈나라로 함께 떠났다.